Sonya
ソーニャ文庫

死ぬほど結婚嫌がってた殿下が初夜で愛に目覚めたようです

栢野すばる

JN131228

イースト・プレス

contents

プロローグ

「ねえルリ……さっき君と喋《しゃべ》っていたのは誰……」

ルリーシェに囁《ささや》きかけてくるのは、この世のものとは思えないほど美しい男だ。

銀の髪に水色の目。女のルリーシェよりはるかにきめの整った透き通るような肌、すっと通った高い鼻に滑《なめ》らかな唇。

彼はルリーシェの夫、アレクセイ。ひと月前に創設されたばかりのサンデオン公爵家の当主だ。ルリーシェは彼をアレクと呼んでいる。

「まさか……なの……だとしたら……ろしたいくらいだよ」

「アレク、声が小さすぎて聞こえないんだけど」

「ごめん、僕、大きな声を出すのに馴れてなくて」

ルリーシェの指摘に、アレクが悲しげに俯《うつむ》く。しゅんとしている彼の腕に手を掛け、ルリーシェは励《はげ》ますように言った。

「怒ってないわ。聞こえなかっただけ。もう少し大きな声で喋ってくれる？」

「よかった。それであの忌《い》まわしい男は誰？」

　ルリーシェは、じいっと自分を見つめてくるアレクに微笑みかけた。

「別に忌まわしくないわよ。あの人は布問屋の大旦那様。大公妃様にお屋敷のカーテンを新調するように勧められたから来ていただいたの」

「そうか、誰かと思った……二千百二十七秒も喋っていたから気になって……あ、ごめん、分に直すと三十五分二十七秒だよ」

　アレクが長い腕を伸ばし、ルリーシェをぎゅっと抱きしめてきた。

　彼は見かけよりもはるかにたくましい力強い身体をしている。

　ルリーシェはわずかに頬を赤らめ、自分を抱きしめるアレクに尋ねた。

「そんなに長い間、物陰で会話の秒数を数えていたの？」

「いくらでも数を数えられるのは、僕の特技だから」

　美しく低い声でアレクが答える。

　——人が見たら怖いわ。物陰で一人ブツブツと数字を唱えてる公爵閣下なんて。でも、ある意味すごいわよね。私、そんなに長い間数字を数えてなんていられないもの。

　そう思いながら、ルリーシェはアレクの背中に腕を回した。

「気になるなら、会話に加われば良かったのに」

　ルリーシェに抱擁《ほうよう》を返されて嬉しかったのか、アレクはルリーシェを抱く腕にますます力を込めた。

「知らない人が好きじゃないんだ」

ルリーシェのふわふわの金髪に顔を埋め、アレクが言う。

「貴方は一応公爵閣下なんだから堂々としてなきゃ駄目」

「そうだね、次に人を招いたらそうするよ……君と僕の愛の巣に、他人なんて招きたくないけどさ……特に男、排除したい……」

「後半がよく聞こえなかったわ」

「ごめん、何でもない。ただの独り言」

ルリーシェの指摘にアレクが照れたように笑った。

「アレクは普通にしていたら、どんな貴公子様より格好いいんだから」

「そんなふうに褒《ほ》めてくれるのはルリだけだよ」

ルリーシェを抱きしめるアレクの痩身《そうしん》がかっと火照《ほて》った。

「事実だけど」

「ううん、ルリだけだよ、ルリだけが僕を素敵だって言ってくれる」

「他の人の話、また聞き流してるんでしょう？」

照れ隠しに尋ねると、耳元でアレクが嬉しそうに答えた。

「僕、ルリの話しか聞きたくないからね」

「駄目よ。ちゃんと侍従長さんや大公閣下たちのお話を聞いて」

緩《ゆる》みそうになる顔を引き締めて諭《さと》すと、アレクが面白くなさそうに応じる。

「聞くけど……」

「『けど』じゃないでしょ？」

「わかった。君が口づけしてくれるならそうする」

そうねだられて、ルリーシェは顔を火照らせたまま背伸びをし、形の良い唇に接吻《せっぷん》した。

アレクがみるみるうちに真っ赤になる。

ルリーシェに負けず劣らず初心《うぶ》な反応だ。彼はルリーシェよりも二つ年上の二十歳なのだが、時折可憐な少年と接しているような気持ちになる。

「君は可愛《かわい》いな、この金の髪も緑の目も全部可愛い。なんて可愛いんだろう」

アレクの指がルリーシェの長い髪を梳き、そのまま腰のあたりを撫《な》でた。

「……くすぐったいわ」

「君が可愛いからいけないんだ。おでこまで赤くなってるね、ルリ」

アレクが優しい笑みを浮かべる。

──本当に……顔だけは世界一良くて反則よ。

瑕瑾《かきん》なく整った夫の顔を見上げ、ルリーシェは思う。

アレクは、この一ヶ月で誰もが腰を抜かすくらいに激変した。

今の彼は、初夜の寝台で『心中しよう』と持ちかけ、ルリーシェの首を絞《し》めようとした男と同一人物とは思えない。

「ねえルリ、僕は君が好きだよ。大好きなんだ。君は僕のことが好き？」

「好きよ」

「ふふ……軽いね。僕は君のためならなんでも殺《や》れるくらい好きなんだけどな」

ルリーシェは厳しい口調でアレクを諭す。

「怖いことはしない、言わないって約束したでしょ」

ルリーシェが顔を上げると、アレクは秀麗な頬を赤く染めたまま微笑んでいた。

「うん、約束した」

こんな幸せそうな顔をされたら、なにを言われても許したくなる。

「じゃあ怖い話はやめてね」

「もうしないよ。ルリを怖がらせるようなことはもうしない」

頭に頬ずりされながら、ルリーシェはアレクに悟られないようにため息をつく。

――私、とんでもない狂犬と結婚してしまったけど……どうして幸せなのかしら？

第一章　私の夫がめちゃくちゃすぎる

十八歳のルリーシェ・メグウェルの人生が変わったのは、秋の終わり。

とある高貴なお方から持ち込まれた縁談がきっかけだった。

「これまで、この縁談は十四人に断られている。それを受けてくれるならば、君の家を助けよう」

ルリーシェの目の前の男が、苦虫を噛みつぶしたような顔で言う。

彼の名はダクストン大公。

このマージェリー王国の貴族の中で、一番偉いお方である。

その大公閣下が、なんと、ルリーシェの実家、メグウェル侯爵家が抱える借金を肩代わりしてくださるというのだ。

しかも、借金を作りまくった原因の父を引き取り、庭師として雇ってくれるという。

――お父様は花を育てる以外のことはできないし、権力欲なんてかけらもないから、もし一生大公家の庭師でいられるとしたらとても幸せだと思うわ。

ルリーシェの父は、優しくて人を疑うことを知らない。心が綺麗な人なのだ。『病気の子供がいます』と言われたらその場でお財布を渡してしまうほど人がいい。疑うことを知らない天使のような父のおかげで、元々そんなに豊かではなかったメグウェル侯爵家は見事に潰れた。

そもそも父の最初の借金も『詐欺《さぎ》』がきっかけだった。

ルリーシェが二歳の頃、『母の病気に効く薬がある』と騙《だま》されて、父はお金を借りてその『偽薬』を買ってしまったのだ。

薬は効かず、母は儚《はかな》くなった。どうやらかかったら最後、助かる確率の低い病だったようだが……それでも純粋な父を騙した薬屋が許せない。

そう思う反面、その後も騙され続けている父を見ていると『いつ、誰に騙されてもおかしくない人なんだな』と諦めてしまう自分もいる。

――お屋敷と領地を売るハメになったのに、お父様は全然懲《こ》りてない。育てた花を売りに行っても、全部無料であげてしまうし。人が良すぎるのよ。しかもまだ若くて四十前だから、この先もずっと私がお父様の面倒を見なければならない。借金を返し続けながら、一生。

ルリーシェは古着のドレスの膝《ひざ》の上で拳《こぶし》を握る。

『嫁のなり手がいない問題児との結婚と引き換えに、君の家の借金を肩代わりして、頼りない父君を衣食住付きで保護してあげよう』

それがダクストン大公の申し出だ。

結婚を受けるか否か。果たしてどちらの道が『正解』なのだろう。

――問題は、私のお相手が『悲劇の王子様』ってことなのよね。とてつもなく凄惨《せいさん》な過去を背負っておられる、前王朝最後の王子殿下……。

ルリーシェは唇を噛む。

このマージェリー王国を、かつて大きな悲劇が襲った。

その事件のことは子供でも知っている。

悲惨すぎる事件で大人は誰も忘れていないし、王立学校の歴史の授業でも習うからだ。

ルリーシェは貴族の令嬢だが、お金がなく王立学校に通っていたため、当然知っている。

『この国で、皆さんが三歳の時に大事件が起きました。当時の国王ご一家と側近、たくさんの兵士や使用人たちが、現国王エルギーニ陛下によって殺害されたのです』

歴史の教師に何度も習った一文がルリーシェの脳裏に浮かぶ。

十五年前、マージェリー王国の王宮で謀反《むほん》が起き、歴史に残る大殺戮《さつりく》が行われたのだ。

死者は数百名に及び、近隣の王国までも震撼させたと聞いている。

殺された前国王と、王位簒奪者《さんだつしゃ》であるエルギーニは従兄弟同士だった。

エルギーニは、穏やかな性格の前国王を廃《はい》し、自分が王になろうとずっと狙っていたのだ。

そして十五年前のある日、それを決行した。

当時公爵だったエルギーニは私兵を率いて王宮を襲い、そこで働く人や王家の人間たちを惨殺した。

それればかりではなく、名門トルギア侯爵家に嫁いだばかりの第一王女リシアにまで刺客を放ち、殺害したのである。

まだ若かった第一王女の夫、トルギア侯爵家の長男は、最愛の妻の墓の前から三日間離れなかったと言われている。そして今も、一年の大半は屋敷に引きこもったままで、未だに妻を失った悲しみから抜け出せていないらしい。

——悲惨すぎるわ。王宮で働いていた一般人まで殺されたって習ったもの。王都の人の心に未だに深い爪痕を残している事件よ。

もちろん、エルギーニの行いは、貴族や国民たちに糾弾《きゅうだん》された。

国中が揉めに揉め、荒れに荒れた。

やがて『前王派』と『エルギーニ王派』に分かれて内戦状態になりかけたとき、それを止めたのが貴族議会だった。

貴族議会とは、筆頭貴族ダクストン大公率いる、マージェリー王国の貴族の総意をまとめる機関だ。

議長のダクストン大公は、王位簒奪者エルギーニに対し、二つの条件を出した。

一つ目は、『王』と『貴族議会』の二頭政治を行うこと。

二つ目は、エルギーニの犯した罪を国民たちに『歴史』として語り継がせること。

それが、エルギーニの王位継承に際し、貴族議会の出した条件だった。

なかなかに苦しい条件だが、エルギーニはダクストン大公の出した条件を呑んだ。

『俺は有能な王だ、貴族議会に否を言わせぬ政治を行ってやる』

そう言い放ったという。

――エルギーニ王はものすごく自分に自信がある俺様国王だったと聞いたわ。残忍なことを平気でやってのけたくせに、『優れた王だと認められたいから』って、真面目に政治に励んだ『変人』だったって。結婚も一度もせずに、ただ国王業だけに打ち込んでいた、本当に変わった人だったたって……。

だが『簒奪王』の即位から十五年目。

歴史的大虐殺を起こした国王は、ぽっくりと崩御《ほうぎょ》した。

『朝、お声を掛けに伺《うかが》ったら、陛下はすでに天に召されておりました』

やりたい放題やり、多くの人を悲しみのどん底に落とした挙げ句、四十七歳の若さでエルギーニは天に召された。

そして問題が一つ残された。

『前王家の怨《うら》み悲しみを一身に背負った、悲劇の王子様』の存在だ。

彼の名はアレクセイ。

エルギーニ王が殺さなかった、前王家の唯一の生き残り。前王の末子だ。

アレクセイは五歳の時に家族を皆殺しにされた。

その後は三年間も劣悪な環境の石牢に投獄されていたのである。

美貌《びぼう》の主だった先王陛下に生き写しの愛らしい男の子だったというが、牢から出されたときには別人のように変わり果てた形相《ぎょうそう》だった、と言われている。

――五歳……そんな小さい子になんてひどいことをするの。エルギーニ王はやることなすこと残酷すぎて信じられない……よく無事に生きていたわよね、アレクセイ様も。

『子供を殺すと世間の受けが悪い、と腹心に止められたからな』

エルギーニ王がアレクセイを生かしていた理由はそれだけだった。

アレクセイは、貴族議会の猛抗議により、三年後にようやく石牢から助け出され、ダクストン大公家の養子となった。

だが過酷な石牢での生活がたたり、心を壊されたまま今に至っているとの噂だ。

高貴な生まれでありながら、毎日屋敷の外をふらつきまわり、王宮で開かれる公式行事にも一度も姿を現さない。

大公夫妻も放浪癖のあるアレクセイ王子を持て余しているという。

『アレクセイ様には前王家の怨霊《おんりょう》が憑《つ》いているらしいぞ』

『なんでも、王宮襲撃犯たちを、復讐のために殺して回っているとか』

アレクセイに関しては不気味な噂が絶えない。

だが、どんな噂が立とうともアレクセイは一切言い訳をしない。

そもそも、ダクストン大公夫妻の養子となり、未だに『殿下』の敬称の使用を許されている高貴な身分でありながら、その姿を見た者さえほとんどいないらしい。

――たとえ五歳の子供だとしても、目の前でご家族やお城の人たちが殺されるのを見ていたんだもの。平気なはずはないわ。しかもそのあと、ずっと牢屋に入れられていたなんて。私だったら、きっと気が狂うほどにエルギーニ王が憎かったと思う。

アレクセイのことは心から気の毒だと思う。

だが『すさまじい過去を背負い、心を傷つけられて、未だに回復していない王子殿下と仲良くなれるか？』と問われたら『無理です』と答えるしかない。

皆同じ思いだったらしく、彼に娘を嫁がせるという親は皆無だったそうだ。

――でも、私には巨額の借金がある。

王立学校を卒業したので、できる仕事はなんでもやって借金を返していこうと思っているが、奇跡が起きて空から大量の金貨でも降ってこない限り一生かかっても返せない額だ。

――私の人生、始まる前から終わってるなぁ。

ルリーシェは遠い目になる。

ダクストン大公が、ルリーシェにこんな縁談話を持ってきたのには訳があった。

エルギーニ王の急死により『前王家の生き残りであるアレクセイを王位に就けよう』という声が一部の国民や貴族たちの間で上がり始めたからだ。

しかし、エルギーニ王には亡き愛妾との間に一人だけ息子がいた。

簒奪者の『王太子』と、前王家の最後の王子。

どちらを王に据《す》えるべきかで国内は大きく分かれたが、貴族議会は『エルギーニ王が指名した王太子』を新たな国王に据えることに決めた。王太子はエルギーニ王に似ず、性格が非常に大人しく、貴族議会の言うことをよく聞く若者だったからだ。

だが『正しい血筋のアレクセイ殿下を王位に就けてほしい』という声は絶えなかった。

そこで貴族議会で挙がったのが、アレクセイ王子と、エルギーニ王の血を引く令嬢を結婚させ、前王家と新王家の和睦《わぼく》を図らせる『講和』案だ。

前王派とエルギーニ王派の力は拮抗している。

エルギーニ王は残忍な反面、強いカリスマ性と指導力があり、一部の人間は熱狂的に彼を信奉していた。

ゆえにエルギーニ王派の人間は決して少なくないのだ。

国内で『前王派』と『エルギーニ王派』の争いを起こさせる訳にはいかない。

そのためには、『前王派』の象徴アレクセイに『王位は継承しない。新王の臣下として誠心誠意務める』と態度で示してもらう必要がある。

そのために、エルギーニ王の血を引く娘と、アレクセイを結婚させることに決まった。

二つの派閥の対立を抑えるため、アレクセイに新しく公爵位を与え、エルギーニ王の血を引く娘との間に『講和の象徴』……つまり子供を作らせる、と。

だがエルギーニ王に娘はなく、そのきょうだいにも未婚の娘はいなかった。

『じゃあ親戚の娘ならどうだ』

という訳で、条件に当てはまる未婚の令嬢が探し出された。

エルギーニ王の従兄の娘だの、再従妹の娘だのと必死にあらゆる縁を当たった結果、エルギーニ王と血が繋がった令嬢は十五人見つかった。

そしてルリーシェ以外の全員が、アレクセイとの結婚を拒んだのである。

——怖すぎるものね、流れている噂が。復讐相手を殺して回っているとか。大公夫妻に懐《なつ》かなくて家に居つかないから、何してるか分からないとか。

最後に残った『候補者』がルリーシェだ。

二歳の頃に病で亡くなった母が、エルギーニ王の父の腹違いの弟の娘だったらしい。

だがルリーシェは一度もエルギーニ王に会ったことはない。

連絡を取り合ったことさえない。あちらもルリーシェの存在など生涯を通して認識していなかっただろう。

——ま、ほぼ他人よね。

だが、アレクセイの嫁探しをしている貴族議会は必死なのだ。

エルギーニ王本人からも忘れ去られていたルリーシェを探し出し、大公閣下自ら『この国の平和のため、アレクセイと結婚してほしい』と頼みに来るほどに。

「あの……アレクセイ様は、この結婚を承諾していらっしゃるのですか？」

ルリーシェは控え目に尋ねてみた。未だに過去の惨劇《さんげき》から立ち直っていないというアレクセイが、仇敵の血を引く娘と結婚できるのか疑問だったからだ。

——いくら国の平和のためとはいえ、難しいのでは？

案の定、ルリーシェの問いにダクストン大公が無言になる。『その件、メチャクチャ困っている最中だ』と、五十過ぎの渋くて端正な顔には現れていた。

なかなか正直な御仁《ごじん》だ。

――やっぱり。私がアレクセイ様だったら、敵の血筋の娘とは結婚したくないもの。

そう思いながら、ルリーシェはしおらしい口調で言った。

「私は、父を保護していただけて、借金を返していただけるのであれば、アレクセイ様にどんな扱いを受けても我慢しますが……」

脳裏を父の笑顔がよぎる。

ルリーシェが見張っていないとなにをしでかすか分からない、優しい天使。

大公が父を保護してくれて、たくさんの人の目で見張ってくれるなら、これ以上安心なことはない。父が騙されて借金を負うこともないだろう。

「ところで侯爵はどこにお出かけなんだね？」

今頃気付いたようにダクストン大公が問うてくる。

おそらく大公は、結婚を受け入れないアレクセイのことで頭が一杯だったに違いない。

「父にはあるだけお金を渡して、花の苗や肥料を買いに行かせています。父がいても、ただ反対するだけですし、話が進みませんから」

今日はルリーシェ一人が、大公閣下とその護衛を迎えた。

この家では、父の代わりにルリーシェが何でも対応している。ダクストン大公から届いた『縁談の内示』の手紙を読んだのもルリーシェだけだ。

「侯爵の代わりに、君が何でもこなしているのだね」

「ええ……そうです……」

ルリーシェは俯く。

子供の頃から、借金取りに食い下がるのはルリーシェの仕事だった。

『お前を売り払ってやる』と脅されたことも一度や二度ではない。

今ではきっぱりと『お断りします。殿方に売り飛ばしたところで、私、あそこを噛みちぎりますよ』と言い返せるようになった。

――私、もはや侯爵令嬢なんかじゃない。とうに野良猫だわ……。

何度も嫌な目に遭《あ》いながら、父が金を騙し取られる手口を覚え、金貸しが借金を増やすからくりを学んだ。

怖い金貸しに脅されても『ないものはない』と冷静に言い返せるようになった。

借金を減らすことはできないけれど、これ以上増やさないための防波堤《ぼうはてい》にはなれる。

――親がなにもできないと、子供はいろいろな能力に目覚めるのね。不思議。

父は料理をすれば台所を燃やし、服を作ればなぜか自分が血まみれになる。だから父の代わりに、幼いルリーシェが料理も裁縫《さいほう》も覚えた。

家事はなんとかなる。だが物心がつく頃には膨《ふく》らみきっていた借金をルリーシェの力でどうにかするのは不可能だ。

屋敷も家財も領地も手放し、すっからかんの家に残るのは、父が育てた花だけ。

これらの花はルリーシェが売って金に換えているが、増え続ける利子にはまるで追いつけない。

ルリーシェたちには、法律家に債務整理を頼むお金すらないのだ。

だがこの国一番の富豪であるダクストン大公ならば、不法な利子を取る契約を破棄して、債務を一本化した上で莫大な借金を返済できるに違いない。

「借金を返済いただくのと引き換えに、私がアレクセイ様の妻になります」

勇気を出してルリーシェはそう切り出した。

散々迷ったが、やはりそれ以外の道はない。

夫に嫌われ、口を利いてもらえないくらい我慢する。

借金返済のために生き、死んでも借金が残る人生を送るよりはきっとましなはず。

なにより父が可哀想だ。『自分のせいで娘に大変な苦労を掛けているが、どうしていいか分からない』とずっと悩み続けているのだから。

「私が職を得て、生活を切り詰めて返済したとしても、完済までに百年ほどかかる計算なのです」

「なるほど、そんな計算まで自分で……噂通りしっかりしたご令嬢だね」

「私、借金取りに怒鳴り返す、気の強い小娘だと噂になっていますか？」

ダクストン大公が黙り込む。

――さっきから、とても正直なお方ね。

この人はきっと悪い人ではないのだろう。

ダクストン大公が、狭い家の中から広い庭に目をやった。

「素晴らしい花だ、これほどの花園はなかなか見かけない」

話題を変えられた。気まずかったに違いない。事実だから別にいいのにと思いつつ、ルリーシェはため息まじりに答える。

「切り花にして売っても、借金を根本的にどうにかできるほどの収入にはなりません」

「そうか、これらの花は売るために育てていたのか。村の中で、この家だけ別世界のように花が咲き乱れていて驚かされた。もう秋も終わりだというのに」

「うちの花は全部、切り花として売れる品種なんです。一年を通して何かしら花が咲くよう父が計画しています。父は花の世話だけはとても上手なので」

だだっ広くて草ぼうぼうだった庭を、庭仕事に関してだけは天才の父が見事な花畑に変えたのだ。

――せめて、お父様が庭師として働ければ良かったのだけれど。

だが、どこに働きに行かせても、父はうまく言いくるめられてただ働きして帰ってくるだけだし、なんなら余計な借金を負いそうで怖い。

日頃から『どんな紙を出されても絶対に名前を書くな』と言って聞かせているが、それでもルリーシェの心配は尽きないのだ。

――詐欺師はカモを見分けるのがうまいのよ。お父様は最高のカモなの。だから私の目が黒いうちはしっかり見張っておかなくちゃ。

なにもできないながらも、一生懸命育ててくれた父のことは愛している。

育てた切り花を二人で街に売りに行くだけで暮らせたら良かった。

しかし、どう考えても、一生借金取りに怒鳴られながら利子だけを返し続ける暮らしなんて無理なのだ。

そんな生活では、父もルリーシェも傷つく一方だから……。

「アレクセイ様がどのようなお気持ちでも構いません。もう我が家は、どう計算しても借金で立ちゆきませんので、大公閣下にいただいた縁談をお受けします」

そう言って、ルリーシェは深々と頭を下げた。

「だが、侯爵の了承を得なくては……」

「父は大丈夫です。私から説明しておきます」

ルリーシェは乾いた声で答えた。

「いや、家長でない君が勝手に決めて、あとから父君が反対されたら困るだろう？」

「ご心配なさらないでください。言葉は悪いですが、父のことはいくらでも言いくるめられるので」

無表情のルリーシェに、大公がため息まじりに微笑みかけた。

「そうか、分かった。では、君に『花嫁』をお願いしよう。アレクセイはちょっと変わっているが悪い子ではないのだよ。これから説得して大人しくさせる。最近は比較的、屋敷にいるようになったし、態度も多少は良く……なった……と思う」

ルリーシェは唇だけで笑顔を作る。

——まるで、手の付けられない狂犬の話を聞かされているようだわ。

「君のようにしっかりした令嬢を妻に迎えれば、あの子も人並みに大人しくなるはずだ。根は悪い子ではない、ちょっと変わっているが優しい子なのだ」

「では、アレクセイ様が、エルギーニ王の部下たちを殺し回っているという噂はもちろん嘘なんですよね？　ここ数年、かつて王宮を襲撃した者たちが、次々に不審死を遂《と》げているそうですが」

ダクストン大公が、ルリーシェの質問に目を泳がせる。

「もちろん違う、あの子は犯人ではない……」

——なるほど……安心できる要素は今のところ『ナシ』か。

ため息が出そうになったが、もちろん我慢する。ルリーシェは作り笑いを浮かべたままもう一度ダクストン大公に尋ねた。

「あの、閣下、アレクセイ殿下は、本当に私との結婚を承諾なさるでしょうか？」

「…………うむ………………もちろんだ」

沈黙が長すぎて怖い。眉間に皺《しわ》を刻んだままの大公の表情も怖い。

「これから妃と毎日『良い娘が嫁に来てくれる』と言い聞かせる。しかしまさか、これほど早くエルギーニが死ぬとは思っていなかった。マージェリー王国の国内情勢が、こんなことで急変するなんて予想外でね……」

　大公の言葉は後半ほぼ独り言だった。

　まるでルリーシェの存在を忘れたかのように顔を覆い、大公が独り言つ。

「なぜエルギーニはこの時期に死んだのだろうな。ひたすら大人しく政治にだけ励み、あと二十年先に死んでくれたら良かったのに。まだまだ民衆は、先王陛下一族が虐殺された衝撃を忘れていない。だからアレクを王位に就けてやれと騒ぐ輩《やから》が大勢いるのだ」

　突然、長い愚痴《ぐち》が始まった。

　だが、借金を返してくれる大公様の機嫌を損ねる訳にはいかない。

　ルリーシェは愛想良く話を合わせた。

「閣下の仰《おっしゃ》るとおりですわ。私も学校でその悲しい歴史を習い、胸が痛みましたもの」

「そうだろう、しかしエルギーニの王位は貴族議会で承認されている。それを覆すことは貴族議会の権威に関わるのだよ」

「『当時、混乱を極めていた国内を治めるため、貴族議会は苦渋の決断』をなされたのですよね。『エルギーニ王の王位の正当性を認める』と」

　そう歴史の教科書に書いてあった。大公に話を合わせるために、学校でもらった教科書を引っ張り出してきて読んでおいて良かった。

　ルリーシェの相づちがうまくハマったのか、大公の愚痴が盛り上がってくる。

「その通り、君はなんと賢く物知りな令嬢だろう。もう、何から何まで、エルギーニには迷惑を掛けられ通しだ。私の半生は、あの男の尻拭《しりぬぐ》いばかりだった」

「閣下は、『貴族議会の議長で、前王派と現王家派の間に立たれ、その仲を取り持つ役目を担って』おいでだったと伺いました。さぞ大変なお立場だったことでしょう」

全部教科書の受け売りだが、大公はいたく心を動かされたようだ。

「ああ、君は美しいばかりでなく、なんと聡明なお嬢さんなんだ、私の胃が常に痛い理由を分かってくれるのだな……君の聡明さをアレクに煎《せん》じて飲ませたい」

どんどん気に入られていく実感がある。

この調子で、頑張って大公閣下だけでも味方に付けよう。

——アレクセイ様って、どんな感じにヤバいのかしら。うちのお父様系？　それとも人の話を一切聞かない系かな？　まず家に帰ってこないという時点でどうにもならない感じがするけど。

遠い目でルリーシェは考える。

「あと二十年エルギーニが長生きしてくれれば、うちのアレクも落ち着いていただろうに。あの子は昔から『エルギーニを殺す』とばかり言っていて……」

「アレクセイ様は、そんなことを仰っているのですか？」

まあ、前半生の悲惨さを聞くに、憎き仇を殺したくなる気持ちは分かるのだが。

「あっ、いや、たまに？　機嫌の悪いときに口走るくらいで毎日ではなかった。そもそも今も昔もほとんど屋敷にいないからな……ははは……はぁ……今の失言は忘れてくれたまえ、大丈夫だ、大丈夫、大丈夫、あの子は悪い子ではない」

ダクストン大公が顔を覆ったまま言う。

「君のような綺麗なお嬢さんをお嫁にもらえば、アレクの態度も軟化するはずだ」

愛想笑いのまま、ルリーシェは心の中で呟く。

――綺麗、か。褒めていただけてありがたいけれど、貧乏で親が守ってくれない『顔だけいい女の子』なんて、変な男に迫られるばかりで幸せなことはないのよね。

ルリーシェは、苦い思いでその褒め言葉を噛みしめる。

どんなに容姿を褒められても嬉しいと思うことはない。

容姿が平凡でも、借金がなく、親が普通である人生のほうがずっと幸せであることを、身をもって理解しているからだ。

「アレクは大丈夫だ、この結婚はうまくいくとも」

自己暗示のように大公が繰り返す。

赤の他人であるルリーシェの前でこんなに取り乱すなんて、大公の心労はよほどのものなのだろう。

――エルギーニ王の急死に、狂犬という噂が流れるアレクセイ様の躾《しつけ》、それからこの国のこと。大公様も、気を遣うことが多くてお気の毒ね。でも、申し訳ないけど、愚痴を聞けば聞くほどアレクセイ様が『ヤバい男』だと分かってしまうわ……。

だがルリーシェには他に選ぶ道がない。

借金を返し、無垢《むく》な父を大公家で保護してもらうには、その『ヤバい男』と結婚し、『和睦の証』となる御子様をご誕生させるしかないのだ。


ダクストン大公から持ち込まれた結婚話から半年が経ち、結婚式の日がやってきた。

アレクセイとは一度も会わないままだ。

手紙のやりとりすらしていない。

こちらは気を遣って何通か送ったのだが、返事をくれたのはアレクセイの義母にあたる大公妃殿下だった。

――『頑張ってアレクに貴女からの手紙を読ませます』って……書いてあったな……。

遠い目になってしまう。花婿は今日、無事に式場に来るのだろうか。

ちなみにルリーシェの父は『実は私、アレクセイ殿下が好きだったの』という一言だけで結婚に納得してくれた。

『それならば父様は反対しないよ。愛する人と一緒になるのが一番の幸せだ。ところでどこでアレクセイ殿下と出会ったんだい？』

『えーと、花市場？』

『そうか、殿下はお花を見に来られるんだね。お花が好きならきっといい人だ』

これで父の件は片が付いてしまった。

悲しい。どう考えてもガバガバで穴だらけの話なのに『結婚したいよう』と嘘泣きするだけで信じるなんて、どういうことなのだろうか。

――仕方ないわ、お父様は地上に降り立った天使なのよ……お花を咲かせるのだけは本当にお上手だし、大公家に行っても庭師として頑張るって張り切ってくれているわ。

花嫁衣装を纏《まと》い終えたルリーシェはため息をつく。

父の件は片付いた。これからは夫のことに集中できそうだ。

「アレクセイ殿下がお見えになりました」

触れ係の声が聞こえた。慌てて様子を見に行くと、花婿は十人くらいの男に取り囲まれている。『お見えになった』というより『引きずってきた』が正しいのだろう。

――花婿様も一応来たわ……でもなにあの髪型……。

ルリーシェの夫は、絹のような銀の髪をしていた。

姿形もすらりとしていて驚くほど美しい。だが顔が前髪に隠れて見えない。

「おお、ルリーシェ殿。アレクを連れてこられたぞ。花婿衣装への着替えまではなんとか応じてくれた！」

大公が笑顔でそう教えてくれたが、そんなの『これから先はめちゃくちゃ大変で最悪ですが』と前置きされているのと同じではないか。

よく見れば大公も大公妃も顔がやつれきっている。

この結婚式に挑むにあたり、高貴なご夫妻にどれだけの心労があったのだろうか。

アレクセイは一瞬だけルリーシェを見て、ふいと顔を背けた。鼻の下まで前髪があって口の形が良いことしか分からない。

——予想以上に変な夫が来た。

泣きそうになりながらも、ルリーシェは借金の額を思い出して耐える。

これは政略結婚なので、花嫁花婿の気持ちなど関係ないのだ。

高貴な王子殿下の結婚式を行う大聖堂には、厳《おごそ》かな空気が漂《ただよ》っていた。

会場を飾る見事な花は全て『娘のために』と半年かけて父が育ててくれたもので、夢のように素晴らしい。

——お父様、どうして花だけはこんなに立派に咲かせられるんだろう？

式の来賓は新王をはじめとするこの国の名だたる上級貴族たち。

三回もの衣装替えに用意されたドレスは全て大公妃の心づくしで、それぞれにルリーシェの父の借金が数回返せるほどのきらめく宝飾品が添えられている。

ダイヤモンド、エメラルド、ルビー。全てお色直し用のドレスの色に合わせて仕立てられたものだ。

顔が見えない花婿以外はなにもかもが素晴らしい式だった。

誰が誰なのかも分からないが、高貴な来賓は皆、じっとルリーシェとアレクセイに視線を注いでいる。だが、村で見かけた結婚式と違って、笑顔溢《あふ》れる式ではないのはたしかだ。

特に前列の、身分の高い貴族の来賓席に座る男がやたらと目に留まった。

――あの人なんて、結婚式に来たとも思えないくらい暗い顔をしてるし……。

年の頃は三十過ぎ……くらいだろうか。

多分若いのだろうが、年齢がよく分からない。

立派な服を身につけているし、髪型も装いも非の打ち所がないのに、こちらに向けられた目は妙に虚ろで暗く見える。

――なーんか、気になる。なんだろうあの人？

この結婚式で、花嫁の自分より不幸そうな気配を漂わせる人がいるなんて、と思いつつ、ルリーシェは何度かその人物を確かめる。

――なんで気になるのか分かったわ。微動《びどう》だにしないからよ、しかもアレクセイ様をずっと見てるし。どうしたのかしらあの人？

ルリーシェは介添人に小声で尋ねた。

「ねえ、あの前列の黒い上着を着て、水色の花を胸に留めていらっしゃるお客様、具合が悪いのかしら。全然動かれないから気になるのだけれど」

「あちらのお客様は日頃から気鬱が重くて、お見苦しいところをおかけするかもと、事前にご連絡がございました」

介添人の説明にルリーシェは頷いた。

きっと無理をして結婚式に来てくれた人なのだろう。

──あっちのお客様より花婿のほうがヤバいわね。

チラリと様子を窺《うかが》うと、傍《かたわ》らのアレクセイはアレクセイで上の空だ。

まるでなにかに耳を澄ますかのような表情で、虚空をじっとにらんでいる。

時折首をかしげ、小さく相づちを打ったりもするのが不気味である。よくよく観察していると『別の草に報告を』と言っているのが分かった。

──く、草と会話しているの？　草なんてどこにも生えてないじゃない！　もう、意味が分からないけれど放っておこう。

ルリーシェは『夫のことは気にしない』と自分に言い聞かせ、父の姿を探す。

「ああ、おめでとうルリ、僕の娘はなんて綺麗なんだろう」

式場でただ一人、父だけが感動して泣いていた。

残念な中身とは裏腹に、今日の父はあらゆる人々の目を惹くほどにパリッとした見事な紳士ぶりだった。

悲しいことに顔だけは人一倍いいのである、この父は。

──アレクセイ様も、前髪でよく見えないけどお顔は綺麗そうなのよね。唇の形とか顎《あご》の線とか、作り物のように整っているもの。

ルリーシェは心の中でため息をついた。

人は見かけによらない。

どんなに美しい容姿をしていても、中身が『……』なら、結局は『……』なのである。

──残念だけれど、人間は顔ではないわ。顔に比例して中身も素晴らしくなる仕組みなら良かったのに。

冷めたことを考えている娘に、父が感涙にむせびながら言った。

「愛しているよ、ルリ。天国のお母さんに今日の君を見せてあげたかった……」

その言葉に、結婚式に倦《う》んでいたルリーシェの目にもかすかに涙が浮かぶ。

「ありがとう、お父様。お父様もダクストン大公家の庭師のお仕事を頑張ってね」

この世の誰よりも頼りなく、心配ばかりかけるどうしようもない父だが、ルリーシェを世界で一番愛してくれたのは父なのだ。

その事実はこれからも変わらない。

夫がこんな状態である限り、決して変わることはないだろう。

──お父様が喜んでくださるなら良かったわ……こんな結婚だけど、一つでも良かったと思えることがあるならほっとするじゃない？

ルリーシェは、自分にそう言い聞かせた。


そして初夜……。

ルリーシェは寝台の上で、初めて『夫』と正面からまともに顔を合わせた。

『なんとか一人、子供だけは作ってほしいのです。前王派と現王派が和睦した証を見せてほしいの……』

大公妃に涙ながらに哀願されたことを思い出す。

子作りはこの結婚における必須事項なのだった。

夫の全身からは拒絶の気配が漂っているが、仕方ない。何日かかってでも、この変な男と合体して、赤ちゃんを作らねば。

――あれだけの大借金を返してもらうんだから、文句は言えないわ。

アレクセイは結婚と同時に『サンデオン公爵』の位を与えられた。

ここはその公爵家の邸宅だ。ルリーシェは『サンデオン公爵夫人』と呼ばれる身分になったのである。

立派なお屋敷だが別に嬉しくない。公爵夫人になれたことも別に嬉しくない。

さっきから一言も口を利かない夫を持て余すばかりだ。

広い寝台で向き合って正座したまま、ルリーシェは思った。

――こんなふうに前髪がかぶっていて顔がかゆくならないのかな？

そう思いながらアレクセイに話しかけようとしたとき、ルリーシェの身体は寝台の上に倒れ込んでいた。

速すぎてなにが起きたのか分からなかった。

だが、だんだん息苦しくなってきて、首を絞められているのだと気付く。

――え……？　殺され……る……？

理解した瞬間に、ざあっと全身の血の気が引いた。

——私、殺されるの？　ちょっ……冗談じゃない！

そう思った瞬間、ルリーシェは力一杯アレクセイの身体を蹴《け》り上げていた。

申し訳ないが育ちの悪さには自信がある。

貧しく荒れた農村暮らしで、無頼漢《ぶらいかん》に襲われて股間を蹴りつけて逃げたことも一度や二度ではない。女だからと舐《な》めるな、と言ってやりたい。

「……けっ……蹴りが結構正確だね……？」

驚きの声とともに手が離れる。ルリーシェは飛び起き、咳き込みながらアレクセイの頬を力一杯叩いた。

「いきなり何するの！　首なんか絞めたら死んじゃうでしょ！」

「僕にはエルギーニの血筋と和睦する気などないんだ。当然こんなおぞましい結婚を受け入れる気もな……」

アレクセイの言葉が終わる前に、ルリーシェは再び平手打ちをお見舞いする。あっさりと防がれたが、構わずに今度は頭突きを食らわせた。

「おい……暴れずに僕の話を聞け……」

ルリーシェの身体はアレクセイに抱きしめられるような姿勢で押さえ込まれてしまった。

これでは殴れないし頭突きもできない。ルリーシェはジタバタと暴れながら叫んだ。

「放して！」

「僕と一緒に死んでくれ」

「え……？」

唖然《あぜん》となったルリーシェを強く押さえ込んだまま、アレクセイは言った。

「こんな結婚など受け入れない。僕と一緒に死んで、この国への抗議の礎《いしずえ》になろう」

アレクセイの声には冷たい怒りがにじみ出ていた。

だが怒り狂っているという点ではルリーシェも負けていない。

何なのか。

めちゃくちゃ嫌なのを我慢して結婚したのに、いきなり首を絞めてきた挙げ句、『一緒に死んでくれ』とは何なのか。

怒りに震えながらルリーシェは叫んだ。

「嫌よ！」

腸《はらわた》が煮えくり返り、髪の毛が逆立ちそうだ。

幼い頃から借金取りに怯《おび》え苦しみ、変な男どもには『やらせろ』と言われ続け、結婚したら夫が心中をもちかけてくる。

冗談じゃない。

こんな人生に鬱々《うつうつ》と耐え続けるなんて本当に冗談じゃない。

——な、ん、な、の、よ……！

緩まない腕の中でルリーシェは暴れ続ける。

「君は、エルギーニの威光を笠に着て生きてきた女なんだろう？」

アレクセイが言った。

ルリーシェの身体を戒める腕がますます強まる。巧《たく》みに身体を戒められて、殴りたいのに動けない。それなら言い返すのみだ。

「なんの威光ですか？」

アレクセイが、ルリーシェの声のきつさに一瞬ひるんだ様子を見せる。

「エ、エルギーニの威光……だけど……」

「威光もなにも、親戚だと知ったの半年前ですけど！　私の母の父の異母兄の、えっとなんだったか忘れた、とにかくよく分かんない他人みたいな親戚にすぎないのよ!?」

「……えっ？」

「それに、知ったところで、あんな大量殺人鬼と血縁だなんて大大大迷惑な話だわ！」

「あ、そ、そうなんだ……」

「放して！　放してっ！」

怒りのあまり地声の大きさがますます冴え渡る。

腕力ではまるで敵《かな》わないが、声量はルリーシェの圧勝だ。

心中なんて絶対に嫌だ。あと何回かこいつを殴ってから逃げよう。大公夫妻にもこのとんでもない男を躾け直してもらわねば。

「と、とにかく僕はこんな結婚は受け入れないから、一緒に死んでもら……」

「は……？　死にたいなら一人で死ねば……？」

自分でもびっくりするくらい低くて怖い声が出た。

アレクセイの腕が驚いたように緩む。

そのすきにルリーシェは彼の腕を振りほどき、両手の拳を握りしめてめちゃくちゃに殴りかかった。

アレクセイが腕で頭を庇《かば》いながら言う。

「ちょっ、こら待て……そんな攻撃じゃ僕には効かない、手を痛めるからやめろ」

「ふざけないで！　大っ嫌い、大っ嫌い、大っ嫌い！　そもそも貴方はね、結婚を十四人ものお嬢様に断られてる立場なのよ？　借金持ちの私しか候補に残らなかったの！　死にたいだの死のうだのと贅沢《ぜいたく》言える立場じゃないのよ！」

「ご、ごめん」

「うるさ――――い！　謝ったって今更遅いんだから！」

喉も裂けよとばかりに絶叫したとき、大きな音と共に扉が突き破られた。

――な、なに？

ルリーシェは腰を抜かしそうになる。

鎧《よろい》姿の騎士たちが扉を突き破って部屋に飛び込んできたのだ。ルリーシェの痩《や》せた身体が軽々と寝台から降ろされる。

だが、突然扉を破られたというのに、アレクセイは微動だにしない。

──び、びっくり……してないの……？　どうして？

「と、とりあえずアレクとルリーシェ殿を引き離すのだ！」

ダクストン大公の声が響いた。

「はいっ、花嫁様は確保しました」

「これより別室で保護いたします」

騎士たちに両脇を抱えられながら、ルリーシェはぱちくりと瞬きする。

同時にどっと恥ずかしさが襲ってくる。

──あ、う、嘘……やだ……外に人がいたの気がつかなかった！

どうやら、扉の外に騎士たちが控えていたようだ。

ルリーシェがあまりに大きな声で喚《わめ》いているので『異常事態発生』とばかりに突入してきたらしい。

──あ、あんなに騒いでるのを聞かれちゃうなんて！

耳まで真っ赤になっているルリーシェをよそに、ダクストン大公が寝台のアレクセイににじり寄って、肩を摑んで揺さぶった。

「馬鹿者！　ルリーシェ殿に何をした！」

どうやら大公は、アレクセイが心配で護衛騎士たちと共にこの屋敷に逗留《とうりゅう》していたらしい。

多忙なのに気の毒に、とルリーシェは思う。

「心中を持ちかけ、首を絞めました。僕には、エルギーニの血筋の娘と和睦する気などありませんので」

アレクセイの淡々とした声が聞こえる。

「なんでそのような愚かな真似をしたのだ！　相手は非力な娘なのだぞ……いつになったら、いつになったらお前に分別《ふんべつ》が、うう……っ……」

あまりのことに大公が泣き出す。

——気苦労が多くて本当に可哀想な方。

そのままルリーシェはご丁寧に騎士の一人に抱え上げられ、別室に連れて行かれた。

——信用なしじゃないの、私の夫。

変な笑いしか出てこない。

客室に案内され、ルリーシェは鏡を覗き込んだ。

喉に手をやる。首を絞められた瞬間は『殺される』と思い、とても息苦しく感じて大暴れして抵抗してしまったが、今は痛くもなんともない。

——あれ？　本気で絞めたんじゃなかったのかしら……？

よくよく確かめるが、ルリーシェの首には指のあと一つ残っていない。

アレクセイはかなり手加減していたようだ。

——どういうこと？

理由が分からず、ルリーシェはしばらく鏡の前で首をかしげた。

――まあ、確実に周囲に伝わったのは、心中を持ちかけられたことと、私が初夜に大暴れして、アレクセイ様を殴る蹴るして怒鳴り散らしたことよね。

どっと気が重くなる。

この状況では、御子様を作るどころの騒ぎではない。

気持ちがずんと沈みそうになったが、ルリーシェは慌てて振り払った。夜はそうでなくとも落ち込むものだ。それにろくな考えも浮かばない。悩むのはお天道様《てんとうさま》の下に限る。

――ま……今日は寝るか。全ては明日考えよう、そうしよう。

ルリーシェは背伸びをすると、解決を先送りにして寝台に潜り込んだ。

◆

アレクセイは真っ暗な場所にいた。そこにはランプが置かれた机以外なにもない。

机の上には一冊の日記がある。

――見たくない。

脂汗《あぶら》を浮かべながらアレクセイはその日記に触れた。表紙には『僕の思い出』と書かれている。自分の字だ。書いた覚えなどないのに。

――見たくない……これを……。

だが、意思とは裏腹にアレクセイの手はその日記をめくる。

黄ばんだ紙には、めちゃくちゃなページが採番《さいばん》されている。順番に綴《と》じられた本ではないようだ。これはアレクセイが見てきた恐ろしい夢の記録だと分かっている。書かれているのは、アレクセイが捨て去りたかった記憶の残滓《ざんし》だ。

——ああ……。


表紙が開かれた。アレクセイは諦めて、静かにページをめくる。

まるでその場にいるかのように、周囲の風景ががらりと変わった。

どうやらアレクセイが開いたのは、八つの頃、大公家に引き取られたばかりの頃のことを記した『日記』らしい。


『アレク、姉様と本を読まない？　一緒に字を勉強しましょう？』

大公夫妻の長女が、屋敷にやってきたばかりの『弟』にそう声をかけてきた。

アレクセイは『優しいお姉様』に怯えて、毛布の中に潜り込む。

——僕、知ってたよ、みんな死んじゃったの知ってたよ。

大公夫妻もその子供たちもはっきりとアレクセイに言おうとしないが、王宮で大虐殺が行われたことはもう知っている。

牢番がアレクセイの前で一日一度の飯をぶちまけながら教えてくれたからだ。

お前の家族はみんなくたばったよ、エルギーニ様が全員ぶち殺して、ご自分が王冠を被ったんだ……と。

三年の間に、牢番の言葉の意味が全て分かるようになった。

アレクセイは幼かったから『一応』助かっただけ。王宮にいた他の人は、家族を含めて皆殺しにされたのだ。アレクセイを庇って死んだ母のように。

父から国を奪ったのは『エルギーニ』。

虐殺を命じたのは『エルギーニ』。

牢の中で何千回もその名前を呼んだ。

そいつは、いろんな幸せを壊す化け物だ。

母をなぶり殺しにしたのもその化け物だ。

『エルギーニ』という化け物が、アレクセイの世界を食い尽くしたのだ。

忌まわしい名前を思い出すだけで、絶望と恐怖、そして怒りで震えが湧き上がる。

『私のお父様とお母様がアレクを引き取ったの。私たちはいとこ同士じゃなくて、姉弟になったのよ。これからは私たち家族みんなでアレクを守るわ』

義姉はそう言って、毛布の上からアレクセイを撫でてくれた。

『……長い時間、牢屋から助けられなくてごめんね、ごめんなさい。もし許してくれるなら、そのときは毛布から出てきてね』

アレクセイは毛布の下で耳を塞《ふさ》いだ。

——みんな、逃げて。あの化け物に殺されてしまう！

がたがた震えながらアレクセイは決意した。

化け物退治をしなければ、と。

――でも、こわい。化け物は、つよいから……。

アレクセイは恐怖を誤魔化すために数を数え始めた。

『い……いち、に、さん、し、ご、ろく……』

これに集中さえできれば、他にはなにも考えなくてすむ。長い長い牢暮らしの間に編み出した逃避方法だった。

丸まったまま必死に数を数え続けるうち、気が遠のいていくのがわかった。

あたりの風景が消え、日記がパタンと閉じる。

アレクセイは大きく息をついて目を開けた。そこにはあの机も日記もない。

――ああ、夢か。また嫌な夢を見た。

どうやらアレクセイは、騒ぎを起こしたあと長椅子で寝入ってしまったようだ。

頭をかきながら起き上がる。前髪がうっとうしいので、胸ポケットに入れたままのピンで留めた。

――いくら離婚したいからってやりすぎたかも。

なんとも言えない苦い後悔がこみ上げる。

――あの子、大丈夫かな……首絞めた跡が残っちゃってないかな。

アレクセイはそっと窓から部屋を抜け出し、露台から露台へと飛び移る。

普通の人間ならば落下する距離だが、アレクセイには問題なく飛び移れた。そういうふうに『先生』から『教育』されてきたからだ。

アレクセイは鍵の掛かっていない窓を開けた。

騒ぎを起こしたあと、『花嫁』はアレクセイから引き離されて客室に運び込まれるだろうと予測し、あらかじめ全ての客室の錠を開けておいたのだ。

こうして夜中に『花嫁』の様子を確認するために。

アレクセイは窓辺から『花嫁』の寝台を確認し、目を丸くした。

――あれ？　熟睡してる。

アレクセイは足音を消して室内に入り込む。

あんなに怒っていた『花嫁』は、先ほど殺されかけたことなど忘れたかのようにぐっすりと眠っている。つるりと輝く喉まわりには傷一つ残っていなかった。

「うーん……お金ない……むにゃ……」

どんな夢を見ているのだろう。

こんな状況で熟睡できるなんてすごい。多分アレクセイにも無理だ。

『花嫁』の図太さにアレクセイの心の奥底が甘く震えた。

よく見れば、花嫁は化粧していないのに内側から発光するように美しい肌をしている。

投げ出された細い腕にはしっかりと筋肉が付いていることも分かった。

――こんな生命力が強そうな女の子、初めて見たかも……。

得体の知れない好奇心を覚え、アレクセイは眠っている『花嫁』に顔を寄せた。

だが彼女は寝るほうが優先なのか、気配を殺した不審者がすぐ側にいるというのに一向に目覚める様子がない。

多分、一度寝たら生半可《なまはんか》なことでは起きないのだろう。

そんなところも素晴らしいと思える。

——ねえ、いい蹴りだったね……僕のこと嫌いだから蹴ってきたの？

『花嫁』は無意識下でアレクセイに気付いたのか、眠ったままぺしっと拳を繰り出してきた。

アレクセイはすっとその拳を避ける。

「借金……だめ……ぜったい……」

『花嫁』はもにゃもにゃと寝言を言いながら、再び深い眠りに沈んでいった。

——へえ……。

アレクセイの口元は知らないうちに緩んでいた。

こんな男に嫁いでくる気丈さはもとより、蹴りの的確さ、『死んでも殺されてたまるか』と言わんばかりのまなざしの強さ、なにもかもがアレクセイの予想を超えていた。

——もしかして『いい女』って君のことなのかな……？

アレクセイの口元にほのかな笑みが浮かんだ。

◆

「昨夜は本当にすまなかった。アレクには『女性に暴力を振るう男は人として最低だ』と百回ほど言って聞かせた。ルリーシェ殿、どうかあの子を許してほしい」

翌朝、目の下を真っ黒にしたダクストン大公がそう言ってルリーシェに頭を下げた。

傍らには青い顔をした大公妃がおり、同じく同時に頭を下げる。大公妃もアレクセイを案じて、夫と共にサンデオン公爵邸に留まっていたらしい。

あの男はどれだけ義父母に心配を掛ければ気がすむのだろう。

憔悴《しょうすい》しきった大公夫妻が気の毒で、アレクセイについての文句を言える雰囲気ではない。

「いえ……私のほうこそ騒ぎすぎて申し訳ありませんでした……」

朝起きて確かめても、やはり首はなんともなかった。間違いなくアレクセイは本気で絞めていなかったのだ。

それに今思えば、騎士が突入してたときも、アレクセイはまったく驚いていなかった。

おそらく、外に人が控えていることに気付いていたに違いない。

——全部わざとだったのかな……？　本気で結婚が嫌で、騒ぎを起こして離婚しようと思っていたのかも。多分きっとそうね……。

なんとも言えない気持ちになりながらルリーシェは尋ねた。

「アレクセイ様はどちらに？」

「庭かな。家にいるときは、暇さえあれば先生をお呼びして武術の訓練をしているから」

もう仇は死んだというのに、まだ『武術の腕を磨いている』のだろうか。聞きたいことが無限に湧いてきたが、ルリーシェはなんとか気を取り直す。

「あんなにも結婚を嫌がっておられるのに、私たちはまだこれからも、夫婦を続けないと駄目ですか？」

やつれ果てた夫妻が無言で頷く。

「そうですよね……アレクセイ様は、私と『和睦』してサンデオン公爵家の跡継ぎを作られることで、王位から遠ざかる意思を表明されねばならないお立場ですものね」

夫妻は再び頷いた。

――うーん、どうしよう……怒鳴りつけたり叩いたり、私も怒りすぎたかも。もしアレクセイ様が『私だけは絶対に嫌』って言い出したら、解雇されるかもしれないわ。そうしたらお父様を保護していただく約束も借金返済の話も、全部なしになっちゃう。

ルリーシェの中に焦りが生じた。

あの変な髪型の夫を探して、早めに『和睦』したほうが良さそうだ。

「閣下、大公妃様、私、アレクセイ様と仲直りしてきます」

土気色《つちけ》だった夫妻の顔にぱっと明るさが戻る。

「お……おお……なんと……」

「あの子を許してくださるの？　ルリーシェ殿……！」

ルリーシェは愛想笑いを貼り付けたまま、明るい笑顔で頷いた。

「はい、もちろんです。アレクセイ様を探してまいります」

とりあえず今は、大公夫妻の『点数』を稼いでおこう。

――私って嫌になるくらい打算的。でも、借金とお父様のためだから仕方がない。

ルリーシェは夫妻がいる部屋を出て庭に降りた。屋敷が広くてまだどこになにがあるのか分からない。

しばらく庭を歩き回っていると、木の長椅子に座る、銀髪の男のすらりとした後ろ姿が見えた。

――あ、見つけた。

ルリーシェが近づくと、アレクセイがぱっと振り返る。

「何してるんですか、アレク……」

問おうとした言葉が途切れる。

アレクセイの顔が露わになっていたからだ。

――嘘でしょう、な、な、なに？　この顔……っ……！

寝癖の付いた長すぎる前髪をただピンで留めただけの髪型だが、露わになったアレクセイの顔は、びっくりするほど美しかった。

くっきりと切れ長の水色の目に、通った鼻筋、薄い唇。

形のいい目は長い銀のまつげに縁取られている。

整いすぎて、ともすれば中性的に見えそうな容貌だが、その顔立ちは紛れもなく精悍《せいかん》な男のものだ。

――え……誰これ？　本当にあの変な夫？

ルリーシェは唖然として立ち尽くす。

座ったままルリーシェを見上げていたアレクセイが不意に言った。

「おはよう……意外と背が高いんだね」

艶《つや》やかだが、ひどく小さな声だった。囁くような声音につられ、ルリーシェは頷く。

「また僕を怒鳴りに来たの？」

淡々と尋ねられ、ルリーシェは我に返った。

――い、いけない！　ぼけっと見とれていないで気を取り直さなくっちゃ！

『人間は顔ではない』が信条のルリーシェだが、その信条をもってしても見とれてしまうほどに、アレクセイは美しすぎたのだ。

ルリーシェは深呼吸すると、礼儀正しく答えた。

「いいえ、アレクセイ様に謝罪に参りました」

「……どうして？」

「だってアレクセイ様は昨日、私を殺そうとしていなかったから……」

アレクセイの美しい顔に表情はなく、なにを考えているのか分からない。

また襲いかかってきたらどうしよう。かすかな恐怖を覚えたものの、ルリーシェは勇気を出してアレクセイに尋ねる。

「本気で私の首を絞めていませんでしたよね？　でも騒ぎは起こそうとなさった。それは、私とどうしても結婚したくなかったからではないですか？」

　尋ねると、アレクセイは無言で立ち上がった。

「手」

「は……はい……？」

「手を見せて」

　身体を強ばらせるルリーシェの手を取り、アレクセイはなにかを確認するかのようにしきりに眺めた。

　──私の手がどうしたというの？

　アレクセイはルリーシェの手を放すと、静かな声で言った。

「痣《あざ》になってる、僕を叩いたりするからだ」

「あ……」

　昨夜は殺されまいと無我夢中で、アレクセイに何度も殴りかかったのだ。

　──たしかに拳にすると痣が分かるわ。どれだけ殴ったのかしら。

　ルリーシェはしゅんとなって、アレクセイに頭を下げた。

「申し訳ございませんでした」

「ううん、悪いのは僕だよ」

　──ん……？

　ルリーシェは耳を疑った。

今、正気の人間らしき言葉が聞こえたのだが。

「君の言うとおり、僕は君を思い切り怖がらせて、泣かせて、離婚しようと思っていた。汚い格好で式に行って、初夜でも脅して、うんと君に嫌われようって」

アレクセイが水色の目をわずかに細める。

ふわりと周囲の空気が変わった。

透明だった朝の庭が、不意に淡い輝きを帯びたように思える。

――うっ……やっぱり顔を出していると、すごく、すごく綺麗な人ね。

アレクセイはもう一度痣だらけのルリーシェの拳を取った。

「だけど怪我までさせるつもりはなかったんだ……ごめんね……」

「いえ……」

沈黙が満ちる。

――アレクセイ様が謝ってくださるとは思わなかった。

ルリーシェは勇気を出してアレクセイに尋ねる。

「今も私と離婚したいですか？」

「……さあ、どうだろうね」

はぐらかされてしまった。

――うーん、困った。でも私のほうには明確に別れたくない理由があるのよね。

だが、自分の都合だけを主張するのは若干心が痛む。

メグウェル侯爵家の借金なんてアレクセイにはまったく関係のないことだからだ。

――どうしよう……。

しばし迷った末、やはり自分の事情を正直に言うことにした。

「私の家、途方もないくらいの借金があるんです。それを大公閣下に返してもらう代わりに、アレクセイ様の妻になりました。だから私は離婚に同意できません」

「いくら借りたの？」

予想外に現実的な問いを返され、ルリーシェは目を丸くする。

「えっ？　あ、はい、百万ミードルを父が十五年前に借りて、そのときの年利が三割だったので、大変な額に膨らんでしまい……」

「年利三割、複利で十五年……利子だけで三百六十万ミードル近いね」

即答されてルリーシェはひたすら瞬きをする。

――えっ、なに、いきなり……数字、合ってるのかな？

考えようとしたが無理だった。ルリーシェにはそんな暗算などできない。

「毎月一度利息が発生するとして、十五年なら、借入額の五倍近い返済になるよ」

言いながらアレクセイが木の枝を拾い上げ、地面に数式を書き始めた。暗算した金額を検算しているらしい。

「……ほら、合ってた。きっと利子ばかり返していて元本が減らないうちに、別の借金をせざるを得なくなったんだね」

「そ、そうです……元から家にはお金がなかったんですけど、私が幼い頃に母が重い病気になって、薬を買うために、その百万ミードルを借りたことがきっかけで……」

　地面の字を消していたアレクセイが驚いたように振り返る。

「母君の病は治ったの？」

　ルリーシェは首を横に振った。

「いいえ」

「借金は今いくらあるの？」

「今は……利子を含めて一億ミードルくらいになってしまいました。領地を売るために仲介してくれた人が権利書を持ち逃げして、土地を買ってくれた方に賠償金を払わねばならなくなったり……いろいろ詐欺に遭ったことが重なって……」

「一億はすごいね」

「はい……ものすごい額なんです」

　ルリーシェの言葉にアレクセイが空を仰いだ。

「最初の借金が百万ミードルか。そもそも一般的に認可された薬はいずれもそんなに高くないから、君のご両親は騙されたんだろう」

　アレクセイの言葉にルリーシェはぎゅっと唇を噛む。

　それはルリーシェ自身もずっと思っていたことだ。

　父はきっと、母が治ると信じて偽の高い薬にお金を払ってしまったのだろう。

「はい、私もそう思います。我が家は何度もお金を欺《だま》し取られているのですが、きっと同じ奴らにやられたんだろうって……私は疑っています……」

目に涙がにじんで、それだけ言うのがやっとだった。

痛いところをずばりと突かれて、悔《くや》しいし悲しい。

「どうして泣くの？」

アレクセイがはっとしたようにルリーシェの顔を覗き込んでくる。

「私の父は賢くないなりに必死に母を助けようとして、でも騙されてしまいました。母も、偽の薬が効くと信じながら死んでしまったんです。そのことが悔しいし、それをきっかけに『いいカモだ』と目を付けられて、お金を奪われ続けたことも悔しいです。なにより私が子供で、抗《あらが》う力がなかったことがすごく悔しくて……」

「君は、自分で戦いたかったの？」

「はい。辛酸《しんさん》を舐めた今の私なら、父が引っかかった詐欺にも気付けたと思います。そう思うといつも悔しいです」

正直に答えるとアレクセイがじっとルリーシェを見つめてきた。

真剣そのものの表情だ。だが彼がなにを考えているのかはまるで読めない。

「そっか……君は戦いたかったんだね」

アレクセイが感心したように繰り返した。だがルリーシェには、アレクセイが何に感銘《かんめい》を受けたのかまったく理解できないままだ。

「最初にお金を貸してくれた人の名前は分かる？」

「はい。ペンダン商会という金貸しです。今もその人にお金を借り続けていて、大公様が債務を整理して、一括返済してくださるんです」

ルリーシェの脳裏にペンダン商会の取り立て人のでっぷり太った姿が浮かぶ。

父が初めてお金を借りたとき、ルリーシェは二歳だったから詳細を知らない。

だが、金貸しの手口を嫌と言うほど見てきた今なら推察できる。

きっとペンダン商会は偽の薬売りとグルになって、カモになりやすい父を騙したのだ。母の命がかかっていたのに。

それに領地を売るときの仲介人も、ペンダン商会が紹介してくれた人間だった。

『騙しやすいからいくらでもむしり取れる』なんて陰で言われていたのだと思うと、腸が煮えくり返りそうだ。証拠はないからなにも言えなかったけれど。

涙を拭ったとき、不意にアレクセイが言った。

「僕と仲直りしない？」

「は……い？」

唐突な提案に、ルリーシェは目を丸くする。

アレクセイはなぜかしっかりと頷くと、ルリーシェに言った。

「よし、仲直りしよう。じゃあ僕は出かけてくる」

言うなりアレクセイは身を翻《ひるがえ》して庭を駆け去ってしまう。止める間もなかった。

──行っちゃった。私が止めないと駄目だったのかしら。

ルリーシェは、庭を飛び出していったアレクセイの背を呆然と見送った。


夕食の時間になって、アレクセイはひょっこり戻ってきた。

──遅くまで何をしていたのかしら。ん？　あの袋……なに……？

ふらりと食堂に入ってきたアレクセイを見てルリーシェは眉をひそめる。

妙に汚い袋を隠すように持っていたからだ。

「ドフリート・ペンダンと話をしてきました」

その名前はルリーシェも知っている。ペンダン商会の会長の名前である。

ドフリート本人が直接取り立てに来たことはないが、後ろ暗いことをたくさんやって、うんとお金を儲けているという噂だ。

──まあ、お金を借りた側の私が言えることじゃないけど、いつか天罰が下ってほしい人間ではあるわよね……メグウェル侯爵家はあいつに潰されたも同然だし。

ルリーシェは小さく唇を噛んだ。

「なんの話を……というかアレク、お前はどこをほっつき歩いていたのだ？」

食卓についていたダクストン大公が、恐る恐るのでアレクセイに尋ねる。

その隣に座っていた大公妃が、凛《りん》とした表情でアレクセイを叱責《しっせき》した。

「ペンダン商会への返済の話は管財人が進めています。アレク、貴方が関わることではありません。会いに行く必要もありませんよ」

「そうだ、妃の言うとおりだ。その変な荷物を置いてさっさと食事をとりなさい」

ルリーシェは『親子三人』の輪から外れて黙々と料理を口に運んでいた。

──いくつになっても、お二人に心配を掛けているのね。

そのとき、ルリーシェの目の前に血が付いた袋がぽんと投げ置かれた。見間違いではない。大量の血が付着している。動物の死体でも入っているのか。

「お土産」

「きゃあああああっ！」

ルリーシェは悲鳴を上げて飛び退いた。

「食事中になにを！　不衛生なものを食卓に載せてはなりませんっ！」

さすがに大公妃殿下は肝が据わっている。

だが義母の一喝《いっかつ》に、アレクセイは動じる様子もなく答えた。

「ペンダン商会は、ずいぶんと阿漕《あこぎ》な手で弱者から金を巻き上げていたようですね」

「いきなりなんの話だ、その袋にはなにが入っているのだ、アレク」

「これです」

アレクセイは袋の中から血の気の失せた手首を二つ取り出した。

血まみれの手首を見せられて、ルリーシェの気が遠くなる。

「かっ、片付けなさい、ルリーシェ殿の前でなにを出すのだお前は！」

「これは、ルリーシェの母君の命を奪った薬売りの詐欺師と、その親玉ドフリートの手首です。ご安心ください、今日のところは命までは取っておりません」

――嫌……なんなのこの人……！　なに？　私のお母様の……なに……？

白目を剝きかけていたルリーシェはカッと目を見開く。

今、アレクセイはなんと言ったのか。

「ペッ、ペンダン商会で、何をしてきたのだお前は……！」

大公の問いに、アレクセイは表情を変えずに答えた。

「僕はペンダン商会に赴き、過去のメグウェル侯爵家への金貸しと、薬の仲介事業などについて聞かせてくれと尋ねただけです。でも、あっちが襲ってきたので」

「馬鹿者、なぜただの借金の話をややこしくしてきた……っ」

額を押さえて呻き出す大公に、アレクセイがきっぱりと言う。

「『ただの借金』ではなく、人の命を奪った詐欺です。話の本質を矮小化《わいしょう》しないでください、閣下。被害者はルリーシェの母君だけではなく、おそらくもっとたくさんいます。僕は、そういう人間共が大嫌いです」

そう言うとアレクセイは手首をルリーシェに差し出した。

「ルリーシェ、君の母君に偽の薬を渡し、病気が治ると嘘をついた上、君の家から莫大な財を巻き上げた男たちの手首だ」

「い……いや……いらない……」

渡されても困る。ルリーシェはおぞましい手首から目を離せないまま、震え声でアレクセイに尋ねた。

「な、なんでこんなものを……なんで……っ……？」

「昨日、君に怖い思いをさせたお詫びに」

――今のほうが数百倍怖いんだけど！

「この手首、一緒に切り刻んで魚の餌《えさ》にしよう、仲直り記念に。少しは気が晴れるよ」

「い……嫌……嫌……！」

ルリーシェの拒絶に、アレクセイが美しい目をゆっくりと瞬かせた。

「そう、分かった。じゃあ、僕が一人でやってくるね……またあとで……」

アレクセイは手首を袋に入れて、ゆらりと食堂を出て行った。

――な……なに……えっ……？　お、お母様の仇を取ってくれた、ってことなの？　た、た、頼んで……ない……！

目の前が真っ暗になり、ルリーシェは今度こそ椅子から滑り落ちた。

「申し訳ない……アレクセイの躾がなっていないのは、私たちの監督不行き届きだ」

ルリーシェは途方に暮れていた。

大公夫妻の前で腰を抜かすなんて。気弱な嫁だと思われてはいないだろうか。

「いえ、あの、勝手に出かけるのを止められなくて、申し訳ありません」

それ以外に謝ることが思いつかない。

アレクセイがとんでもない事件を起こしてしまって、なにを喋ればいいのかまるで分からないのだ。

ダクストン大公夫妻は、石牢に閉じ込められたアレクセイをエルギーニ王と掛け合った末に助け出し、八つの時から十二年間育ててきたという。

だが、様子を見る限り、懐いている様子はあまりない。

この温厚そうな夫婦が十二年頑張って駄目だったのなら、もうそれは、アレクセイの個性ではないだろうか。

――ご夫妻の実の御子様二人は、とっても優秀でまともだって聞いたわ。

夫妻の長男は名だたる福祉団体の名誉総裁をいくつも務めている人格者で、今は大公家の領地で『領主代理』として辣腕《らつわん》を振るっている。

長女は隣国の王太子に嫁ぎ、良き母、良き妃として国民から慕われているそうだ。

二人共家を出るまで、年の離れたアレクセイを『大切な弟』と呼び、とても可愛がっていたという。

問題があるのは末っ子養子のアレクセイだけなのだ。この二人がやつれ果てているのもアレクセイのせいである。

「どうやら今日、ペンダン商会が誰かに襲われたらしい。商会からは『内輪もめ』とのことで王宮騎士団に届けは出ていないようだが、犯人は、うむ……アレクは叱ってもなだめてもなにも言わぬだろうし……はて、どうしたものか……」

ダクストン大公が言葉を切り、土色の顔で腕組みをした。

——犯人はアレクセイ様よね。

彼が差し出してきた手首を思い出し、再び気分が悪くなる。

あんなもの二度とお土産に持って帰らないでほしい。

「アレクセイ様はペンダン商会でなにをなさったのでしょう？」

「……やられたから、やり返したのであろうな」

大公が虚ろな目で言う。

「なにを……ですか……？」

「あの子は武器を向けられると、ちょっとやんちゃになってしまうのだ」

——絶対ちょっとじゃないし、やんちゃどころの騒ぎでもないでしょ。

なぜあんな危険な男を大公夫妻は野放しにしているのだろう。

「武器を向けられさえしなければ、たいていは大人しいのだが」

『普通の人間はみんなそうだ』と思いながら、ルリーシェは神妙に頷く。

「……あの子は……アレクは、私の妹の息子なのです……」

突然、大公妃が涙ながらに話し出す。

――そういえば、先王様は早くに妃殿下をなくされて、三人の御子様に恵まれたあとに再婚なさったのよね。その再婚相手との間に授かったのがアレクセイ様だと習ったわ。だから一人だけ他のご兄姉とは歳が離れていたって。

「アレクは妹が最期まで守った子なのです。妹は幼いアレクを壁と壁の隙間に押し込めて、そこを塞いで……エルギーニの兵に襲われてもそこを退かずに……」

青い顔で泣きじゃくる大公妃の肩を、大公が抱いた。

「妹が命がけで守った子だから、どうしても立ち直らせてやりたいのです。ルリーシェ殿にはひどいことを強いていると分かっています……でもどうしても、あと一度だけあの子を見捨てないでやってくれませんか……」

「大公妃様……」

初めて聞く話だったが、ルリーシェの胸は痛んだ。

愛する妹を凄惨な事件で失い、大公妃の心は今も深く傷ついたままなのだと伝わってきたからだ。

もちろん家族を全員亡くしたアレクセイの心も同様に傷ついたままなのだろう。

エルギーニ王はいったい、どれだけの人の人生を壊したのだろうか。

――信じられない。私、エルギーニ王は残酷で好きじゃなかったけど、そんな話を聞いたらますます嫌いになってしまうわ……死人だけど到底庇う気になれない。

そう思いながら、ルリーシェは重い口を開いた。

「実は私、今朝アレクセイ様とお話ししたのです。そのときアレクセイ様は『どうしても離婚したかったから首を絞めるふりをした』と仰り、私に謝ってくださいました。ですから、うまくすればまたお話ができるかもしれません」

大公夫妻の視線が集まるのを感じながら、ルリーシェは続けた。

「今宵、もう一度アレクセイ様とお話ししてみようと思います。なぜペンダン商会を襲ったのかも改めてきちんと聞いてみます」

「お……おお……そうしてくれると助かる……」

――私たち、まだ子作りを免除されてない。『あと一度だけ見捨てないでやって』って、今夜も挑戦しろってことよね。

ルリーシェは意を決して立ち上がると、大公夫妻に頭を下げた。

「ご心配をおかけして申し訳ありません。本来なら、結婚したあとは夫婦二人で力を合わせてやっていかねばなりませんのに」

殊勝に頭を下げると、大公夫妻の顔色がやや良くなった。

この二人の『点数』は稼ぎ続けないといけないのだ。『借金を肩代わりするのはやめた』と言われないためにも。

――結局私は、心の底からアレクセイ様を案じて行動している訳ではないわ。なにをするのも自分のためなのよ。

打算的な自分のことが改めて悲しくなったが仕方がない。

ルリーシェは夫妻がいる居間を後にして、私室に向かう。

待っていた侍女たちに湯浴みを手伝ってもらい、美しい寝間着を着せてもらって、続きの間である夫婦の寝室に入り、寝台に上がった。

アレクセイはどこに行ったのだろうか。

――そういえば、『アレ』を魚の餌にするって言ってた。どこまで行ったのかな。私は王都で暮らすのは初めてだから、よく分からないわ。

そう思いながらルリーシェはそっと枕の下から本を取り出す。

閨事の指南書だ。あられもないことが『お勉強』の体裁で堂々と書いてある。ルリーシェは処女な上、男のことなどなにも知らない。

だから、嫁ぐことが決まった日からこの本で楽しく……否、必死に勉強した。

ルリーシェの義務は一日でも早くアレクセイと『いたす』ことだ。

『いたした』ことをアレクセイから大公閣下夫妻に報告してもらい、夫妻に『いつかサンデオン公爵家に子供が生まれる』という希望を持っていただく。

そしてできるだけ早く子供を一人産もう。

ルリーシェにできるのはそれしかない。

――別れることになっても、子供がいたら養育費か慰謝料くらいもらえるもの。公爵家がくださるお金ならきっと高額なはずよね。

借金を返してたくましく生き残るには、この方法しかないのだ。

そう思いながらルリーシェは指南書をもう一度読み直した。いやらしくてよい。いや、そうではなく、内容が詳しくてよい。

アレクセイは閨のことなどなにも知らなそうだし、全部ルリーシェが教えねばならないだろう。ちゃんと勉強しておかなければならない。

——手でしてあげるのか……うまくできるかしら……。

夢中で読んでいたら扉が開く音がした。

「ただいま」

ルリーシェは顔を上げ、驚きに目を見開いた。

——な、なんで、髪の毛急に切ったの……？

入ってきたのはアレクセイだった。髪を切り、びっくりするほど普通の髪型になっている。これでは『変な夫』ではなく並外れた美男子だ。

驚きつつも急いで本を枕の下に隠し、ルリーシェは言った。

「お帰りなさいませ、アレクセイ様」

「敬語じゃなくていいよ。僕も君には敬語じゃないから」

相変わらず小さな声だが、声質には艶があり、低く滑らかだ。いい声をしている。

「そ、そうですか？」

「うん」

とりあえず、機嫌を取るためにも話を合わせたほうが良さそうだ。ルリーシェは普段通りの言葉遣いでアレクセイに尋ねた。

「じゃあ普通に話すわ。アレクセイ様、こんな時間までどこに行っていたの？」

「河と、床屋と、屋台かな……王都をふらついてきたんだ。いつものことだよ」

噂通り、アレクセイは屋敷の外をうろつき回るのが趣味らしい。

――街の床屋で髪を切る上級貴族なんて前代未聞なんだけど。この家にも専属の髪結いがいるのに……。

しかしアレクセイに常識を求めても仕方なさそうだ。

「アレクセイ様は……」

「僕のことはアレクと呼んでくれる？」

愛称で呼び捨てにしろと訂正され、ルリーシェは言い直す。

「分かったわ。でもアレクはもう公爵様なんだから、一人歩きは危ないと思うの」

「大丈夫だよ」

言いながらアレクセイ……アレクが寝台の端に腰を下ろした。ずっと生々しい性の指南書を読んでいたせいか、美しい異性と二人きりでいると、妙にどぎまぎする。

――えっと、まずは、なんでペンダン商会を襲ったのか聞かないと。一人で悪徳商会を襲うってなに？　その辺もよく分からないし。

ルリーシェは寝台の上に座り、ぽんぽんと傍らを叩いた。

「話をしたいからここに来て」

アレクは抗うことなく、すっと寝台に上がってきて、ルリーシェと同じように座った。

昨夜とは打って変わって素直で怖い。まずはなにから話そう。

「昨日あんなことをした男をそばに呼ぶなんて、勇気あるね」

アレクが淡い笑みを浮かべて言う。

「まあ、そうかも。でも本当に私を殺す気はなさそうだったから許してあげる」

正直に答えると、アレクが笑みを深める。

いったいなにが嬉しいのだろう。不思議に思いながらルリーシェは尋ねた。

「どうして髪を切ったの？」

「君に嫌われる必要がなくなったから」

小さな声でアレクが答える。

「それはどうして？」

身を寄せて尋ねると、アレクが不意に頬を染めてわずかに後ずさった。

「あ……それは…………た……から……」

声が小さすぎて聞き取れない。

「もっと大きな声で言って」

「君の蹴り、貴族のお嬢様とは思えない素晴らしい蹴りだったから。それから、僕に平手打ちを決めた女の子も人生で君だけだし、それが、すごく良かったんだ」

巨大な疑問符が頭に浮かび上がる。

――こ……の……人……なにを言っているの？　殴る蹴るされて嬉しかったってこと？

「あの……いったいどういうことなの……」

それ以外に尋ねる言葉が出てこない。この男はなんなのか。奇行がやまない上に変態なのだろうか。顔がいいのにもったいなさすぎる。

「どういう……うーん、君にボコボコにされて以来、なんだかドキドキして、君のことばかり考えるようになった……そんな感じかな」

「なんだかドキドキ？　どうして……？」

「分かりやすく言うと、君がすごい女の子だから仲良くしてみたくなった、って感じ」

ますます赤くなりながらアレクが言う。

「す、すごかった？　確かにすごかった……わよね。大声出してごめんなさい」

大公の護衛騎士が突入してくるほど騒いだのだから、すごかったに決まっている。

それに普通の貴族の令嬢なら、首を絞められたら怯えて泣くだろう。

逆上して蹴りつけ、殴りかかって怒鳴りつける娘なんてルリーシェくらいだ。

そんな『令嬢』と仲良くしたいなんて……。

――この人、やっぱり変。どう対応したらいいの？

俯くルリーシェの前で、アレクがますます赤くなり、膝を抱えて丸くなる。

「謝らないで。昨日の君はすごく素敵だったよ」

「貴方の趣味って、変わってるわ」

世の中にはいろいろな性癖の人がいる。それは理解しているが、正直、返事に困る。

「そうかな？　首を絞められて泣いちゃうような弱々しい女の子より、怒って蹴りつけてくるくらい強い女の子のほうが僕は好きなんだ。おかしい？」

——な、なんて答えよう？　うーん、うーん……。

熟考の末、ルリーシェは答えた。

「おかしくはない……と、思う……。好みは人それぞれだもの……多分……」

「なら問題ないね、他に質問はある？」

——意外と普通の受け答えをするのね。たまに正気に戻るのかな？

会話がまともに成り立つことに動揺しつつ、ルリーシェは次の質問を繰り出した。

「そ、そうね、じゃあ次に、なぜペンダン商会に行ったのか、そしてそこで何をしてきたのか教えてくれる？」

「さっき閣下に申し上げたとおりさ。君のご両親を苦しめた件について問い詰めようとしたら、商会の人たちが武器を持って襲いかかってきたんだ。僕は手ぶらなのに」

まさか手ぶらで向かったとは思わなかった。

「危ないわよ。悪徳業者だって教えなかったっけ？」

「平気平気……相手がそんなに強くなかったんだ」

「そ……そうなんだ。平気なのね」

——平気ってなにが？　手首を二人分持って帰ってきたくせに、なにが平気なの？

こんな危険な男を刺激したくない。

恐る恐る相づちを打つと、アレクは俯きながら話を続けた。

「うん、平気。心配してくれてありがとう」

――別にアレクの心配はしてないけど、黙っておこう。

神妙な顔で口をつぐむルリーシェに微笑みかけ、アレクが話を続けた。

「それでね、殺すとあとが面倒だから、首謀者の手首だけ切り落として持ち帰ったんだ。切り刻めば少しは君の気が晴れるかと思って」

――うう、言ってることが怖いよぉ……って、あれ？　自称『手ぶらで行った』はずのくせに、どうやって手首切り落としたんだろう？

疑問が山ほど湧いてきたが、当然ながら聞く勇気はなかった。

「こ、厚意でしてくれたの？　なにかと思ってあのあと腰を抜かしちゃった」

「君は手首が嫌いだったんだね、ごめん。『まだ本体は生きてる』ってちゃんと説明すれば良かった。君との仲直りに一緒に刻んで魚の餌にしようと思ってたんだけど」

――……これ以上聞くのはやめておこう。この人、ヤバすぎる。

アレクの考えは理解不能だったが、仲直りしようと思ってくれたことだけありがたく受け取ることにした。そのほうが建設的だ。絶対に。

「な、仲直りはするわ……だけど、もう手首は持ち帰らないでね」

「わかった、そうする」

しばしの妙な沈黙のあと、ルリーシェは念のために釘を刺すことにした。

「それより、サンデオン公爵が悪徳業者に乗り込んで大暴れしたなんて知られたら大変なことになるわよ。アレクはそうでなくても前王家の王子様として注目されてるでしょう？　もめ事を起こしちゃ駄目」

「僕は名乗ってないから大丈夫」

淡々と言われて『……そっか』という気分になる。

ペンダン商会でなにをしでかしたのかは充分に分かった。

――あとは……なにを聞こうかな……？

黙りこくっていたルリーシェは、ふと結婚式で気になっていたことを思い出した。会話が可能なうちにこれも聞いておこう。

「あ、ねえ、そういえば、結婚式にピクリとも動かずに貴方を見ている男性がいらしていたんだけど、アレクは彼が誰だか知っている？」

前席に座って、塗りつぶされたような暗い目でアレクを見ていた謎の来賓のことだ。

アレクは一瞬視線を上向かせ、すぐに思い出したように頷いた。

「知ってる。僕の親戚」

「なんだかものすごく元気がなかったけれど、大丈夫なのかしら？」

「彼は仕方ないよ、ずっと前から病気なんだ」

どうやら彼はアレクの知り合いらしい。それに、病身でも挙式に来てくれるほどだから、あの陰鬱さを凝縮したような態度にも悪意はないのだろう。

「そうなの、分かったわ。ご病気ならあまり立ち入ったことを聞くのも失礼ね」

そこで会話は途切れてしまった。

さて、この変な夫と他になにを話せばいいのだろうか。

「ルリーシェ」

「なに？」

「君の愛称を教えて」

唐突な話題の転換についていけないながらも、ルリーシェは答えた。

「ルリよ。父や学校の友達はみんなルリって呼ぶわ」

「僕もそう呼んでいい？」

「え……い、いいけど、アレクは私と離婚したかったんじゃないの？」

再び沈黙が訪れる。

──よくわからない人。なにがしたいのかしら……？

考え込んでいたルリーシェの身体がころりと寝台に転がった。

ぐるっと身体を回転させられたような気がしたが、なにをされたのかよく分からない。

たった今まで座っていたはずなのに、気付けばまっすぐに寝そべっていた。

「昨日は本当にごめんね。たとえエルギーニの血を引いていても、君とあいつはまったく違う人間だってことが分かったんだ」

アレクの美しい顔が、真上からルリーシェを見つめている。

――あれ？　私、押し倒されて……る……？

「だから、もし君さえ許してくれるのなら、僕は君の下僕《げぼく》になりたい」

「下僕？」

「そう。僕が悪いことをしたら、平手打ちして躾けてくれるご主人様になってほしい。奥さんって、旦那さんを躾ける存在なんでしょう？」

――えっ？　夫婦ってそんなものかな？

ルリーシェは目を泳がせながら尋ね返した。

「誰をお手本にしているの？」

「ダクストン大公夫妻だよ」

――これはまた、とんでもない話が始まりそうね。

ルリーシェはできるだけ表情を変えないよう、無言で話の続きを待つ。

「大公閣下は常々『夫は妻の尻に敷かれるべきだ』と仰っているんだ。人目のないところでは、大公妃様のことを『うちの大将軍様』と呼んでるし」

――うん、聞かなかったことにしよう。

ルリーシェは慌てて愛想笑いを浮かべ、首を横に振ってみせる。

「貴方には『下僕』じゃなくて『夫』になってほしいの。私には人様の躾なんてできないもの。でも、気になることがあったらちゃんと指摘するわ。それでいい？」

「わかった、ありがとうルリ。僕の素敵な司令官殿」

——えっと、あのね、司令官じゃないのよ、妻って。伝わってないと思うけど。

困り果てるルリーシェに、アレクが尋ねてきた。

「じゃあ、夫婦になった記念に口づけしてもいい？」

突然の、予想もしない申し出に頬が熱くなる。

「え、ええっ？　口づけ……？」

「嫌？」

アレクが美しい眉を寄せ、どこか寂しげに首をかしげる。

ルリーシェはかすかにつばを飲み込み、勇気を振り絞って答えた。

「い……いいわよ……」

アレクはなにも言わずに、顔を傾けて唇を押しつけてきた。

舌先がぺろりとルリーシェの唇を舐める。『口を開けて』と言われたような気がして、ルリーシェは恐る恐る唇を開いた。

口の中にアレクの舌先が入ってくる。ひるむルリーシェには構わず、熱を帯びた舌先が、歯列をゆっくりと舐めあげた。誘うように舌先をつつかれ、ルリーシェは戸惑いながらもアレクの舌先を舐め返す。

——どうしよう。こんな口づけの仕方、指南書に書いてなかった。

焦りながらも、ルリーシェは未知の深い口づけに応える。

やがてゆっくりと唇が離れた。無我夢中で口づけしていたから、いつの間にかアレクにのし掛かられていたことに気付かなかった。

「ルリの服、脱がせていい？」

――あ、え、あ……えっと……これって……私と合体しようってこと？

どうやらアレクは、夫婦の務めを果たす気になってくれたらしい。

心中を持ちかけられた昨夜からすれば大変な進歩である。

未知の行為に対する不安がこみ上げてきたが、ルリーシェはぐっと呑み込んだ。

――し、仕事なんだし、今夜こそアレクと結ばれなくちゃ。

ルリーシェは頷きかけて、慌てて首を横に振る。

指南書には、性行為に無知な夫の服は妻が優しく脱がすようにと書いてあったからだ。

「ううん、先に私がアレクの服を脱が……」

「僕が脱がせてあげる」

思いも寄らぬ速さでルリーシェの帯が解かれた。しっかりと着込んでいたはずの寝間着とガウンが身体から剝ぎ取られ、床に投げ捨てられる。

早業《はやわざ》すぎて、抗う間もなかった。

「これはお気に入り？」

「え……な……なんのこと……？」

心の準備もできていないまま腰ばき一枚の下着姿にされ、ルリーシェは震え声で問うた。

「この下着は君のお気に入りか、って聞いてる」

「べ……別に……普通よ……ただの下着……」

答えると同時に、アレクの手にナイフが現れる。

どこから取り出したのかと聞く前に、ぴっと音を立てて下着が切り裂かれた。

腰回りを覆っていた布がはらりとほどける。アレクは腰の下から下着の残骸を引き抜くと、他の寝間着と一緒に床に投げ捨てた。

「な……なにを……あ……」

慌てて秘部や乳房を隠そうとするルリーシェの前で、アレクがものすごい速さでシャツをかなぐり捨てた。ズボンも下着もあっという間に脱ぎ、一糸纏わぬ姿でルリーシェの脚の間に割り込んでくる。

なんの特殊芸かと聞きたくなるくらいの速さだった。

――ど、どうし……よう……指南書には……指南書……には……えっと……。

突然裸にされて、なにも考えられなくなる。

アレクは呆然としているルリーシェの膝に手を掛け、脚を大きく開かせた。

「あ……や、やだ……」

「すごく綺麗な身体だね、ルリ……僕、君の身体の形状が大好きだ」

ルリーシェの裸身をうっとりと見下ろしながらアレクが言う。

「えっ……見……見ないで……あ……」

男の人に裸を見られるのは、幼い頃、父にお風呂に入れてもらったとき以来だ。

真っ白だった頭が、じわじわと羞恥に染まる。

——う、うそ……私たち、本当にする……の？

今夜こそなんとかしてアレクと『寝る』つもりだったが、それは自分が誘って、応じてもらってのことだと思っていた。

こんな勢いで脱がされるなんて予想もしておらず、動悸が激しくなる。

「女の子は男に抱かれるのが怖いんだよね？　でも大丈夫、怖いところはすぐに終わらせるから」

そう言うと、アレクは寝台の脇に置かれていた卓から、青い小瓶を手に取った。

「ちゃんと説明するから怖がらないで。これから僕は君を抱く。だから痛くないように潤滑剤を塗る。そのために君の脚の間に触るね」

アレクが、青い瓶の中身をたっぷりと手に垂らす。そして指に取ると、むき出しのルリーシェの蜜口に触れてきた。

「……ん！」

思わず声を漏らし、ルリーシェは慌てて両手で口を塞いだ。

——い、いや……どうしよう。でも大声出しちゃ駄目……私、声、大きいし……。

「この潤滑剤を、今から塗るよ」

「ア……アレク……待って……待っ、んぁ……」

指が、震える未熟な秘裂の奥に入ってきた。薬が冷たい。指はどんどん奥に入ってきて、ルリーシェの蜜襞をゆっくりとかき回した。

「や……やだ……怖い……っ……」

「怖い？　じゃあ君の気が散るように、別のことをしようか」

ルリーシェの隘路《あいろ》を優しくほぐしながら、アレクが乳房に口づけてきた。柔らかな銀の髪が肌に触れ、続いて唇が乳嘴《にゅうし》を軽く吸う。

「ひ……っ……」

アレクの指を咥《くわ》え込んだ場所がきゅっと締まった。

その反応を楽しむように、舌先がルリーシェの胸の蕾《つぼみ》をそっと転がす。同時に膣内を指がぐるりと一周した。

未知の快感が身体の奥深くに生まれ、ルリーシェはたまらずに腰を浮かす。

「あっ、や……胸……弄らないで……ん」

ともすれば漏れそうになる嬌声を抑え、ルリーシェは口を覆ったまま懇願した。かき回される脚の間から、くちゅくちゅといやらしい音が聞こえてくる。

アレクの唇は乳嘴から離れない。身をよじるルリーシェを焦らすように、アレクは硬くなったそこに軽く歯を立てた。

「あぁっ！」

ルリーシェの身体が不意の刺激に跳ねた。

指を受け入れている場所から、どっと何かがあふれ出してくる。あまりの羞恥に腰を引き、逃げようとしたが、脚を押さえ込まれて動けない。

「胸をこうされるのは好き？」

「い、いや……嫌い……嫌いよ……」

息を弾ませながら答えると、今度は乳嘴を唇で強く挟まれた。男の人に乳房を弄られているのだと思うとどうしようもなく恥ずかしさが増す。

「あん……嫌い……ん……」

「本当に嫌い？」

「き、嫌……んぁ、あ」

先ほどよりも強く乳嘴をもてあそばれ、ルリーシェは情けない声を漏らす。

ルリーシェの身体は乳房への愛撫に反応し、咥え込んだ指をもどかしげに締め付けた。

——私……嘘ついてないのに、恥ずかしくて嫌なのに、どうして？

アレクが身体に触れるたびに、どんどん力が抜け、抵抗しようという気が失せてくる。

「ぐちょぐちょになってきた。ルリのここ」

アレクが耳元に唇を寄せ、そう囁きかけてきた。

どうしよう。こんな場所を濡らしてアレクの手を汚してしまうなんて。羞恥に目をくらませながら、ルリーシェは懸命に言い訳をした。

「あ、貴方が、触るからよ……っ……」

「気持ちがいいと濡れるんだよね？」

「や……やだ……これは違うの……あぅ……っ……」

アレクの指が不意に抜かれた。

「君の中に入っていい？」

「い、いや……待って……あ……！」

「ううん、待てない、こんなに可愛い反応されたら我慢できないよ」

指とは比べものにならないほど太いものが、濡れそぼつ蜜孔に押しつけられる。

「君からとてもいやらしい匂いがして、興奮してくる」

「な……んの話して……あう……っ……」

ぐずぐずにほとびた場所に、容赦なく杭《くい》が押し入れられる。

奥へ奥へと突き入れられる硬い棒が、未熟な身体を強引に押し広げていく。

「いや、痛い……っ……」

「すごく痛いなら……抜こうか……？」

アレクの息がかすかに乱れている。

――ううん、やめちゃ駄目だ。

歯を食いしばっていたルリーシェはふと冷静になる。

縁談の受諾から今日まで、関係者がどれだけ大変だったことか。アレクが自分を抱く気になったこの機会を逃してはいけない。

性交なんてその辺のご夫婦はみんなしている。痛いのは初回だけのはずだ。

「平気よ……もっと奥まで入れて……」

答えた瞬間、軽く耳を噛まれた。

「そんなこと言われたらますます興奮するんだけど？」

――どうして？　ただ入れてって言っただけなのに……！

「あは……僕にやられてる顔、最高だよ……ルリ……」

この男が、本気で分からない。

泣きそうになりながらルリーシェは両手で枕の端を摑んだ。

「な、なにそれ、あ……あぁんっ」

「……可愛いって意味だよ……強い子が泣きそうなのってすごくいいね……」

アレクの肉杭が付け根まで強引に挿入された。ルリーシェは息を弾ませながら恐る恐る力を抜く。

――だ……大丈夫だけど……きつい……。

半泣きのルリーシェの髪をアレクが撫でた。

「ルリの髪、丈夫そうでとても綺麗だ。こういう髪、大好き」

「あ……ありがとう……普通よ……」

「肌もすべすべでつやつやしてる。新鮮な果物みたいで素敵だね」

「あっ、あの……普通だから……」

褒められ慣れていないルリーシェは、アレクの突然の褒め言葉に当惑してしまう。

思えば、食にも事欠く生活をしていた割には、父子共に歯が丈夫で髪も肌もツルピカなのだ。強いて言うならそれがルリーシェの取り柄である。

「私、父に似て身体がすごく丈夫なの……んあ、な、なに、あ……」

ルリーシェが話している途中なのに、アレクが急に動き始めた。

蜜窟を満たした肉竿が濡れた内壁をこする。そのたびにルリーシェの粘膜がひくひくと反応した。

――あ……だめ……変な声出しちゃ駄目……。

のし掛かるアレクの胸板が軽くルリーシェの乳房を潰す。身体同士がぴったりと密着して、アレクの身体が予想外にたくましいことに気付いた。

引き締まった身体を感じるたびに、ルリーシェの身体がかっと熱くなる。

――こ、これ、すごく恥ずかしい！　どうしよう……！

羞恥心を持て余し、ルリーシェは必死にアレクから顔を背ける。

「続けても大丈夫？」

「え、ええ……あんっ、いやぁっ、あぁんっ」

突如、突き上げが揺さぶるほどに激しくなった。ルリーシェは必死で枕の端を摑む。

胸板に押しつぶされた乳房がぷにぷにと頼りなく揺れて、くすぐったかった。

だがくすぐったさは次第に別の、ねっとりと熱を帯びた快感に変わっていく。繫がり合った場所から、粘性を帯びた蜜が滴るのが分かった。

「ああ……ルリってなんでこんなに可愛いんだろ……？」

「な……なによ、急に……んぁ、あぁっ、ああ！」

大きく脚を開いたルリーシェの身体に、ぱん、ぱんと音を立ててアレクの腰が打ち付けられる。

肉杭が抜かれるたびにおびただしい蜜があふれ出し、力強く貫かれると隘路がぎゅうぎゅうと収縮する。くらくらするほど気持ち良くなってきた。

——駄目……変な声が出ちゃう……恥ずかしい……！

「君の中って……すごく締まるんだね……いい……」

ルリーシェの身体を荒々しく貪《むさぼ》っていたアレクが言う。彼の肌はほんのりと汗に濡れ始めている。

「ねえアレク……私が声を出したら、口……押さえて……」

「いやだ。押さえたくない」

「お願い、私の声、大き……ひっ……あ、だめ、これ、あぁんっ」

アレクが一番深い場所を抉《えぐ》りながら接合部を執拗《しつよう》に押しつけてきた。強い刺激にルリーシェの薄い腹がうねるように波打つ。

激しい快感に脚を震わせるルリーシェを繰り返し穿《うが》ちながらアレクが言った。

「今日は外には誰もいないみたいだ。安心していっぱい声を出して」

「あん……っ……いや……っ……」

お腹の奥が疼《うず》き続けていて苦しい。蜜がますますこぼれ出る。

「ねえ、ルリも僕のことを抱いてよ」

「え、ええ……」

ルリーシェは恐る恐る枕から手を離し、アレクの背に腕を回した。

「私……本当に声大きくて……んぅっ……」

「僕は、君の声を聞きながらしたいけどな……」

こめかみに口づけられただけなのに、身体中がぞくっと震えた。ますます息が弾む。目の前に薄い涙の膜が張り始める。

「だめ……恥ずかしい……」

無我夢中でアレクにすがりつきながらルリーシェは訴えた。

「ルリは気持ちいい？」

「あ……今は……あん……っ……」

お腹の奥がヒクヒクして止まらなくなってきた。

もっとたくさん突いてほしい。

ついさっきまで挿入されることがとても怖かったのに、今では世界がひっくり返ったかのように、別のことを考えている。

もっと繋がって肌をこすり合わせたい、アレクの身体は温かくて気持ちがいいと。

「もう怖くない？」

ひどく優しい声でアレクが尋ねてきた。

「え、ええ……」

たしかにアレクは『怖いところ』をものすごい勢いですっ飛ばしてくれた。服を初めて脱がされ、異性に触れられるまでの不安しかない過程を、あっという間に終わらせてくれたのだ。

——早脱ぎ芸かと思ったけど、違ったんだ……。

ちょっとだけ嬉しくなった。彼は初めて男と寝るルリーシェを思いやってくれたのだ。優しいところがあるのかもしれない。

「なら良かった。もっと動くね」

「あ……あ……！」

気付けばルリーシェは手足をアレクの身体に絡めて、奥を突かれるたびに甘ったれた泣き声を上げていた。

「アレク、私、あ……あっ、あうっ」

肉杭が前後させられるたび、腰が揺れてぐちゅぐちゅといやらしい音が聞こえる。痛みはない。汗に濡れた背にすがりつき直すたび、アレクが額に口づけてきた。

必死に声を押し殺しながら、ルリーシェはされるがままにアレクに身を任せる。

——だめ、だめ、これ……私、変になる……！

お腹の奥の熱さが耐えがたいものに変わっていく。

アレクの息も荒くなり、ぴたりと重なり合った肌は、共に汗に濡れていた。

「ルリ、どうして僕に脚を開いてくれたの？」

不意に尋ねられ、ルリーシェは薄目を開けて答える。

「んぁ……だ、だって私、結婚……したから……っ……」

答えるだけで、全力で走ったときのように息が乱れた。

「それだけ？」

「あ……わ……私は、こうするために……連れてこられて……っ……」

答えながら、ルリーシェはぎこちなく腰を揺する。

もっと奥で、より深い場所でアレクを食みたい。

その思いは間違いなく本能に根ざしたものだった。

「そっか、覚悟を決めてるから、こんな男にでも抱かれてくれるんだ。君は強いね」

ルリーシェの面白みのない答えに満足したのか、アレクがこめかみに唇を押しつけてくる。その間にも抜き差しの速さはどんどん増していった。

——どうして、こんなにきもちいいの……？

ルリーシェは、アレクの滑らかな背中に軽く爪を立てる。気を抜けば、獣じみた喘《あえ》ぎが喉から漏れてきそうだった。

「あんっ、あっ、やだ……そんな奥っ……」

「僕、だめだ。ルリが可愛すぎてもういきそう」

言いながらアレクが動きを速めた。ルリーシェは身体がずれないよう、アレクに摑まる腕に力を込める。

「ねえルリ……中でいっていい……？　外じゃなくていい？」

強い力でルリーシェを抱きすくめ、アレクが尋ねてきた。

「ん、っ……アレクの、好きにして……い……っ……」

ルリーシェは嬌声をこらえながら必死に答えた。

お腹の奥が強く締まって苦しいほどだ。

——男の人に抱かれるって……こんな……なんだ……。

ルリーシェの目尻から涙が幾筋も伝う。

あまりに気持ち良いと勝手に涙が出るのだと知った。

アレクを受け入れている場所がびくびくと収縮する。

——だめ……！

感じたことのない強い快感が腹部を震わせるのと、深い場所に熱い液が撒き散らされるのは同時だった。

「あぁ……！」

「可愛い……可愛いルリ……これからは、僕以外の男に身体を触らせちゃ駄目だよ」

「なにを言って……あぅ……」

ルリーシェは初めての絶頂の余韻に身体を震わせる。
目をつぶりかけたルリーシェの顔中に、口づけが降ってきた。
——なんでアレクは、急に……優しくなったんだろう……？
ゆっくりと結合を解き、アレクはルリーシェの身体を抱き寄せてくれた。
ただ寄り添い合っているだけなのに、不思議と幸せを感じる。
『借金がなくなる代わりに、これからは変な夫に耐える人生なんだ』
そう覚悟していたのに、その気持ちがほんの少し変わった気がする。
——アレクって変な人。でも……昨日ほどは嫌いじゃないかも……。
満たされた気持ちで、ルリーシェは目を閉じる。
——ああ……男の人の身体って……温かくて気持ちいい。

第二章　妻は司令官ではない

「おはよう、ルリ」

　アレクの声が聞こえる。

　目が覚めると、昨日と似たような格好に着替えたアレクが寝台に座っていた。頭にはまたぴょんぴょんと寝癖が付いている。直す気はないらしい。

　──あ……私……裸だ……。

　ルリーシェは肌掛けの下で縮こまる。部屋が明るい。今肌掛けを捲られたら朝から裸を見られてしまう。

「おはよう。あの、床に落ちている寝間着を拾ってくれる？　私、なにも着ていないから恥ずかし……っ、ひぁ……」

　勢いよく肌掛けを捲られて、ルリーシェはとっさに悲鳴を呑み込んだ。

「身体を拭《ふ》いてあげる」

　見ればアレクが大きなたらいにお湯を汲んできていた。

「侍女に世話されたい？　それとも昨日肌を見た僕が君を綺麗にしていいかな？」

ルリーシェは答えに迷い、胸を隠しながら自分の身体を見下ろした。

シーツに薄い血の染みが点々と散っている。

それにうまく言葉にできないが、自分の身体の雰囲気もいつもとは違うような気がした。

──こんなの、昨日なにがあったかすぐ分かっちゃう。侍女の皆さんに綺麗にしてもらうのは恥ずかしいな……。

しばしの葛藤の末、ルリーシェは小声で言った。

「私、侍女にこの姿を見られるのも、貴方に触られるのもとても恥ずかしいの。今まで、ほとんど人にお世話をされたことがないから」

「もう交わったあとなのに恥ずかしいんだ？」

「……ええ、恥ずかしいわ。手伝ってくれるというのにごめんなさい」

泣きたい気持ちで俯くと、アレクは素直に頷いた。

「いいよ、分かった」

アレクは手際よくお湯にひたした布を絞り、ルリーシェに手渡してくれた。

「じゃあ僕は背中を向けてるね」

──あ……嫌だって言ったら、無理に触らないでくれるんだ……会話が通じる。

ほっとしながら、ルリーシェは濡れた布で身体を拭いた。

「もう一度洗うから、布を貸して」

アレクはこちらを振り返らずに手だけを差し出してきた。ルリーシェはその手に、身体を拭いた布を握らせる。アレクは再び布を絞ると、こちらを向かずに手渡してくれた。

じろじろ見られなくて、涙が出るほどほっとする。

一通り身体を清めたあと、ルリーシェは布を手渡し、アレクに言った。

「身体、拭き終わったわ」

「じゃあ、お湯の始末してくるね」

アレクは床から寝間着を拾い上げると、振り向かずに寝台に置いて立ち上がる。そして、たらいと布を持って寝室を出て行った。

――ありがとう……アレク……。

ほっとしつつ、ルリーシェは寝間着を着込む。そして残骸になった下着を拾い上げて書類の反古《ほご》に包み、くずかごに捨てた。

――とんでもない男の人だと思っていたけど、少しはいいところあるじゃない。

もう一度寝台に腰掛けたとき、アレクが戻ってきて笑顔で言った。

「シーツのしみ抜きもするよ。侍女には見られたくないんだよね？」

「え……そ……それは……私がするわ……綺麗に落ちるか分からないけど」

頬を赤らめて答えると、アレクが妙に力強い口調で言った。

「大丈夫！　僕、血抜きの薬を常備してるから！」

「なんでそんなもの持ってるの!?」

驚いて問い返すと、アレクがシーツをたぐり寄せる。ルリーシェは立ち上がって再度尋ねた。

「そんな薬、普段なにに使っているの、ねえ!?」

「綺麗に落とせるよ、安心して任せて！」

「待って、貴方がそんな薬を持っている理由を知りたいんだけど、アレク……あっ、行っちゃった……」

ルリーシェの脳裏に、目の前に放り出された二つの手首が浮かんだ。

——ああいうときに使うのでしょうね。

夫は思ったより優しいが、確実にヤバい男だ。

エルギーニ王の兵士たちを一人一人殺して回っている、という噂も真実かもしれない。

——心情的には、アレクがそんな真似をしても仕方がないとは思えるけど……。

エルギーニ王の兵士は、王宮に火を放ち、無抵抗の王妃や王子王女、武装していない侍女に至るまで一人残らず殺し尽くしたという。

世間では『エルギーニ王が悪い、先王一家に働いた非道な行いを許せない、アレクセイ王子は可哀想だ』という声のほうが圧倒的多数だ。

しかしその『容疑者』が身近にいると思うと怖いのも事実である。

あまり考えないほうがいいのかもしれない。アレクはルリーシェの夫になった。今更真実を知ってもどうしようもないからだ。

——やっぱり、簡単に借金を返していただける方法なんてないのね。

ルリーシェは思い切り息を吐き出す。

今日からは、アレクが問題を起こさないでくれればいいのだが……。


朝食のあと、大公夫妻が使う居間にルリーシェだけが呼ばれ、打ち合わせが行われた。

『アレクは大丈夫だろうか』という結論の出ないアレである。

「今朝のアレクは、妙に大人しかったな。黙って食事の席に着くとは……」

大公がそうこぼすのも無理はない。

アレクは結婚してから今まで、心中騒ぎを起こしたり、悪徳業者を襲撃して人間の手首を持って帰ってきたりと、悪いことを山ほどしでかしたからだ。

――まだ結婚二日目の朝なのに、一生分の事件を短時間で体験したわよね。

しかし、今日のアレクは違った。

普通に朝食の席に来て、大公夫妻とルリーシェ、四人で食事をとったのである。

――アレク、『今日の玉子焼きは甘くなくて美味しい』って言ってたわ。

そう、アレクは普通だった。

『普通にしているアレクが一番恐ろしい』

大公夫妻の疲れた顔にははっきりとそう書かれていた。

「君に愚痴ばかりこぼして申し訳ないのだが、あの子が大人しすぎて不安だ。なにより二日連続で家にいる」

——アレクがまともにしていても不安だなんて。もう本当にお気の毒。あの人、どれだけご夫妻に心労を掛けてきたのかしら。

「あの子は昨夜は暴れませんでしたか？」

虚ろな目で大公妃が尋ねてきた。

——『やる気になってくださって、無事に結ばれました！』なんて言えない……しかも下着をナイフで裂かれたりとか、ちょっと変わった流れだったし。

ルリーシェは夫妻と目を合わせず、小声で返事をする。

「はい、アレクセイ様は穏やかにお過ごしでした」

「本当に……？」

「もちろんです。手首を持ち帰ったこともちゃんと謝ってくださいましたし」

重い沈黙が満ちる。

そのとき、扉がノックされた。

「はい」

ルリーシェが立ち上がったとき、許可も出していないのに勝手に扉が開けられる。

入ってきたのはアレクだった。

「いたいた、ルリのこと探してたんだ。お二人と一緒だったんだね」

アレクは身構えるルリーシェに歩み寄り、突然抱きついてきた。

──は……い……？

引き締まった胸にすっぽりと抱きくるまれて、ルリーシェは凍り付く。

大公夫妻の面前でなにをするのか。

「ルリ、僕と一緒に庭を見ようよ」

「な、な、な、なにして……っ……」

みるみるうちに身体が熱くなっていく。

「や……やめて……放して……駄目よ……」

必死に小声で訴えると、アレクが驚いたようにわずかに身体を引いた。

「どうして？」

アレクがちょっとだけ片眉をあげる。

腹立たしいが、何度見てもびっくりするほど顔がいい。

ルリーシェは声を殺してアレクに抗った。

「た、っ、大公閣下の御前で抱き合ったりしたら駄目なのよ」

「僕はいいと思うけど」

「貴方が良くてもマナーとして駄目なの」

必死に腕を突っ張って押しのけようとするが、微動だにしない。身体に鉄の柱でも入っているのだろうか。

──や……痩せてるくせに……なんで動かないの？　この、このっ……！

「僕、マナーより君との抱擁を優先したいんだ」

ルリーシェの髪を撫でながらアレクが言う。

「や、やめて……ご夫妻にみっともないと思われるわ」

ルリーシェはお湯を沸かせそうなほど熱くなった顔で言った。

「気にしなくていいよ。一緒に庭に行こう」

再び力一杯抱きしめられて、恥ずかしさのあまり泣きたくなる。

――もうだめ、この人、全然言うこと聞いてくれない！

そう思ったとき、不意に大公から声が掛かった。

「あ、あの、アレク、つかぬ事を聞くが、お前はルリーシェ殿と仲良くなったのか？」

「はい、初夜の件を謝り、和解しました」

「いや謝るのは当然だ。そうではなく、お前はなぜ急にルリーシェ殿に懐いたのだ」

「結婚したからです」

「いやいやそれも分かっておる。お前、わざと答えん気だな？」

――アレク、大公閣下には本当に冷淡ね……。

そのとき大公妃が立ち上がり、アレクの腕に手を掛けて言った。

「貴方たち、仲良くなったの？」

大公妃は水色の目に爛々《らんらん》とした光を浮かべている。

『そろそろ少しは安心させなさい』

彼女の気品溢れる顔には、はっきりとそう書かれていた。

「なりました」

「どこまで？」

――ま、ま、まさか、こんなにはっきり聞かれると思わなかった……ちょっと待って、余計なこと言わないでアレク……お願い……。

凍り付くルリーシェを抱いたまま、アレクが笑った。

「それは僕たち二人の秘密にさせてください」

予想外に大変まともな切り返しだった。

大公妃が扇を取り落とし、口元を覆って目を輝かせる。こんなに嬉しそうな大公妃は初めて見た。

「まあ……！　そうね、そうだわ、私ったらなにを聞いてしまったのかしら！」

真っ赤になっているルリーシェと笑顔のアレクを見比べ、大公妃は何度も頷く。

――ア、アレクってたまに正気のときがあるよね、良かった……！

無意識に息を止めていたルリーシェはほっと息を吐き出した。

『最初に下着を破り、ルリを全裸に剝きました』などと言われたら心臓が止まるところだった。なんとか命拾いしたようだ。

「仲良くなったのならばいいのです。そうですわね、閣下」

「私はいまいち話についていけんのだが。二人の秘密とはなんだ？」

「もういいわ。閣下は黙っていらして」

大公を振り返りもせずに大公妃は言った。

――た、大公妃様、お強いな……。

なるほどアレクはこの夫婦を見て育ったのか、としみじみと思いながらルリーシェは黙って大公夫妻の様子を窺う。

「ではアレク、貴方は二度とルリーシェ殿を傷つけるようなことはしませんね？」

「はい、ルリは大事な存在だと分かったので」

――そ、そうなんだ……今はそんなふうに思ってくれてるんだ……。

またもや顔が熱くなってきた。

「ルリは生物学上はエルギーニの血筋かもしれません。ですが、僕の前では強くて勇敢で、声も素晴らしく大きくて、必要があれば僕を殴り飛ばしてくれる女性です」

――や……やめて……なに言い出すの……？

恥ずかしくて顔を上げていられない。

ルリーシェは、大人しくアレクの腕に収まったまま必死に赤い顔を隠す。

「どんな動物においても、強い雌《めす》は良い雌です。ルリは人間の良い雌です。最初は結婚に抗っていましたが、撤回します。僕はルリを得られたことに感謝します」

――私、アレクになんだと思われてるの？　猛獣？

ぎゅっと目をつぶるルリーシェの耳に、大公の言葉が飛び込んできた。

「そうだ、アレク。それが分かったのならばいい」

——た、大公様……？

真っ赤になっていたルリーシェは恐る恐る顔を上げた。大公はしみじみと頷きながら話を続ける。

「強さこそが女性の素晴らしさだ。強い女性は、お前に知恵や力が足りなくても必ず助けてくれる。だからルリーシェ殿のことを大切にせよ。私も弱音を吐くたび、間違った判断をしそうになるたびに妃にどつかれて、こうして今日まで大公として務めることができたのだからな。お前たちにも聞かせてやりたい、大公妃の怒号の凄まじ……」

「閣下」

大公妃の冷たい声に、大公が咳払いをする。彼は落ちた扇を拾って大公妃に手渡すと、真面目な表情で言った。

「失礼。とにかく強く賢い妃に支えられてきたおかげで、今の私があるのだ。だからアレク、お前も強く賢いルリーシェ殿を絶対に大事にするように」

「分かりました、閣下。ルリを僕の司令官だと思って仕えます」

「そうだ、夫はそのくらいの腹づもりで良い。妻を立て、その言葉に耳を貸すようにな」

「はい、閣下」

アレクが珍しく素直に返事をする。

——私、司令官じゃないんだけど。でもアレク、私のこと奥さんだって認めてくれたみたいだわ。

なんだか胸がいっぱいになり、ルリーシェはゆっくりとアレクの腕から身体を起こす。

大公夫妻は笑顔だった。どうやらやっと、縁談からこのかた心労しかなかった二人を安心させることができたようだ。

ルリーシェはほっとして微笑んだ。

——これでアレクが大人しくなってくれれば安心なのだけど。


大公夫妻はようやく安堵したらしく、アレクの監視をやめて自邸へ引き取っていった。

と言っても、大公邸はルリーシェたちの住む屋敷からとても近い。

このサンデオン公爵邸は、大公家が『将来温室でも建てようか』と計画していた庭の端の一角に作られた、小さめの屋敷なのだ。

——つまり私、義理の両親と敷地内同居してるのよね。監視下にあるってこと。どれだけ心配されてるのかしら。まあ心配されているのは夫のほうだと思うけど。

ちなみに『大貴族の屋敷としては小さめ』とは言っても、公爵邸はルリーシェからすればとても広い。

アレクと庭を歩きながら、ルリーシェはそっと彼の整った横顔を見上げる。

——この人が私を気に入ってくれたのなら、この結婚生活を続けられるといいな。子供を産むまでは完全に借金が返せたことにならないし。

アレクに悟られないようため息をつき、ルリーシェは庭を見回した。

実家の花畑の咲きっぷりを思うと、春先なのにずいぶん寂しい庭に思える。

だがこちらが普通で、真冬でも膨大な量の花を咲かせる父がどうかしているのだ。

——大公家のお庭も、来月くらいにはお花で爆発しそう。いいのかな。ほどほどにしろってお父様に伝えたほうがいいかな。

そう思いながら、ルリーシェは言った。

「アレクって、意外と切り返しがうまいのね……大公妃様に恥ずかしいことを聞かれたとき、私、貴方がなにを言うのかと焦ってしまったわ」

「僕のこと大馬鹿だと思ってた？」

単刀直入に尋ねられ、ルリーシェは凍り付く。困り果てたルリーシェの表情に、アレクが優しい笑みを浮かべた。

「当たりみたいだね」

「あ、いえ、ううん、そんなこと思ってないけど」

異様にぎごちない返事になってしまった。

——まずい。『はいそうです』って言ってるようなものじゃない。

固まるルリーシェにアレクが穏やかな口調で言う。

「思っていいよ。実際に大馬鹿だもん。新婚初夜に心中を持ちかける人間なんて」

──自覚あるんだ……。

妙に感心してしまう。やはり彼はルリーシェの思った通り、ある程度己を客観視しながら奇行に及んでいるようだ。

「あのね、僕、本当にエルギーニを殺すつもりで生きてきたんだ」

「はい?」

唐突な告白に声がうわずってしまった。脳裏に、放り出された二つの手首が浮かぶ。

お願いだから物騒なことを言うのはやめてほしい。

「そ、そうなの?」

「うん……本気で殺したくてさ……牢にいた頃はずっと『殺す』って思ってたし、牢から出してもらったあとは、殺すためにずっと修行してたんだ。家に帰らなかったのも修行のためなんだよね」

──そういえば大公閣下の失言で聞いたわ、『アレクはエルギーニ王を殺すと言い続けている』って。そんなに本気だったなんて……。

ルリーシェはアレクに余計な刺激を与えないよう無言で頷く。

「大公閣下は僕のために、すごく強い先生を連れてきてくれたんだ。『武術に打ち込んで辛い過去を忘れなさい』って。おかげで僕……」

突然アレクがナイフを取り出した。

──どこから出したの? わ、私の下着破ったときもいきなり出したわよね?

身をすくめたルリーシェの前で、アレクが木に向かってナイフを投げた。そしてもう一本ナイフを取り出すと、同じように投げつける。

一本目のナイフは枝を切り落とした年輪の中心に、二本目のナイフは、一本目の柄尻に突き刺さっていた。

「ナイフの曲芸でお金がもらえるようになったよ」

ぽかんと口を開けたままルリーシェは思った。

——アレクが王宮襲撃犯を殺して回ってるって話……本当としか思えなくなってきたわ。

これからは私が大公ご夫妻に代わって、この人を監視するのね。

多分、きっと、おそらく、それもルリーシェに課された義務なのだろう。

人に借金を肩代わりしてもらうというのは、それほどに大変なことなのだ。

「すごい？」

「え、ええ……すごいかすごくないかの二択なら、間違いなくすごいけど」

アレクが形のいい水色の目を細める。機嫌の良さそうな表情だ。

「曲芸ができれば、公爵家を潰してもルリにご飯を食べさせてあげられるね！」

爽やかな笑顔でアレクが言った。

元王子様で、今も『殿下』の称号を許されているアレクが、曲芸師になってでもご飯を食べさせてくれようとする気持ちは嬉しい。だが、そうではない。

「ありがとう。でも公爵家は潰しちゃ駄目なの。アレクは今後サンデオン公爵として公式の場に出ることも増えるわ。だから街で曲芸もしちゃ駄目」

「街で曲芸するの……好きなんだけどな……仲間もいるし……」

大公家の屋敷に居つかなかった、というアレクが、これまでどんな暮らしを送ってきたのかうっすら想像がついてきた。

謎の曲芸仲間と街で寝泊まりしていたのだろう。

曲芸で小銭を得て、衣食を賄《まかな》っていたに違いない。

街の床屋で髪を切ってきたのも、きっとそこが馴染みの店だったからだ。

——そんな公爵、ありえない……。

ルリーシェはなるべく穏やかな口調でアレクに言った。

「できれば、やめてくれると嬉しいかも」

「じゃあやめるよ。君の命令なら聞かなきゃね、僕の司令官殿」

アレクが穏やかな声で言う。

「命令じゃなくてお願いよ。ただ、公爵閣下が一人で街に出てナイフ投げして投げ銭をもらってるって、危険な状況だと思うの」

「そうだね、まわりの人に怪我させちゃうかもしれないよね」

「逆よ、逆。私は貴方の心配をしているの。上級貴族には誘拐の危険とか、命を狙われる恐れとか、いろいろあるでしょ？」

「大丈夫だよ。えーと、相手が大人しくなるまで……話し合うから」

アレクの無謀な返事に、ルリーシェはきっぱりと首を振った。

「駄目。余計なことしないで、真面目に公爵としてのお務めに励んでちょうだい」

「分かったよ、可愛い司令官殿。僕は君の命令を聞く従順な夫になります」

アレクが妙に甘い声で言うと、ルリーシェの髪を一房取って口づけた。

「わ、私、貴方の司令官じゃないわ」

アレクはなにも言わず、もう一度髪の一房に口づけて手を離す。

――男の人に、こんなふうに髪に触られるのは初めてだわ……。

外見だけは王子様のような彼にこんなふうにされると、恥ずかしくて落ち着かなくなる。

だが、ここで会話を打ち切る訳にはいかない。

アレクのことを知るせっかくの機会なのだから、これから慎重に聴取を進めなければ。

――まず確かめねばならないのは、アレクの身持ちの堅さ……。

父は、花を育てる以外のことにはほぼ興味がなく、庭の花畑から出ることも希《まれ》だった。

だが同じ変人でも、アレクは違うかもしれない。実は女性が大好きなのかもしれない。

――昨日、私と身体を重ねるとき、すごく手慣れていたわよね。社交界は嫌いでも、下半身の社交は大好き……とか……？

「どうしたの、ルリ。暑いの？」

突然真っ赤になって足取りを緩めたルリーシェの様子に気付いたのか、アレクが不思議そうに尋ねてくる。

「いっ、あっ、いえ、何でもないわ！」

必要以上に声がうわずってしまった。声が大きいのだから自重せねば。

――性交経験があるなら、もしかしたら隠し子とかいるかもしれないわよね。

ルリーシェの故郷の村では、男性が亡くなったときに一番問題になるのは『隠し子』のことだった。

相続問題、金銭問題に興味があったルリーシェは、耳をウサギのようにそばだてて村の噂を必死に聞いたものだ。

とにかく、死んだあとに出てくる隠し子ほど揉めるものはない。

――ちゃんと把握しておかなきゃ、老後の相続のときとかにすごく困るわ。それに母親がまともに育児していなかったら、隠し子を引き取らないといけないかもしれないし。アレクの子なら一応サンデオン公爵家の子供なんだし……。

ルリーシェは恐る恐るアレクに尋ねた。

「貴方、私と結婚する前は何してたの？　その……曲芸以外に……」

アレクは首をかしげて考え込み、落ち着いた口調で答えた。

「一応勉強もしていたよ。大公妃様が『これ以上馬鹿にならないでくれ』って泣くからね。あの方は僕の母上に似ているし、どうにも逆らえなくて……パーティにはどうしても出たくなかったから、大公妃様が免除してくださったんだけど」

「……そうね、アレクの立場だったら、私もパーティには出たくないわ」

大公妃に聞かされたアレクの過去の話を思い出すと、胸が痛くなる。

エルギーニに襲われ、最愛の家族を失い、自分を庇った母君を目の前で殺されるなんて。

そのときのことを周囲の人間に面白おかしく尋ねられたらどんなに辛いことだろう。

「晒《さら》し者だろう？　悲劇の王子様なんて。僕は昔の話を聞かれるのも、同情されるのも好きじゃないんだ。だからアレクセイ王子として社交界に顔を出したくなかった」

――それは分かるわ。私だって『落ちぶれ貴族の声デカ令嬢』って有名で、すごく嫌だったもの。でもアレクは、私なんかよりはるかに辛い思いをしたんだものね。

ルリーシェは黙って頷く。

「でもこれからは、社交の場にも顔を出すようにする。結婚したからね」

「無理しないで。もちろんサンデオン公爵として頑張ってくれるなら、私もできる限り協力するけれど」

「ルリが僕の服を選んでくれるなら、それを着て君に同行するよ」

そう言うと、アレクが身をかがめてルリーシェの頬に口づけしてきた。

――な、なによ……急に愛想良くなって。

照れくさい気持ちを誤魔化しながら、ルリーシェは言う。

「もちろん選んであげるわ。でも私、侯爵令嬢とはいえずっと貧乏だったし、貴族の生活は勉強中だから、選んだ服がおかしかったら貴方も意見を言ってね」

「もちろんだよ……ふふ……なんでそんなに可愛いことを言うの？」

「な、なにも可愛いことなんて言ってないでしょ。真面目に頼んでいるのよ……あの、アレク、あともう少し質問していい？」

「なんでもご下問《かもん》ください」

アレクが優雅に胸に手を当てて一礼した。まだ会話を続けてくれる気はあるようだ。

――さ、本番の質問よ。

ルリーシェは勇気を振り絞り、なるべく自然な口調を心がけて尋ねた。

「ア、アレクって、街で一日の大半を過ごしていたんでしょ？　私以外に恋人とかいるの？　その、あの、えっと……女の人と寝たことはある？」

聞くだけで恥ずかしい。顔が真っ赤になっているのが自分でも分かる。

「恋人はいないよ。僕はルリ以外の女性と寝たことはない」

アレクは笑みを収め、真面目に答えてくれた。

意外な返答にルリーシェは目を丸くする。

「そうなの？　いろんな女の人と経験があるのかと思ってた」

「どうして僕が経験豊富だと思ったの？」

ルリーシェの頭に様々な事柄が去来《きょらい》する。

しばらく考え、ルリーシェは正直に答えた。

「服を脱いだり脱がせたりするのが、とても素早かったから」

「可愛い。君の考えてることっていちいち可愛いね」

アレクが足を止め、ルリーシェの腕を引いた。そして、身をかがめてこめかみに口づけてくる。胸がドキドキと高鳴り、顔がますます熱くなった。

「服を脱がせる速さなんて、女性経験の有無にはまったく関係ないよ。服の構造を覚えておけば簡単なんだ。曲芸で男女の衣装どっちも着るし、演目によっては早脱ぎするし。僕は、君が初めてだった」

――そうなんだ……意外……。

ルリーシェは無言でアレクを見上げる。

アレクが首をかしげ、ルリーシェの顔を覗き込んで微笑んだ。

「信用してくれた？　隠し子も愛人も僕にはいないよ」

「ごめんなさい、おかしなことを聞いたりして。私、アレクのことをなにも知らないから質問攻めにしてしまったわ」

「もっと質問攻めにしてくれていいよ。僕、君に徹底的に管理されるの嬉しいな」

――干渉しすぎだって遠回しに言われているのかしら？　そうよね……アレクがどうにも危なっかしいから、つい見張らないと、って思っちゃって……私の人生って、男の人の見張りをするためにあるのかな、お父様といい、アレクといい。

ルリーシェはうなだれながら言った。

「私、お父様が借金しないよう無意識にいつも見張っていたから、監視癖があるのかもしれないわ。ごめんなさい」

「いいね……監視癖……いい言葉だ」

そんな癖のなにがいいのかルリーシェには分からない。

ひたすら俯いていると、アレクがふと思い出したように言った。

「ねえ、義父上は領地を詐欺で奪われたんだよね？」

――どうしよう、アレクに喋っても平気かしら？　また変なことしない？

ルリーシェはじっとアレクを見上げる。

アレクはちょっと困ったように微笑むと、静かな声で言った。

「もう、人の手首を持って帰ったりしないから」

「本当に？」

「うん、今後はあんな真似はしない。だからもう一度あの話を教えて。僕も、自分の奥さんがなにに困らされたのか知っておきたいんだよ」

ルリーシェは頷き、沈んだ気持ちで口を開く。いいように騙されなにもかもを奪われた話は、思い出すたびに悔しさで胸が塞がる。

「詐欺というより、子供を騙して奪ったも同然の話なの。領地を売るときに、仲介人が全ての書類をうちから盗んで、勝手に他人に土地を売ってしまったのよ」

アレクは腕組みをして、低い声で言った。

「悪質だね。最初は、誰に土地を売ろうとしたの？」

「えっと……名前は分からないわ。私はその頃まだ五歳だったから。残念ながらお父様も覚えていないそうなの、ごめんなさい」

「じゃあ仲介人の名前は？」

「分からない。でもお父様はペンダン商会が紹介してくれた法律家だと言ってたわ。それだけは覚えていたみたい」

悔しさと父のアホさにじわじわと泣けてくる。

「ペンダン商会が紹介してくれた法律家……なるほど……最初から搾取目的で義父上に近づいたんだろうね」

「ええ。その後はすっかりメグウェル侯爵家が悪者にされてしまったの。お父様の味方になってくれる人なんて誰も現れなくて、結局うちが『土地を売ると約束したのに売らなかった、詐欺を働いた』と一方的に訴えられて終わり。そのせいで社交界からもつまはじきにされて、田舎の村に移って暮らすことになったんですって。結果的にお父様は園芸に励めたから、あまり気にしていないみたい。一生懸命育ててくださったお父様のことを、私は責められないけれど……」

ルリーシェは言い終えて涙を手の甲で拭った。

「辛い話なのに教えてくれてありがとう。ねえルリ、僕と一緒にもうちょっと庭を回ろうか。そのあと、公爵家の財務の書類を二人で見てみよう。仕事もちゃんとしないとね」

「ええ」

ルリーシェは差し出されたアレクの肘にそっと手を掛けた。

「僕は君に誠実な旦那さんになるよう努力する。それだけは覚えていて」

真摯な声音だった。ルリーシェの頬が熱くなる。

「変なの。結婚を本気で嫌がっていたのに、ずいぶん早く気持ちが変わるのね」

照れ隠しの反論に、アレクが端正な顔を赤らめ、小さな声で答えた。

「それは……君が、本当にいい子だったからだよ……」

アレクの言葉にほっと心が緩む。

——私たち、もしかしたら普通に夫婦としてやっていけるかも。

ルリーシェはそう思い、火照った顔のまま小声で答えた。

「私はそんなにいい子じゃないわよ。でもいい奥さんになるよう努力するわ」

◆

アレクの目の前に、汚れた日記が落ちてきた。またお前かと心の中で呟いたとき、周囲が暗転し、勝手に日記の表紙がめくられる。

今回開かれるページは、比較的新しい日付のようだ。

——僕の過去って、思い出したくもないことばかりだな。

そこは『曲芸団』のねぐらの木賃宿《きちんやど》だった。

アレクが出入りしている曲芸団は、王都の貧民街と繁華街の境、雑多な露天商たちが軒《のき》を連ねるあたりに大きなテントを張り、安価で娯楽用の曲芸を披露《ひろう》している。

十歳の頃からここに顔を出すようになった。

今では一座の中でも重要な『曲芸師』になっている。

目立つ顔には目元を隠す仮面を被せ、とんぼ返りを決めたり、危険な刃物を使いこなしての芸を披露したり……身体を動かすのは生来得意だった。

喝采《かっさい》を浴びるのは悪い気分ではない。

投げ銭をかき集めて、適当な屋台で適当な食べ物を買う生活も気楽だ。

ここに来る客は誰一人アレクが『前王家の生き残り』だなんて知らない。悲劇の王子様だなんて思わない。あの銀髪、とか、背の高い銀髪、とか、名前すら覚える必要がない『曲芸師』として扱われるのは嬉しかった。

もちろんダクストン大公夫妻は、アレクが『身分の低い流人』たちと共に行動することをよく思っていない。

だが、彼らがアレクを強く止めないのは、アレクが貴族として頭角《とうかく》を現し、エルギーニの不興を買うよりは、素行が悪くて遊び歩いていると思われるほうがましだからだ。

それほどにアレクは、エルギーニによって卑劣な手で命を狙われ続けていた。

――エルギーニはどうやってこっそりと『前王家の生き残り』である僕を消すか、そればかり考えているようだった。

その日、アレクは曲芸の披露を終え、天幕を出て掘っ立て小屋の楽屋に入った。

　ほとんどの団員は出払っている。まだ曲芸が終わらないからだ。

『あ……お疲れ様です……アレク先輩……』

見習いの小僧がアレクを見て怯えたように身を縮める。

アレクは無言で、観客から集めた投げ銭から五百ミードル銀貨を投げて渡した。

小僧は上目遣いにアレクの顔色を窺うと、小銭を握りしめて走り去っていく。

ここには、親のいない子供しかいない。団長が『そういう子供』を集めたからだ。その中で『才能がある子供』がアレクと同じ道を歩むことになる。

――夜まで寝てよっと。

アレクは散らかった個室に入ると、床に敷かれた毛織物の上に転がった。生まれは王子様だが、牢暮らしを三年経験したあとはどこでも眠れるようになった。

床に虫がいようが埃《ほこり》まみれだろうが気にならない。たちまち寝息を立て始めたアレクは、おしろいの匂いで目を覚ます。相手に殺意がなかったから油断した。

『どけよ』

『起きてすぐに言うことがそれ？』

曲芸団の美しい少女が、アレクの腰の上にまたがっていた。

隙あらばアレクを誘ってくる少女だ。

前の情夫がとある『任務』をしくじって死んだので、次こそはアレクに乗り換えようとしているのだろう。もとよりその男に愛情があるようにも見えなかった。死んだ男のほうが、一方的に少女に鼻の下を伸ばしていただけだ。

男にすがるのは、非力な女たちが生き延びる手段だと知っている。

だがアレクは誰かの手段になるつもりはない。

『あれ？　アレクってなかなか勃《た》たないのね。せっかくの機会だと思ったのに』

アレクの性器に服の上から恥骨を押しつけながら、少女は言った。

――気持ち悪いな……服が汚れたらどうしてくれるんだ。

女たちからの誘いに倦みきっているアレクは、無言で身体を起こす。アレクにまたがっていた少女は床の上に放り出されて怒りの声を上げた。

『なにすんのよ！　この不能野郎！』

別のねぐらを探そう。ここでは落ち着いて眠れない。そう思いながらアレクは無言で掘っ立て小屋を出た。懐には五千ミードルほどの投げ銭がある。

『アレクセイ殿下』に戻れば、一生遊んでいても使い切れないほどの金があるのは分かっている。だがアレクにとっては、小銭を握りしめてふらふらと歩き回っている人生のほうが楽なのだ。

なにも考えなくていい。曲芸師である間は、なにも……。

そのとき背後で人の気配がした。

『アレクセイ様、今日もまた〝お願い〟が』

穏やかな声にアレクは振り返る。

『先生……』

アレクと『先生』の影が地面に長く伸びている。もう夕暮れが近い。

宵闇《よいやみ》に紛れて動くにはふさわしい時間がくる。

無言でたたずむアレクに『先生』は告げた。

『新しい標的を殺してきてくれませんか』

◆

その日の夕食後、アレクは『曲芸仲間にしばらく会えないと挨拶《あいさつ》してくる』と言って出て行った。数時間が経つが戻ってくる気配はない。

——まずいわ。どこかで暴れてるのかしら？

あまりに心配で、隣の敷地に住む大公にお目通りを願い『アレクセイ様が帰ってこないのですが』と相談したところ、大公は『アレクは大丈夫だ』と太鼓判を押してくれた。外にいるときは曲芸仲間と芸を披露していることが多く、放っておけば数日後にはふらりと戻ってくるという。

——ものすごく『大丈夫』の基準が低いわ。諦め続けると人間こうなるのね。

ちなみに、外をふらつき始めた十歳の頃から今日まで本気で怒り続けてきたが、言うことを聞かないのだそうだ。出て行かないよう見張っていても、警護も監視も全てまいて消え失せるらしい。いったいどういうことなのか。

『大丈夫だ、ルリーシェ殿。今のアレクはルリーシェ殿という強者に腹を見せて大人しくしておる。あの子がこんなにも従順に言うことを聞く相手は、他には暗殺術の師範のザクラート殿くらいしかおらん。自信を持って躾けてやってくれ』

大公はそう言って励ましてくれた。

『あ……暗殺術なんて……どうして学ばせたんですか……？』

『話せば長くなるのだが、諸事情で〝護身術だけでは足りない〟とアレクが言い出してな、適切な先生を探していたらそうなってしまったのだ。ザクラート殿のおかげであの子も己の身を守れるようになったし、この縁がきっかけで、先生に優先的に〝仕事〟を受けていただけるようにもなった。だが……うむ、まあ私が間違っていたのかもしれぬ……』

大公の暗い表情から察するに『深く聞いてくれるな』という心情なのはわかった。

とにかく、大公から見て、アレクは今とても大人しく、よい状態らしい。

食事会に呼ばれて不在の大公妃も『アレクはルリーシェ殿にお任せして大丈夫』と言ってくださっているのだそうだ。

――でも心配なものは心配よ。

今日のアレクには護衛が付いていない。唐突に窓から飛び出して姿を消したので『一人歩きは危ない』と止める間もなかったからだ。

――このままじゃ、いろいろとよくないわ。

まずアレクには、廊下と玄関を使ってもらうように言おう。

それができるようになったら、使用人たちに笑顔で挨拶することを教える。

――いきなりたくさん押しつけたら嫌がるわよね。順番に一つずつ指摘していこう。

ルリーシェは『アレクに気をつけてもらいたいこと』という項目を紙に書き出す。

「はぁ……犬の躾みたいになっちゃった……伝え方、考えなくっちゃ」

一通り書き終えてため息が漏れる。アレクは帰ってくる気配がない。柱の時計を見れば、日付が変わりそうだ。

――閣下は『心配ない』と仰っていたし……先に休もうかな。

そう思いながらルリーシェは寝台に潜り込んで目を閉じる。

どのくらい眠ったのだろうか。傍らにアレクが滑り込んでくる気配があった。

「ルリ、ただいま」

アレクの小さな声が聞こえ、薄目を開けたルリーシェの額に唇が押しつけられる。

――あ……帰ってきた……の……。

「ごめんね、起こしちゃって」

ルリーシェは寝ぼけ眼《まなこ》で頭をもたげる。

「ううん……おかえりなさい……」

どうやら五体満足で戻ってきたらしい。

アレクはごそごそと毛布を被った。

疲れているのか、すぐに寝息を立て始める。かすかな石鹸の匂いが漂ってきた。ちゃんと風呂にも入ったようだ。

――これで私も安心して熟睡できるわ。

目をつぶってしばらく経ったとき、アレクの声が聞こえた。

「先生、仕留めてきました……」

「ん……？　アレク、今なにか言った？」

答えは返ってこない。

――なんだ、寝言か……。

ルリーシェは再び目を閉じ、あっという間に眠りに落ちた。

ぐっすりと眠ったルリーシェの耳に、鳥のさえずりが聞こえてくる。

ずいぶん早い時間だが、朝が来たようだ。

ルリーシェは半分眠ったまま寝台の傍らを探った。温かいのでおそらくアレクはここで寝ていたのだろう。昨夜の『ただいま』は夢ではなかったようだ。

――探しに行こう……昨日何してたのか聞かなくちゃ……。

ルリーシェは目をこすりながら寝台を降り、一人でも着られる普段着に袖を通した。髪もいつものように簡単に結い、顔を水で洗って寝室を出る。

――お庭かな？

ルリーシェはまだ薄暗い庭に向かう。

目的地の方から『キン、キン』と甲高い金属音が聞こえてきた。

変わった鳴き声の鳥でもいるのだろうか。

庭の一番ひらけた場所に一歩踏み込んだ瞬間、その中央に人が降ってきた。

「き……っ」

ルリーシェはすんでの所で悲鳴を呑み込む。

その人間はすごい速さで手を真横になぎ払う。『キン』という音が聞こえ、銀色の何かが弾き飛ばされた。ルリーシェは呆然と一部始終を傍観する。

目をまん丸にして立ち尽くすルリーシェの耳に、知らない男の声が届いた。

「今日はおしまいにしましょう、アレクセイ様。奥様がお見えですよ」

そう言って謎の男がこちらを向いた。

黒い髪に日焼けした肌、そして見慣れない異国の服。

――大道芸人……かしら？

背は男性にしては小柄でルリーシェとほとんど変わらない。歳は三十代だろうか。愛想のいい笑顔で異国の男は言った。

「初めまして、奥様」

「は……っ、初めまして……さっきどこから落ちてきたんですか？」

「アレクセイ様の『剣術師範』のザクラートと申します。よろしくお見知りおきを」

——剣術の先生……なの……？　剣術なんて教えていなかったように見えるけど。

訳が分からないままルリーシェは挨拶を返した。

「あ、よ、よろしくお願いします。先生、さっきどこから落ちてきたんですか？」

もう一度尋ねるが答えはなかった。ザクラートは笑顔のまま横を向く。

「アレクセイ様、お美しい奥様でいらっしゃいますね」

しばらくして、いつも通りの寝癖頭をしたアレクがどこかから出てきた。

——えっ？　どこから出てきたの？

まわりには茂みもなにもないのに、アレクはいったいどこから出てきたのか。

立ち尽くすルリーシェの前で、アレクが銀色のなにかを拾い上げた。先ほどザクラートが弾き飛ばしたものだ。

——ナ……ナイフ……？

さーっと血の気が引くのが分かる。

なんて危ないものを庭で投げているのだろう。

ルリーシェは慌ててアレクに駆け寄り、手からそのナイフを取り上げようとした。

「何を人に向かって投げてるのよ！」

「大丈夫」

アレクは微笑むと、それをスッとどこかにしまった。

「待っ……見せて、そのナイフ！」

「ルリ、先生がお帰りになるみたい」

「えっ……？　あっ……主人がお世話になりました」

つい反射的に頭を下げてしまう。ザクラートは穏やかな笑顔のまま一礼すると、身を翻して正門も通用口もない庭の隅へと消えていった。

「ねえ、ザクラート先生はどこから出て行かれるの？　あっちにも出入り口があるの？」

「先生はどこからでも出入り自由だよ。おはよう、今日も可愛いね」

身をかがめたアレクが頬に口づけをしてくる。

「あ……あの……」

頬を赤らめたルリーシェは、口を開きかけて気付いた。聞きたいことがありすぎて、まずなにを聞くのか分からなくなってしまったことに。

「あの……えっと……」

「昨日は遅くなってごめん。なるべく急いで帰ってきたんだけど」

「そうよ、そのこと！　どうして日付が変わっても帰ってこないの？　心配するでしょ」

アレクが目を輝かせる。

「僕を心配してくれたの？」

「ええ、ずっと帰ってこないし」

ルリーシェはほんのわずかに唇を尖《とが》らせる。

「ふふ、そっか。嬉しい」

――なにを幸せそうに笑ってるのよ……。

ルリーシェは上目遣いにアレクを睨み付けた。なぜだろう。もっと怒っていいはずなのに全然怒れない。

「お土産があるんだ、部屋に戻ろう」

アレクは嬉しそうに言うと、ルリーシェの手を引いて歩き出した。

――私、何聞こうとしたんだっけ？

ルリーシェは赤くなったまま俯く。すれ違う使用人たちに微笑ましげに見守られながら、ルリーシェはアレクと共に夫婦の居間に向かった。

「お土産ってなあに？」

「それ」

アレクが指さしたのは、卓上の紙袋に入った林檎《りんご》だった。ふと気付けば、部屋の中に果実の甘い香りが漂っている。

「わ、ありがとう、美味しそうな林檎！　これでタルトを焼いてもいい？」

林檎のタルトは得意料理の一つだ。村にいた頃はおやつによく作って、一部を食べて残りは同級生に売っていた。その売り上げでまたタルトの材料を買って焼く……その繰り返しで日々のおやつを賄《まかな》っていたのである。

「タルトってなに？」

「お菓子よ。食べたことない？」

「僕、お菓子食べないからよく知らないんだ。でもルリが作ってくれるなら食べたいな」

アレクの答えにルリーシェは微笑む。

「いいわ、じゃあ今日作ってあげ……あら、これ、なにかし……ら……」

『それ』を目にした瞬間、顔が凍り付くのが自分でも分かった。

ルリーシェは林檎の紙袋の脇に置かれた血まみれの書類を手に取る。

ほのぼのした気持ちが一瞬にして吹き飛んだ。

「なに、これ」

「それもお土産。義父上が領地を搾取された証拠になる書類だよ。所在をザクラート先生の部下の人に調べてもらっていたんだ。やっぱり込み入った詐欺じゃなかったらしくて、一日で見つかった」

よくよく読めば、『売主』のところに父の名が、そして『仲介人』のところにはルリーシェの知らない名前が入っていた。

父の筆跡ではない。父は顔と文字だけはものすごく綺麗だからだ。

だが書類は本物である。『仲介人』として署名したのは誰なのだろう。この人物が、領地搾取に関わった人間の一人であることは間違いない。

「仲介人のところにリアンノ・ペギニーって書いてあるわ」

「あやしい人だよね、でも、ペギニー弁護士はもう亡くなったんだ」

申し訳なさそうにアレクが言う。

「そうなの、もう十三年も前の話だし、関係者が全員健在とも限らな……待ってアレク、なんでこの人が弁護士だって知ってるの？　いつ亡くなったの？」

嫌な予感がして問い返すと、アレクは言い訳がましく小さな声で言った。

「その弁護士ね、普段は前科持ちの『銀行から融資を受けられない人』向けに闇金融を仲介している方だったんだ」

——話をそらしてるわね。

ルリーシェは眉をひそめる。

「ただ、犯罪者の皆様からはすごく感謝されている先生だったらしい。もちろん闇金融は金利が高くて、昔義父上が騙されたように、年利三割とか、四割とか、もっとすごい場合もあるんだ。あっ、悪口じゃないよ、もう亡くなった方の悪口は言ってはいけないと大公妃様に習ったからね」

——たしかに、アレクはエルギーニ王の悪口も言ってはいないわね。殺したかったとは言っていたけど。

気を遣うところがおかしいが、今指摘すべきはそこではない。とりあえず全ての情報をアレクに喋らせよう。

「犯罪を生業《なりわい》になさっている方々は、ペギニー弁護士から詐欺や暴力や誘拐や殺人なんかの仕事を請け負って、その報酬で借金を返していたみたい。ペギニー弁護士は、いわば悪の親玉みたいな仕事をなさっていた方なんだ」

「で、その人はいつ亡くなったの」

「昨日の夜」

ルリーシェは無言でもう一度血まみれの書類に目を落とした。

嫌な予感が九割五分当たりそうだ。

残りの五分は『うちの夫がそんなに強いはずがない』という願望である。

——き、毅然《きぜん》と対応しなくちゃ……！

ルリーシェは勇気を振り絞り、アレクに尋ねた。

「どうしてアレクがこの書類を持っているの？　その、ペギニー弁護士という危険人物が亡くなったことをなぜ知っているの？」

「その書類を売ってくださいって言ったら、一応くれたんだけど、用心棒含め十人がかりで襲ってきたんだ……だからだよ」

——やっぱりアレクが犯人なのね。なんとなく分かってたけど。え……私、この人と一生添い遂げて二人で子育てしたり公爵家を守ったりするの？　無理じゃない？

ルリーシェは虚ろな気持ちで夫の笑顔を見つめる。

「あのさ、ルリだって一度に十人もの奴らに襲われたら困るでしょ？　僕はちゃんと玄関から入ったんだよ。そして、書類を買い取って大人しく帰るつもりだったんだ」

「そう」

冬の初めの木枯らしのような声が出た。

「危ないところだった。でも先に首領格を殺《や》れば、金で繋がり合っている組織はすぐ瓦解《がかい》するからさ。いつもそう、どこもそうなんだ。実際ペギニー弁護士が天国に行ったあとは、みんな僕を威嚇《いかく》しながら金庫を壊して中身を奪い合ってた」

——なに、その襲撃経験豊富な者ならではの知識……！

ルリーシェは拳を握りしめながら、アレクに尋ねた。

「どうして、この書類を手に入れようとしたの？」

「義父上が奪われた領地を取り返せるように、その手がかりとなる書類を集めようと思ったからだよ。義父上もこれを渡せばすごく喜んでくれるよね？」

「さすがのぼんやりお父様も失神するわよ、こんな血まみれの書類っ！」

大声が出てしまった。自分でも額に青筋が浮いているのが分かる。

「でも、領地を取り戻す手続きが可能になれば、メグウェル侯爵家の借金が減るよ。ルリが感じる負い目が少なくなる。そうなれば僕は嬉しいんだ」

「私は嬉しくない！　こんなの手首をお土産にもらうのと同じくらい怖いわ！」

「え？　紙なのに？」

アレクが理解不能なことを言われたとばかりに眉をひそめる。

ルリーシェは頷き、書類を机の上に置く。

「そうよ、手首をもらうのと同じよ！」

「紙は植物の死体で手首は動物の死体だから、死体だという共通点があるってこと？　手首の本体は生きてるから、厳密には死体じゃないと思うよ」

「そうじゃなくて！　貴方が人を傷つけて奪ってきたという点が同じなの！」

あまりの話の通じなさにルリーシェの声がうわずる。しかしルリーシェの嚙みつかんばかりの勢いにも、アレクは動じた様子を見せなかった。

「なるほどね。いいんだよ、ペギニー弁護士を殺ったのは僕が生き延びるためだから。今回だって前回だって、先に襲われなかったら僕は相手を傷つけたりしなかった」

さらりと言われてルリーシェは目を丸くする。

「エルギーニだって、僕に何度も刺客を送ってきたんだ。僕はその刺客を全員返り討ちにしたから今もこうして生きていられる。でもルリは、殺されそうな場合であっても人を傷つけちゃ駄目だって僕に言うの？」

ルリーシェは言葉を失った。口調は軽いのに問われている内容が重すぎるからだ。

「ねえルリ、殺されそうなときでも、相手を殺して自分を守っちゃ駄目？」

分からなくて、即座に答えが出てこない。ルリーシェはアレク以外の人に殺されかけたことなどないから、そんなことは考えたことすらなかった。

「やっぱり僕は素直にエルギーニに殺されてたほうがよかった？　前王家の血筋は根絶やしにされたほうがこの国にとってよかったと思う？　家族が待っているあの世に行くことが、僕の幸せなのかな？」

「あ……あの……アレク……」

青ざめたルリーシェを見つめながら、アレクが続けた。

「だけど、僕は生きていたい。殺されたほうがいいって思われていても生きていたいよ。だって母上が命がけで守ってくださったのに、それが無駄になってしまうでしょ？」

「あ……！」

アレクの母はアレクを庇って亡くなったのだという話を思い出した。

言葉に尽くせぬような凄惨な死に様だったろうことは、容易に想像がつく。

か弱い王妃が、我が子を狭い壁の隙間に押し込みそこを塞いで、襲い来る兵から守ったなんて。

アレクと母君がどんな残酷な目に遭ったのか、考えるだけで胸が潰れそうだ。ルリーシェはしばし唇を噛みしめ、小さな声で答えた。

「わ、私は……貴方が殺されればいいなんて思ってないわ。ごめんなさい、言い方を変える。殺し合いが起きそうな場所って分かるでしょ？」

「分かるよ」

「そういうところに行かないでほしいの。貴方が大暴れして被害が甚大《じんだい》になるから」

ルリーシェの言葉にアレクが腕組みをする。

「なるほどね、君の話って本当に分かりやすいな。でも義父上の詐欺に絡んでいる人間、みんな『そっち系』なんだよ、どうしたらいい？」

「うっ……そっ……それは……」

言われなくても分かる。

そもそも、筋の悪い借金をしたルリの父が悪いのだ。本人が借金の意味を分かっておらず『なんだか娘に苦労を掛けた』としか思っていないところがなお悪い。

「僕は、少しでも大公閣下への借金が減ったほうが、真面目なルリの心の荷物が軽くなるだろうと思っただけなんだ。それに悔しい気持ちも晴れるかなって。ごめんね」

罪悪感にうなだれながら、ルリーシェはなんとか言葉を絞り出す。

「ありがとう……貴方の気持ちは嬉しいけれど、今の私にとっては、夫の貴方が大暴れするほうがより辛いのよ」

「ルリは理不尽なことをしてきた奴らに復讐したくないの？」

少し考え、ルリーシェは頷いた。

辛酸《しんさん》を舐めさせられたのはたしかだが、アレクの妻としての義務を果たしきれば、借金は大公が返済してくれるのだ。

もちろん、素直に『ありがたい』とは思えない。

引け目を感じているし、義務感は常に重くのし掛かっている。それに、自分をこんな目に遭わせたペンダン商会への憎しみも消えていない。

だが、どんなに心の中がもやもやしていても、ルリーシェは自分がすべきことを為さねばならないのだ。大公の要求を果たせなかったら、借金は返せず復讐もできない、今まで通りの生活に逆戻りしてしまうのだから……。

「たしかに私は詐欺でお母様を奪われて、領地も奪われて、ペンダン商会を恨んでいるわ。けれど私は復讐よりも、今すべきことを優先したいと思っているの。そうしないとなにもかもが中途半端になるから」

アレクが美しい瞳でじっとルリーシェを見つめている。

——つまらない正論に聞こえるかもしれないわね。貴方が味わった苦痛に比べたら。

そう思いながら、ルリーシェは言葉を続けた。

「殺し合いになりそうな場所には行かないで。ただし襲われそうになったときは今まで通り反撃していいから」

「分かったよ。君の言うとおりにする」

——本当に分かってくれたのかな？

夫の口約束がまったく信用できない。とんでもなく重い空気になってしまった。

ここまで空気がどんよりしたついでに、一番気になっていたことを聞いておこう。

ルリーシェでさえ知っていた『例の噂』……アレクがエルギーニの部下の『王宮襲撃犯』たちを殺して回っているという、恐ろしい噂についてだ。

「……ね、ねえアレク、もう一つ聞いていい？」

「林檎のタルトはまだ作ってくれないの？　楽しみ。早く食べたいんだけど」

「次の質問が終わったら作るからもう少し待って！」

あんな会話の間『林檎のタルトを食べたい』とずっと思っていたなんて、どういう神経の持ち主なのか。アレクは異世界の人間なのか。

「分かった、何を聞きたいの？」

――これ聞いても大丈夫かな……？　アレクの反応がまるで読めない。

ルリーシェは迷いに迷って、腹を決めた。あやふやなことは全部本人に聞くしかない。

「あの……王宮襲撃に加わったエルギーニ王の兵士たちを、貴方が殺して回っているという噂があるんだけど、あれは本当なの？」

「犯人は僕じゃないよ」

「えっ？」

きっぱり否定されて甲高い声が出てしまった。

ルリーシェは慌てて声を潜めてもう一度問いただす。

「だ、だって、この噂は国中の人が信じてるわよ？　エルギーニ王の兵士たちが次々に殺されていくけれど、その犯人はアレクセイ王子だって」

「その噂が本当なら、僕はただの殺人鬼じゃん。よく僕と結婚したね」

――しみじみ言わないで、私だってそう思ってるわよ！

上目遣いにじっと見つめるルリーシェに笑いかけ、アレクはきっぱりと言った。

「諸悪の根源は、僕の家族を皆殺しにして王位を奪ったエルギーニでしょう？　道具にすぎない部下の兵士を殺してどうするのさ？」

言っていることが妙に正しくて怖い。

「え？　で、でも実際に王宮の人たちを手に掛けたのは、エルギーニの兵で……」

「まあ、母上を殺した奴は、見つけ出して僕の手で屠《ほふ》ってやってもいいけどね、残念ながら僕はそいつらの顔を覚えていない……母上にずっと庇われていたから」

最後のほうは聞こえないくらい小さな声だった。

「アレク……」

「きっと母上が、僕が憎むべき相手を減らしてくださったんだ。母上は壁の隙間を塞いだまま息絶えるまでずっと『怖いものは見なくていい』と仰っていた。『もし母様がいなくなったら、アレクがスミレの花を供えて、母様に見えるように飾って』って。僕にとって今でも一番大事な約束だよ……だから、僕は母上の願い通りに生きたい……」

——辛すぎるわ、そんな話。

アレクの母君は三十にもならない若さで命を奪われたと聞いた。若くして幼い我が子を置いて逝かねばならなかった母君と、目の前で母上を殺されたというアレク。詳しく聞けば聞くほど彼の過去が悲しく思える。

——あ……やだ……涙が……。

ルリーシェは無言で涙を拭うと、震え声でアレクに言った。

「犯人じゃないなら否定したほうがいいわ。みんなに誤解されてるんだから」

「どこかの家で開かれているパーティに乗り込んで『僕は王宮襲撃犯たちを殺し回っている犯人じゃありません』って言いふらせばいい？」

「ううん……それは駄目……」

そんなことしたら『あの王子はやっぱりおかしい』という噂に拍車を掛けるだけだ。

「僕は人からよく思われなくていいんだ。ね、ルリ、林檎のタルト焼いて」

アレクが背後に回り、ルリーシェの肩を軽く押す。

「林檎を持って厨房《ちゅうぼう》に行こう。食材はだいたい揃《そろ》っていると思うよ。厨房長に言って借りよう。何入れるの？　いらない肉？　魚？」

ルリーシェは林檎の袋を手に取って言った。

「そんなもの入れる訳ないでしょ！　普通のお菓子なのよ？」

「へえ……そうなんだ……」

不思議そうに言うと、不意にアレクが背後からぎゅっと抱きついてくる。驚くと同時に林檎が紙袋から飛び出して、一つ床に転がった。

「ねえ、ルリはなんで今泣いたの？」

「え……べ……別に……」

「僕が可哀想だった？」

アレクの声は優しい。ルリーシェは静かに息を吸うと、アレクを振り返らずに答えた。

「貴方も王妃様もよ。可哀想というより辛いの。話を聞くだけで胸が苦しいわ。あんなひどいこと、現実に起きたと思いたくない」

言い終えてつくづく『自分は平和な世界で生きてきたのだ』と思う。

お金がなくて惨めだったけれど、子供を庇って殺される若い母親も、母親を目の前で殺されて、それを忘れられずに生きている子供もルリーシェの世界にはいなかった。

――駄目。アレクの昔のことを考えると苦しい……。

ルリーシェはもう一度涙を拭い、林檎を拾った。

「やめましょう、この話……タルトを作るわ」

「急にどうしたの？」

「いいから、行くわよ！」

ルリーシェはスタスタと歩き出す。

一番辛かったのはアレクなのだ。それを思い出させるような話を延々続けるなんて、自分は思いやりに欠けていた。

――アレクの前では、王宮襲撃事件の話はなるべくしないでおこう。

そう決意しながら、ルリーシェはあえて明るい声で言う。

「バターってちょっとお高いけど、おやつ作りに分けてもらえるかしら？　駄目なら植物油で代用しようかな」

ルリーシェはまだこの家のことをよく知らない。

大公夫妻から課された義務は『アレクを手懐けて跡継ぎを作ってくれ』だけだ。

『サンデオン公爵家には専門の事務官を置くので、経理や領地管理はそちらに任せ、アレクとの家庭作りに集中してほしい』と言われている。

──そうね、アレクとまともな夫婦になること自体が、超難題だもの。

ともあれ、この家に余剰分のバターはあるのだろうか。

お金持ちの家には食べきれないほど食材があると聞いたが、ルリーシェにはいまいち想像できない。

実は、サンデオン公爵家の台所に行くのもこれが初めてなのだ。

──あんなにもたくさん事件があったのに、いえ、アレクが事件を起こしたのに、まだ結婚四日目の朝なのよ？　信じられない。人様に借金を返してもらうのって、本当に、想像以上に大変なことなのね。

ルリーシェがそっとため息をついたとき、アレクが声をかけてきた。

「よくわかんないけど、バターを買うにはこれで足りる？」

目の前にすっと差し出されたのは、大きな透明な石が留まったタイピンだった。

「なあに？　綺麗なタイピンね」

「大公閣下のご長女が……僕は義姉上って呼んでるけど、その義姉上が僕の結婚祝いにくれたんだって。よかったらバターを買う足しにして」

血の気が引く。隣国の王太子妃様からの下賜品《かしひん》ではないか。

「なんでこんな貴重なものを持ち歩いてるの!?　箱は？」

「結婚した日、その辺をフラフラしてたら大公閣下に手渡されて、そのまま上着のポケットに入れて忘れてた。箱はその辺に置いたよ」

ルリーシェは慌ててアレクの手からタイピンを奪い取る。

――ア……アレクが落とさなくてよかった……誰かに取られなくてよかった……！

心臓がばくばくと音を立てている。

隣国の王太子妃から『弟』のサンデオン公爵への結婚祝いということは、この透明な大きな石はガラスや水晶ではなく、超一級品のダイヤモンドだ。

ルリーシェの借金など何回でも返せるほど高価な品に違いない。

「それ売って、一緒に街までバター買いに行く？」

「売っちゃ駄目なの、こういう品物は！」

それ以前に、高価すぎて街の宝石店では売れない。

仮に売るとしても、買い取れるのは別の上級貴族の家しかないはずだ。

「こういうものは、家宝にして子孫に受け継がないといけないのよ。どうしよう、これが入ってた箱も探さなくちゃ。その箱に由緒や贈り主の名前が書いてあるはずなのに」

「タイピンより、ルリが作ってくれる林檎タルトのほうがずっと大事だけどな」

「これも大事なの、ものすごく！　もらったら宝物庫に入れなきゃ駄目、覚えた？」

アレクは興味なさそうにぼーっと聞いていたが、頷いた。

「わかった。義姉上から何かもらったらルリに渡すね」

「……そうしてちょうだい」

――世の中にはいろいろな価値観があるって教えなきゃ。自分の優先順位以外に。

頭痛を覚えながらルリーシェは台所に向かう。

アレクはにこにこ笑いながら付いてくる。

「ねえ、こんな素敵なお品をくださるなんて、アレクとお義姉様は仲がいいの？」

「さあ？　わからないよ。この場に義姉上がいて双方の同意が取れなければ『仲がいいか』を正確に判定することはできないと思うけど」

「……質問を変えるわ。お義姉様はどんな方なの？」

アレクは困ったように首をかしげて黙り込む。

ルリーシェは彼の水色の目をじっと見つめて答えを待った。

「義姉上は賢くて、誰にでも優しい女性だよ。僕にも優しかった。ダクストン大公家の人はみんな優しいんだ。だからなるべく避けてる」

「どういう意味？　優しいのに避けるって……」

ルリーシェの質問に、アレクはますます困った顔になった。

「えっと……僕、人に優しくされるのが苦手なんだ……だけどルリに怒られるのは、頭がさっぱりするからすごく好き」

——どういう意味よ。頭がさっぱりするって。それに私、そんなに怒ってるかしら？

……怒ってるかも。アレクが毎日問題ばかり起こすから。

ルリーシェは眉根を寄せて頷いた。

「そう。私は優しくないのね」

「あの、誤解しないで、ルリのことは大好きだよ」

アレクが慌てたように言い訳する。だがルリーシェはすねて首を横に振った。

「私、優しくないんでしょ？　分かりました。これからも厳しくいかせてもらうわ。だって貴方に問題を起こされたくないもの」

答えながら、なんだか傷ついていることに気付く。アレクに『優しくない』と言われたことで傷つくなんて自分でもびっくりだ。

――初夜に比べて、少しは仲良くなれたと思っていたけれど、違ったのかな。

俯くルリーシェにアレクは言った。

「本当に大好きだよ！　誰かに優しくされるのは……あの、やっぱり、今も変わらず苦手だけど、君は優しいから僕を怒ってくれるんだって分かってる！」

珍しく、大きな声だった。目を丸くしたルリーシェに、アレクが真剣な顔で言う。

「可愛いのに強いから大好きなんだ、怒ると怖くて、そこがいい」

言われている内容はめちゃくちゃだが、本気で言ってくれていることが伝わってくる。

アレクのずれた感性に呆れつつ、ルリーシェは冷たく告げた。

「あのね、女って強いとか怖いって言われても嬉しくないの、お世辞でも別の褒め言葉を選んだほうがいいわ」

「ルリはとても綺麗だよ」

どうやら学習は早いらしい。綺麗と言われてちょっと心が揺れた。だがアレクほどの美貌の主に言われても素直に受け取る気になれない。

「そう？　ありがとう」

「林檎のタルトって、林檎の他になにが入ってるの？」

——もう！　貴方ってタルトのことばっかりね！　私の話は!?

もう少し褒めてくれてもいいのに……と思いつつ、ルリーシェは答えた。

「中身は林檎だけ。でもとっても美味しいの」

「そうなんだ。君は綺麗で、林檎のタルトが焼ける……すごい人だね。僕は幸せ者だ」

たいしたことを言われていないのに、若干嬉しいのが悔しい。

ルリーシェは照れ隠しにつっけんどんに答えた。

「そうよ、私はすごいのよ。タルトも期待してなさいね」

アレクがその答えににっこりと笑った。なぜかルリーシェの心も甘く得体の知れない感情で満たされる。

とりあえず、アレクは自分に懐いてくれてはいるらしい。

さて、このとびきり不幸で美しくて言うことを聞かない男を、どうやってまともな『旦那様』にすればいいのだろう。

——そういえばいろいろ聞きたいことがあったんだっけ？　全部聞いたかな？

ルリーシェは林檎の袋を抱えたまままたため息をつく。

——なんかものすごく気になることがあったんだけど、なんだったかな？　駄目。ありすぎて思いつかないわ。思い出した都度聞いていこう。

昨日アレクがまた起こした事件も、大公夫妻に報告せねばならないのだ。

そう思うと気が重かった。

◆

またあの日記がアレクの目の前に現れた。

どんなに頭の中からかき消そうとしても、日記は不意打ちのように現れて、アレクに語りかけてくる。

ねえ、読んで、この中身を読んで、と。

支離滅裂な綴《と》じ方をされた日記は、現れるたびに内容も文字の色も表紙の柄さえも違う。

それでもこれはアレクの日記、悪夢の凝縮体なのだ。

——過去は自分の意思で忘れることも捨てることもできない。

どんなに見たくなくても、見るまでこの日記は消えない。

アレクは諦めて手を伸ばす。

硬い表紙が勝手に開き、ふわりとあたりの景色が変わった。

『私はずっと貴方様にお会いしたかった。ですので武術師範を募集なさるという話を聞き、こうして参じた次第にございます』

それは、同席していた大公が、急な来客で少々席を外していた間の出来事だった。

目の前にいるのは、今よりもずっと若いザクラートだ。

異国人のような髪と肌をしているがこの国の人間である。彼はどんな姿にもなる。女にも老人にも貴公子にも。

ザクラートという名前すらも本名ではないという。本当の名前はアレクも知らない。

アレクを初めて訪ねてきたときのザクラートは『普段着』だった。

ザクラート曲芸団の団長としての衣装に髪型だ。

この姿が彼本来の容姿に近いのだろうか。

目をこらしてみてもどこまでが作られたものなのか分からない。初めて会ったときから得体の知れない人物だった。それは今も変わらない。

『どうして……僕に会いたかったんですか……』

『きっと私を高く買ってくださると思ったので。上客になっていただけるかなと』

『高く買う？　武術の先生をですか？』

アレクの問いに、ザクラートがニッコリと笑い、耳元に唇を寄せて囁いてきた。

『貴方が本当に欲しいのは、武術の腕ではなく、生き延びる術、憎き相手を殺す術のはずです。いかがですか？』

アレクは答えに窮《きゅう》し、誤魔化し半分で答えた。

『僕は……なにが欲しいのでしょう……』

当時のアレクは十歳だった。

エルギーニが送りつけてくる刺客のせいで、何度か怪我をしていた。アレクの護衛たちの中には深手を負って職を辞さねばならない者もいた。

――『エルギーニ』は化け物だ。僕と、僕の大事な人たちを全部壊してしまう。だから僕はあの化け物をやっつけられるように強くならなくちゃいけない。もしかしてこの人は、僕の望みを見抜いているのかな。

アレクは侍女が運んできたケーキの皿を一瞥《いちべつ》する。

『ありがとう。すこしだけ席を外していて』

『かしこまりました』

お目付役の侍女が去って行くのを見送り、アレクはザクラートを振り返った。彼は笑顔でケーキを口に運んでいる。

『ああ、美味しい。毒味がすんでいる高級品は美味しいですね』

――毒……。

『アレクセイ様はこのお菓子を召し上がらないのですか』

『僕は食べないので、先生が召し上がってください』

『それはいけませんね、毒に怯えない度胸もおつけにならなければ』

飄々《ひょうひょう》とした口調でザクラートは言った。

アレクは身体を強ばらせる。この男はどこまで、なにを知っているのだろう。

牢で何度も毒を盛られたことを思い出す。

エルギーニは子供の好きな菓子に毒を入れることを選んだ。アレクが喜んでそれを食べ、のたうち回って死ぬのが一番興が乗ると考えたらしい。

珍しく与えられた焼き菓子を、最初に食べたときの苦しみを忘れられない。

身体が丈夫であるがゆえに命拾いし、二度目に食べたときに理解した。お菓子を口にしたら殺されるのだと。

あんなものを食べるくらいなら、牢を這う虫を食べるほうがずっとましだ。そう思った。

牢を出てからも、アレクは甘いものを食べなくなった。というより、なにかを食べようと覚悟するまでに時間が掛かる。食事の時間は苦痛でしかなく、それは今も変わらない。

エルギーニはアレクを本気で殺そうとしている。

表向きは『幼子までは手に掛けない』と人並みのことを言っているが、腹の中は違う。今でもアレクを闇に紛れて葬ろうと虎視《こし》眈々《たんたん》と狙い続けているのだ。

『ザ、ザクラート先生も、毒を呑まされたことがあるんですか？』

アレクの問いに、ザクラートはアレクのぶんのケーキまで頬張りながら答えた。

『ありますよ。私を殺したい人はたくさんいますから』

『それなのに、どうやって生き延びているんですか？』

身を乗り出したアレクに、ザクラートは笑みを消し、真顔で答えた。

『私は、私を殺しにくる相手を、全てこの手で殺しています』

アレクの全身に鳥肌が立つ。

身をすくませるアレクにザクラートは静かな声で告げた。

『殺されるなんて絶対にごめんですからね、私は生きたい』

『……っ……あ、あの、先生……なんで、僕にこんな話をするんですか……』

青ざめたアレクに、ザクラートは言った。

『まずはお金のためですかね？　私は、たくさんの孤児を自分の曲芸団で養っています。ですから、常に私を必要としているお金持ちを探しているのですよ。前王家の財産の全てを継がれたアレクセイ様はいかがでしょう？　私に師事して殺す側に回りませんか？』

『どうして……大公閣下じゃなくて、僕に言うの……？』

アレクの問いに、ザクラートが先ほどと同じ笑みを浮かべる。

『大公閣下のお力をもってすれば、貴方は守られて暮らすことができる。エルギーニを殺すという夢を語り続けながら、平穏な人生を送れるからです。ですからアレクセイ様ご本人と二人でお話をいたしたく、少々手を回して大公閣下には席を外していただきました。いかがでしょう、アレクセイ様。貴方はどんな大人になりたいのですか？　憎い仇を己の手で殺せる人間ですか、それとも、誰も殺さないですむ人間ですか？』

『そ、そんなの……僕にはまだ……分からな……』

『正直に申し上げると、さすがの私も、貴方の全てがお気の毒に思えてならないのです、〝全てを奪われたアレクセイ様〟。王族である貴方をこんな道に誘えば、貴族議会に目を付けられる。そのくらいは分かっています。それでも私は、気の毒な貴方に声をかけて差し上げたかった。つまりこれは、私からの純粋な厚意でもあるのですよ』

ザクラートの提案は、十歳の子供が判断するには難しすぎるものだった。

今のアレクならなんと答えただろう。

恨みを抱きながらも平穏に暮らしたほうがいい、と答えたのだろうか。

大公家の分厚い盾に守られ、ぬくぬくと生きるほうを選んだのだろうか。

普通の人間でいられる道を選んだのだろうか……。

『石牢での虐待を三年間生き延びた貴方の肉体は、おそらく人並み外れて頑強《がんきょう》です。私は貴方が強い殺し手に育つ可能性を感じております。いかがですか、アレクセイ様』

――ひどいよね、先生。いくら鍛《きた》えるのは一日でも早いほうがいいからって、なにも分からないガキだった僕に選ばせるなんて。

アレクの唇に自嘲《じちょう》の笑みが浮かぶ。

幼いアレクは、ザクラートの言葉を聞いてこう答えてしまったのだ。

『僕も先生みたいに、殺しに来た相手を全部自分で殺したい。エルギーニのことも自分で殺したいです。だから先生に鍛えてもらいます』

この判断が、当時のアレクの精一杯だった。

『さようでございますか。殺せる側の人間になりたいと仰せですね。それならば私が責任を持って、実戦で鍛えて差し上げましょう』

『どう……やって……ですか……？』

『私の経営する曲芸団にお越しください。団では義賊としての暗殺を引き受けております。アレクセイ様にはそこで殺しの技と、敵から生き延びることを学んでいただきます』

『おお、先生、お待たせして申し訳ありませんでした』

そのとき居間の扉が開いて、大公が戻ってきた。

『それで、アレクの武術師範はお引き受けいただけそうですかな？　高名な武術の達人であるザクラート先生に師事できれば、アレクも自分の身を守れるようになるでしょう』

大公は笑顔でザクラートに語りかけている。知らないからだ。アレクとザクラートとの間で交わされた『契約』を……。

のちに大公が『真実』に気付いたときにはすでに遅く、アレクは警備が厳重な大公家の屋敷を自在に抜け出し、ザクラートの『曲芸団』に出入りするようになっていた。

無論、曲芸団とは表向きの名前だ。

ザクラートが引き取った孤児たちのうち『特に才能がある』団員は、裏で金銭と引き換えに義賊としての殺しを行っている。

アレクも『実地訓練』として、そこに加わることになった。

真実を知り、怒り狂った大公夫妻は、ザクラートが時間を掛けて懐柔《かいじゅう》した。多分ザクラートは、大公の『困りごと』に手を貸し、完璧な『仕事』を成し遂げたのだろう。持ちつ持たれつの関係を築くことで、大公を沈黙させるのに成功したのだ。

アレクはあの日から何人も殺した。今でも、本当に全ての殺しに『義』があったのかは分からない。アレクたち『団員』にできることは、ザクラートの指示通りに宵闇に紛れて人を殺すことだけだったからだ。

——人生って突然変わるよね。五歳のときも、あのときも、突然だった。

アレクはたった十歳で『人を殺す』という道を選び、歩き出してしまった。

悪夢の日記が閉じる。アレクは途方に暮れた気持ちで己の手を見た。

——汚い手だな。

もうあの日には戻れない。ザクラートが差し伸べてきた血まみれの手を振り払うことは、永遠にできないのだ。

でも……。

『殺し合いが起きそうな場所って分かるでしょ？　そういうところに行かないでほしいの。貴方が大暴れして被害が甚大になるから』

綺麗な顔を精一杯怖くして、腰に手を当てて言い放つルリーシェの姿が浮かんだ。

彼女はアレクを怒るとき、いつも身体を大きく見せようとふんぞり返る。

可愛い女性だと思う。ルリーシェがどんなに威嚇《いかく》してきても、アレクにとっては『可愛い』という感想しか浮かんでこない。それで、毎回愛おしくて抱きしめたり接吻したりしてしまい、さらに怒られるのだ。可愛い。

——分かったよ。もうエルギーニはいないし、僕は一応『公爵閣下』になったんだ。君の言うとおりできるだけ殺さない。だからルリ、これからはもっと僕を好きになってね。

喪失に怯え、強く戒めていた心が、ルリーシェの笑顔で溶かされていく。

林檎のタルトはとても美味しかった。

甘いものを美味しい、嬉しいと思うのは十五年ぶりだ。

悪夢の日記にどんな残酷な過去が綴られていようとも、新たにもたらされた恋の光は、別の角度からアレクを照らし続けてくれるはずだ。きっと……そのはずだ。

◆

「閣下、ルリが作った林檎のタルトをいただきました。なんと林檎しか入っていないんです。でもとても美味しかったので、また林檎を買ってきて作ってもらいます」

「おお……アレクが珍しく食べ物で喜んでおるな。昔は何を食べさせても嫌がって吐き出していたのに。今も好きな食べ物などないと言うばかりで……」

なぜか、大公が感極まったように目頭を押さえた。

大公妃もハンカチで目元を押さえながら言う。

「味わって食べられるものが増えたのならば良かった。もう地面の虫を拾っ……いいえ、美味しいものを作ってくれたルリーシェ殿に感謝しなければいけませんよ、アレク」

ルリーシェは固唾を呑んで、アレクと大公夫妻の会話をそばで見守る。

――お二人が何を喜んでいるのかよく分からないわ。アレクは好き嫌いが多いのかしら。一緒に食事をしていても、そんな感じはしないけれど。

「ところで、お前がペギニー弁護士とやらの事務所で大暴れしてきた件だが」

感激の涙を拭っていた大公がすっと姿勢を正した。

「私のもとにも、別口から被害状況の報告があった。弁護士本人と用心棒が五名死亡、事務所は荒らされ、金目のものや重要そうな書類はほとんど持ち去られていたらしい」

大公の言葉にアレクは首をかしげた。

「一部心当たりがありません。用心棒二人は内部分裂で死んだのだと思います。あと金庫あさりも僕がやったことじゃないですね」

「馬鹿者ぉぉぉっ！　お前はなぜこんな闇社会の有名人のもとに行ったのだ！」

「ルリの父君が過去、詐欺に巻き込まれたことを証明し、借金を帳消しにできればと思ったからです。ペギニー弁護士はその証拠となる書類を持つ人物でした」

大公が疲れたようにため息をつく。

「そうか。だが一億ミードルの肩代わりは、私にとってはたいした額ではない。お前が大人しく、問題を起こさず、とにかくルリーシェ殿のそばにいてくれるほうが良い」

「お言葉ですが、僕はずっと大人しくしていました。該当書類があれば買い取ると申し出て、紳士的に振る舞いました。先に暴れたのは向こうです」

大公はアレクの言い分を聞き終えて目をつぶった。何かを非常に悩んでいる様子だ。

「ルリ、帰ろうか」

アレクが唐突に部屋を出て行こうとする。ルリーシェは慌ててアレクを小声で止めた。

「ちょっと！　まだ閣下のお話が終わってないでしょう！」

「そう？　終わったのかと思ってた」

――この人、閣下のお説教で都合が悪くなると、すっとぼけて消えようとする癖があるわね。気をつけて監視……じゃなくて注意しておかなくちゃ。

アレクの腕を握りしめたままルリーシェはため息をつく。するとアレクは嬉しそうに笑って、なぜかルリーシェと腕を組み直した。

「このほうがよくない？　仲良し夫婦っぽくてさ」

「ええ、そうね」

大人しくしていてくれ、と念じながらルリーシェは頷く。

そのとき、悩み続けていた大公がようやく口を開いた。

「実は、王宮から頼まれていることがある。お前宛ての伝言を預かっているのだ」

「王宮……ですか？」

アレクが複雑な表情になる。

「王宮で暴れないと確約してくれるのであれば、詳細を話そう」

「なぜ僕が王宮で暴れるのですか？　殺されそうな局面が予想されるのでしょうか？　ならば行きません。殺し合いが発生しそうな場所には行かないとルリに約束したので」

「訳の分からんことをハキハキと説明せんでよい！」

アレクの言葉に大公は重苦しいため息をついた。

「あ……あの……アレクセイ様は『襲われない限りは絶対に人を殺さない』と仰っておられます。ですから国王陛下に無礼を働かれることもないと思います」

ルリーシェは小声で大公夫妻に言った。

「たしかに、アレクは幼い頃から武器を向けられない限りは大人しいが……これだけ好き放題大暴れされると心配なのだよ」

――分かります、閣下。分かりますとも！

ルリーシェは心の中で強く頷く。

腕組みした大公にアレクが尋ねた。

「閣下、僕は王宮から何を頼まれているのでしょうか？」

「……国王陛下の誕生日が明後日なのは知っているか？」

「いいえ、知りません」

――も、もう！　知っときなさいよ！　一応公爵でしょ！

内心拳を握りしめるルリーシェの前で、大公がくたびれた表情で言った。

「実は、陛下への祝賀の言葉をお前に述べてほしいと数ヶ月前から依頼されていたのだ。もちろん私の一存で断ったが、昨日と今日、サンデオン公爵としてのお披露目も合わせて、どうしてもアレクセイ殿下に顔を出してほしいと王室庁の者に頼まれてな」

「わかりました。伺います」

「そうだろうな、お前は人の集まる場所になど……えっ？」

　あっさり承諾したアレクを大公が驚いたように見つめる。

「アレク、今なんと言った？」

「伺います。僕が王位に野心を抱いていないことを示す良い機会になるでしょうから」

「お、お前は、あれだけ結婚が嫌だ、エルギーニの血筋の娘は嫌だと大暴れしておいて、なぜいきなり正気になるのだ……！」

　唖然とする大公を無視してアレクは続けた。

「挨拶文の内容は、国王就任後の初めてのお誕生日をお祝いする言葉中心でよろしいでしょうか。持ち時間は？　禁句はございますか？　王位継承は辞退したい、という僕自身の気持ちに改めて触れたほうがよろしいですか？　以上をあらかじめ教えてください」

「できるのか？　教えたら本当にちゃんとできるのか？」

　大公の問いにアレクは迷いなく頷く。

「礼法の教師に何百枚と挨拶文を書かされ、それを暗唱させられましたので、できると思います。失敗したら、僕の礼法の教師に払った金が無駄だったとお思いください」

　言い終えるとアレクはぷいとそっぽを向いた。

「ね、ねえ……行きたくないなら無理しなくていいのよ」

　小声でアレクに言うと、彼は微笑んだ。

「平気だよ。ねえ、ルリ、人前に出るなら夫婦おそろいの何かを身に着けない？」

アレクは毎度毎度ずれている。今重要なのは服装ではなく『人目や無粋な好奇心に晒されたくない』というアレクの気持ちのほうなのだが。

「本当に行くの？　大丈夫？」

「うん。せっかくの機会だから『サンデオン公爵』として顔見せするよ。あのさ、非の打ち所がないほど立派に挨拶できたら、ルリはもっと僕のこと好きになってくれる？」

大公の前で堂々と聞かれ、ルリーシェの顔が熱くなった。

――な、っ、なにを言うの！　人前で！　しかも『もっと』って、すでに私に好かれている前提？　どうしてそんなに謎の自信があるの？

とっさに返す言葉が出てこない。

だが大公は、アレクの言葉を聞いて満足げに頷いた。

「そうだ、サンデオン公爵として立派な振る舞いを見せれば、ルリーシェ殿もお前に多少は惚れてくれるに違いない。そうだな？　ルリーシェ殿」

この二人は、血の繋がりがなくとも変なところで親子だ。

「あ、わ、私は、あの、なんとお答えすれば……」

耳まで火照ってきた。

どうしてこの大公閣下は、たまにとんでもないことを言い出すのだろう。

「アレク、良い機会だ。頑張る姿を見せてルリーシェ殿に褒めてもらうがよい、多分お前も、きちんと装えばそれなりにいい男のはずだ。なあ、そうであろう？　ルリーシェ殿。アレクも頑張ればいい男になれると思わぬか？」

「あ……あの……えっと……」

なぜ自分はこんなにも羞恥心に呑まれているのか。

大公のご機嫌を取るならば『もちろんですわ、アレクセイ様は素敵ですもの！』と調子よく笑顔で答えればいいだけなのに。

心臓が勝手にバクバクと音を立てて暴走し始める。

――どうしよう、こ、これじゃ、私もアレクのこと好きみたいじゃない？

ルリーシェがぎゅっと手を握りしめたとき、助け船が現れた。

「閣下、もうその辺になさいませ。ルリーシェ殿が困っておられますわ」

大公妃が冷たく夫の言葉を遮る。必死に赤い顔を誤魔化そうとしていたルリーシェは、ほっと息をついた。

「せっかくうまくいきかけているものを、台無しにならさないで」

大公妃が小声で大公を叱責した。大公は頬を掻き、よく分からないと言わんばかりの表情で妃に言葉を返す。

「私はただ、息子夫婦を応援したいだけなのだが」

「五十過ぎのおじさんにからかわれたら、若い娘はその場で心を閉ざします！」

この二人を見て育ったアレクの夫婦観が若干変わっている訳がわかった。

――き、聞こえなかったふりしておこうっと……。

ルリーシェは慌てて不自然に斜め上を向いた。

その視界にひょいとアレクの美しい顔が割り込んでくる。

「ねえルリ、閣下の仰るように、国王陛下の誕生日パーティで立派に振る舞えたら、僕のこと今より好きになってくれる？」

――ま、まっすぐ見つめてこないで……！

人前で堂々とこんな質問ができるアレクはすごすぎる。

羞恥心はどこに置いてきたのだろう。

大公夫妻や侍従たちの姿などまったく目に入っていないようだ。

「あ……アレクセイ様……その話はあとで……」

「なんで？　どうして？　今じゃ駄目？」

「あ、あとで、二人になったらお話ししましょう」

巧みに顔を覗き込んでくるアレクから目をそらしながら、ルリーシェは思った。

――私たち、王宮に伺っても大丈夫かしら……？　私の上流階級のマナーは付け焼き刃だし、アレクに何ができるのかさっぱり分からないし。駄目ならもう、行ってすぐ帰ってくるしかないわね。

それにしても『王宮で国王陛下の誕生日パーティに出よ』とは、これまでの短い結婚生活の中でも最大の難問だ。息つく間もない。

「ルリーシェ殿、この子を連れて王宮へ行ってくれるか？」

「私たちもいます。何かあったらすぐに駆けつけますから」

大公夫妻からの懇願が、ルリーシェの肩にずっしりとのし掛かる。

――いいえって言いたい。絶対になにか起きるもの……っていうか、アレクがなにかやらかすに違いないもの。

正直ルリーシェの頭の中には辛い予想しかない。

だがこれも『仕事』なのだ。

ルリーシェはアレクから腕を放し、大公夫妻に深々と頭を下げた。

「かしこまりました。アレクセイ様と一緒に国王陛下のお誕生会に参ります」

ルリーシェに言える言葉はそれしかなかった。

一億ミードルは、ダクストン大公にとってははした金でも、ルリーシェにとっては生涯掛けても返しきれない大金だから、だ。

◆

アレクは、ずっと日記帳とにらみ合っていた。

――今日こそお前を開いたりしない。

そう思っているのに、勝手に分厚い表紙が開く。

サンデオン公爵邸にいたはずのアレクは、ぼろぼろの木賃宿で座り込んでいた。

『別の班の者たちがしくじりました。警備が強化されてやりにくいと思いますが、貴方が行ってきてくれませんか』

ザクラートに頼まれているのは、とある『慈善事業家』の殺害だった。

恵まれない子供たちを引き取る傍らで、一部の『容姿のいい子供たち』に性的な虐待を行ってきた男だという。

暗殺の依頼主は、『慈善事業家の元養女』であった。人道を外れた虐待に耐え抜き、生来の美貌をもって女優として大成し、彼女を見初めた大富豪に嫁いだという。

まるで自分のような人生だと思った。この『元養女』も、いつか自分を苦しめた相手に復讐したいと思いながら、牙を研《と》ぎ続けてきたに違いない。

世の中は復讐を望む人間で満ちている。

ルリーシェもその一人のはずだ。なのに彼女はアレクに言った。

『私は復讐よりも、今すべきことを優先したいと思っているの。そうしないとなにもかもが中途半端になるから』と。

――ルリにもっと早く会いたかったな……。

一緒にいる時間が長くなるほど、もっと早く会いたかったと思う。そのときの自分がどんなに非力なガキでも、強くて明るいルリのためなら頑張れただろう。

――でも、そううまくはいかないのが人生なんだろう？　知ってるよ。

『慈善事業家』の老いて太った身体に刃を突き立てながら、アレクは思った。

夢の中でも、あまりいい気分はしない。

『慈善事業家』の寝台では美しい十代半ばの少年少女たちが裸で震えている。

なにか言葉を掛けてやりたかったが、そんな暇はない。

この家にはまだ囚われの子供たちがいるはずだ。保護の名の下に自由を奪われ、足かせを嵌められている子供たちが。

『お前たちの仲間を解放する、鍵はどこだ』

アレクの言葉に、全裸の少年が震える足で立ち上がり、落ちていた寝間着を纏って壁の鍵束を手に取る。

『か、鍵はこれですけど……まだ……警備兵がいて……っ……』

震えながら少年が告げる。

『警備の人間は今から僕が全員殺す。終わったらここに戻ってくるから、君は皆の部屋を解錠してくれ。そして悪い大人がいなくなったら、中央広場に逃げるんだ。中央広場の場所、誰か分かる仲間がいるか？』

少年が頷くのを確かめ、アレクは『慈善事業家』の部屋を飛び出した。

自分のしてきたことが全部無意味だとは思わない。

けれど、自分がまともな人間だとも思えない。躊躇《ちゅうちょ》なく人に刃を振り下ろせるのは、越えてはいけない線を越えてしまった生き物だけだからだ。

——後悔なんて……僕は……。

拳を握りしめたとき、目の前にルリーシェの顔が浮かんだ。

手を差し伸べようとしたとき、己の手が到底彼女に触れられないくらい、どす黒い血で汚れていることに気付いた。

大切な彼女に、こんな手で触れていいのだろうか。

——この手じゃ、ルリまで……汚れちゃうんじゃないのかな……？

強い不安を覚えた刹那《せつな》、血は幻のように消え、アレクはサンデオン公爵邸の寝室で、寝台に腰掛けていた。

◆

その日の夜、ルリーシェは入浴を終え、寝る支度を調えて寝室に向かっていた。

一瞬で眠れそうなほど疲れている。

アレクは結婚四日目にして初めて問題行動を起こさなかったが、ルリーシェのほうが王宮マナーの総復習でくたくたなのだ。

ルリーシェにできるのは人並みの会話だけ。ダンスもまともに踊れないし、国王陛下の御前でどのように振る舞ったらいいのかもまったく自信がない。

一方でアレクが自信満々なのが謎すぎる。

本人は『小さな頃から大公妃様に勉強させられたから大丈夫』と言っているが、不安で胃が痛くなりそうだ。しかし今は彼を構っている余裕がない。

――つ、疲れた……勉強って疲れるのよね……。

ルリーシェは付き添いの侍女たちに挨拶をし、よろよろと寝室に入った。

そして室内の様子に目を丸くする。

先に戻っていたアレクが寝台の端に腰掛けて、なにやらブツブツ呟いていたからだ。

耳を澄まして聞いてみると、数を数えているようだ。

――ん？　五百九十……って、さっきからずっと数えていたの？

訳が分からず、ルリーシェはそっとアレクに近づく。

そして刺激しないよう小声で尋ねた。

「どうしたの、アレク……？」

「ん？　君がいない間、なんとなく数を数えてたんだ」

声に張りがない。いつも張りがないが、今夜はひときわだ。

――元気がないわね。様子がおかしいわ。

ルリーシェは彼の腕を引き、寝台の真ん中に座らせた。

「なぜ数なんて数えているの？」

彼の手元を確認するが、なにもない。いったいなんの数を数えていたのだろう。

アレクは答えない。ただ困ったように微笑んでいる。

「明日もお勉強よ、もう寝ましょう。アレクのほうがたくさんやることがあって大変なんだし、夜更かしは駄目よ」

「そういえば、さっき『あとで教えてくれる』って約束したよね」

「なんの話？」

アレクの腕が肩に掛かる。あっと思う間もなくルリーシェの身体はふかふかの寝台に押し倒されていた。

途端にルリーシェの心臓が大きな音を立て始める。

――や、やだ、アレク、今日したかった……のかな……？

すぐ側にアレクの秀麗な顔が見える。薄暗がりの中で見える彼の顔を見て、ルリーシェははっとなった。

顔色が良くないし、少し脂汗もかいている。

ルリーシェは慌てて手を伸ばし、彼の額の汗を指先で拭うと、滑らかな頬を両手で挟み込んだ。

「具合が悪いの？　真っ青だけど」

「僕の顔色？　悪いの？」

アレクが不思議そうに首をかしげた。ルリーシェは頷くと、そのまま彼の頬を引き寄せて額に額をくっつける。

「ルリのおでこが熱い……」

「いいえ、貴方の身体が冷たいのよ、どうしたの？」

「分からない。ただ、突然嫌なことをたくさん思い出したから、なにも考えずにすむように数を数えていたんだ。最近、君と結婚できたり、林檎のタルトを作ってもらったり、毎日幸せすぎたせいで調子が悪いのかも」

——幸せすぎたせいで調子が悪い？　逆じゃないの？

不思議に思いつつ、ルリーシェは額をくっつけたまま言った。

「アレクは毎日暴れすぎて疲れてるのよ。もう寝ましょう」

「別に……あんなの日常茶飯事だよ。心配しないで、僕の可愛い司令官殿」

言いながらアレクが口づけてくる。

唇も冷たかった。心配になって背中に手を回すと、やはりあまり温かくない。

こんなに身体が冷え切るほど『嫌なことをたくさん思い出した』なんて、あまり良い状態ではなさそうだ。

ルリーシェは唇が離れるのと同時に言った。

「冷え切っているから、もう休んで」

「……その前に僕を温めてよ」

アレクの声に不意に生気が宿る。

再び口づけられて、彼の唇に体温が戻っていることに驚いた。

——あ、あれ……？　元気になった……？　どうして？

「ルリが僕のことをどのくらい好きになったか教えてくれればいい。ちなみに、僕はこのくらい好きだな」

　アレクは片手で自身の身体を支えたまま、ルリの片手を取って己の下腹部へと導いた。

　強引に触れさせられたそれは、驚くほどに熱く、硬くなっている。

「あっ？　えっ？　あっ……あのっ……」

「ルリのこと押し倒しただけでこんなになっちゃった」

　火が点《つ》いたように顔中が熱くなる。

　――こ、ここも元気になっちゃったのね……！

　アレクは、見る間に真っ赤になったルリーシェの首筋に口づけ、火照った耳たぶを甘噛みして囁きかけてくる。

「この前みたいにルリのこと抱きたいな」

　そう言ってルリーシェの手首を摑んでいた手を放すと、寝間着の下に指を忍ばせ、下着の上から淫溝に触れてきた。

「もっと僕に触って」

　ルリーシェはごくりと音を立ててつばを飲み込んだ。

　脚の間の恥ずかしい場所を刺激されながら、ルリーシェは拙《つたな》い手つきで服の下で盛り上がる雄茎を撫でさする。

　指が触れるたびに、昂ぶったアレクのそれがヒクヒクと反応するのが分かった。

「布の上からじゃなくて、もっと奥まで触らせて」

ルリーシェの薄い下着の中にアレクの指が入ってくる。

「あ……っ……」

「ルリの身体、中のほうがもっと熱そう」

湿った茂みの奥にしなやかな指が押し込まれた。粘膜が震え、迎え入れた指を包み込むかのようにうねり出す。

「ん……あ……あ……」

中を優しくかき回されて、媚びるような声が漏れた。

気付くと、アレクのものを愛撫する手がおろそかになっていた。張り詰めたそれに布の上から触れ直したとき、アレクが勢いよく身体を起こした。

「脱がせていい？」

質問と同時にルリーシェの寝間着に手が掛かる。

自分で脱ぐときの数倍の速さで全ての前ボタンが外された。

「寝間着可愛い、下着も可愛いね。裸が一番可愛いけど」

「ア……アレク……」

彼の頭の中には『どうやれば最短時間でルリーシェの着衣を剝ぎ取れるか』が叩き込まれているようだ。あっという間に素肌が晒され、丸裸にされる。

アレクは満足げに微笑むと、むき出しの乳嘴に口づけてきた。

さっきまで弄られていた蜜口から熱い液がにじみ出す。

「僕も脱ぐから待ってね」

言いながらアレクが着ていた寝間着をぽいと放り投げる。瞬きする間に彼は一糸纏わぬ姿になっていた。

相変わらずの脱ぎっぷりだ。手品だろうかと思いながら、ルリーシェは再び寝台に押し倒された。脚を広げられ、その間にアレクが割り込んでくる。

「この前したとき、痛かった？」

「さ……最初だけ……少し……」

「分かった」

アレクはルリーシェにのし掛かると、両腕を寝台に押しつけた。そして手の自由を奪われたルリーシェの乳房に再び優しく口づけてくる。

「あ……」

ため息のような声が漏れる。初夜のような恐怖心はなく、唇が触れただけで身体が優しくほぐされていくかのようだ。

アレクの唇は乳房の頂だけでなく、盛り上がった双丘の至る所に押しつけられる。くすぐったさと焦れったさにルリーシェは身をよじった。

「君は本当に、身体中輝くように綺麗だな」

アレクの唇が、次にへその脇に押しつけられた。

だんだん頭が危うい場所に近づいていく。

「待って……口づけはもういいわ……」

恥じらいながら言うが、口づけはやまなかった。

ルリーシェの腕から手が離れ、膝に脚が掛かる。

「嫌……そんなところまで……あん……っ……」

へその下に口づけられて、濡れた蜜洞が物欲しげに収縮する。

「駄目……アレク……あぁん……」

とうとう和毛《にこげ》の先端に軽く接吻されて、ルリーシェは慌てて腰を引こうとした。だがアレクの口づけは止まらない。

形の良い唇が右脚の付け根に吸い付いた。

アレクの髪が秘裂に触れて、その刺激でひくひくと蜜口が震える。

「ここも綺麗だ、すごく美味しそう。僕以外には誰にも触らせたことがない場所だよね？なら、僕が最初に囓《かじ》ってしまおう」

言いながらアレクが内股の柔らかな場所に歯を立てる。

「や、やだ……なにして……アレク……！」

はっきりした痛みと共に、強い欲望が腹の奥からあふれ出す。

アレクの舌が危うい場所の肌を舐め上げた。

舌先は繰り返し脚の付け根を這う。だが浅ましく濡れた場所には触れようとしなかった。

「ここも舐めてほしい？」

濡れそぼつ蜜口に息を吹きかけ、アレクが尋ねてくる。ルリーシェは大きく脚を開かされたまま首を横に振った。

そんな場所に口で触れられたら気絶してしまう。絶対に無理だ。

「じゃあどうしてほしいの？」

「あ……あの……私……」

羞恥心と甘い欲望に頭が掻き乱される。

こんなふうに身体を弄り回すのではなく、もう中に入ってきてほしい。

そう考えた瞬間、ますます恥ずかしくなる。

ルリーシェは両手でそっと顔を隠し、小さな声で言った。

「だ……抱いてほしい……わ……」

「うん、分かった」

アレクの声は笑っていた。

指の隙間から、優しい笑顔が見える。

「僕、あんまり性欲なかったんだけど、ルリの中に入るのはすごく好き」

性欲がない、と自称しているのが嘘のように、アレクの陽根は硬く反り返っていた。裂け目にあてがわれたそれが、一気にルリーシェの身体を貫く。

「んあ……！」

望んでいた熱に女の器が満たされ、ルリーシェの下腹部が愉悦に波打つ。

顔を隠していた手が外され、再び手首を押さえつけられた。

「すごいびしょびしょ……僕が挿《い》れるのを待ってたんだ？」

低い声でアレクが囁きかけてくる。

その声がいつになく男性っぽく聞こえて、ルリーシェの身体の奥からますます淫蜜があふれ出してきた。

杭が抜き差しされるたび、粘着質な音が聞こえる。

間違いなくルリーシェの身体はアレクと繋がって悦んでいた。

恥ずかしくてたまらず、ルリーシェはぎゅっと拳を握りしめる。

「べ、別に待ってな……あ……！」

「嘘だ、待ってたくせに」

アレクは意地悪な口調で言うと、わざと肉杭の行き来する速さを緩めた。葉の上を芋虫が這うほどの速度だった。

刺激が足りないと言わんばかりに淫路がますます蜜を垂らす。

「え……なんで……？　動いて……」

もどかしくてお腹の奥がますます熱くなる。ルリーシェはもじもじと脚を動かしながら、恐る恐る腰を揺すった。

こんなふうにされたら、もどかしくて苦しくてたまったものではない。

呼吸が短く速くなるのが分かる。

焦らされると、より身体が昂ぶるなんて知らなかった。嬌声をこらえ、ルリーシェは懸命に快楽を得ようと身体を揺すった。

「ん……んっ……」

「僕のこと好き？」

余裕の声で尋ねられ、ルリーシェは赤らんだ顔を背ける。

「お、教えない……！」

「どうして教えてくれないの？　分かった、僕を好きだからだ。だっていっぱい腰振ってるもんね、気持ちいい？」

「ち……違うの……これは……」

言い訳しようとした瞬間にずんと奥を突き上げられ、ルリーシェは背を反らせて喘いだ。

「あぁぁっ！　だめ、あ」

「違うってことは、君は好きじゃない男に抱かれても気持ちいい訳？」

「やっ、やだぁっ、違……んぁ……！」

執拗に奥を抉られ、あまりの気持ち良さにルリーシェは身体を揺する。蜜窟が喜悦と共にアレクのものを強く絞り上げるのが分かった。

「まだ二回目なのに、誰のでも気持ち良くなれるんだね。そっか、寂しいな」

「違う……っ、違う……アレ……」

気付けばルリーシェは、アレクと両方の手を握り合っていた。

「なにが違うの？」

「ア……アレクのが……えっと……誰でもいい訳じゃ……」

恥ずかしすぎて、目に涙がたまってきた。真っ赤になった顔を隠そうと、ルリーシェは必死に右を向いたり、左を向いたりと抗う。

無防備な首に、アレクの唇が吸い付いてきた。

柔らかな口づけに驚き、ルリーシェの身体がびくんと跳ねる。

「ひっ……」

接吻の甘い刺激に誘発され、突然絶頂感に襲われた。

「そっか、僕のコレが好きなんだ、じゃあ本体のことも好きだよね？」

大きく開かされた脚がぶるぶると震える。

アレクを咥え込んだ場所が強く締まり、身体中の力が抜けた。

「あれ？　僕のこと好きってまだ言ってないのに、達しちゃうの？」

「ん……っ……ち……ちが……」

懸命に嬌声をこらえるルリーシェをからかうように、アレクが頬に口づけてきた。

「違うの？　まだ気持ち良くなってなかったんだね、なら僕の勘違いだ。じゃあ、ルリが気持ち良くなるように、もっといっぱいしてあげないと」

快感に震えるルリーシェの恥骨に、アレクのそれが強く押しつけられる。ぐちゃぐちゃに蕩《とろ》けた接合部からとめどなく熱いものがしたたり落ちた。

「い……いや……これ、しないで……」

ますます脚が震え始める。

一度達したはずの身体が再び火照り、激しく膣内がうねりだした。

「ルリは僕のこと好きでしょ？　早く好きって言ってよ」

「やだ……もう……言いたくない……馬鹿ぁ……！」

どんなにもがいても快楽からは抜け出せそうにない。ルリーシェは汗だくになりながら淫らに腰を揺らす。目がくらむほどの快感に息が弾んだ。

「いい加減諦めて。こんなに僕ので感じてるくせに」

そう言って、アレクが握り合った手を解き、ルリーシェの身体をそっと抱きしめた。

ルリーシェは無我夢中でアレクの首に腕を絡ませる。

「恥ずかしいの……もう許して……」

いつの間にか涙が流れてこめかみを濡らしていた。アレクはルリーシェの目尻に舌を這わせ、優しい声で言った。

「早く言って、ほら」

――アレクの意地悪……もう、やだ……！

汗ばんだアレクの身体にすがりつき、ルリーシェはらしくもないか細い声で答えた。

「……すこし、好きになったわ……結婚式の日より好きよ……」

正直に答えてしまってますます涙が出てくる。

自分はこんなに簡単に陥落する女ではなかったはずなのに。

――もう嫌……二度と言わないんだから……！

「嬉しい、ありがと、ルリ。どうして君はそんなに可愛いの？」

言い終えるなり、アレクが貪るように口づけてくる。

口腔を激しく嬲《なぶ》られ、同時にたたきつけるような勢いで身体が貫かれる。

身もだえするルリーシェの身体を力強く戒めたまま、アレクは執拗にルリーシェの『中』をかき回した。

口の端からはしたなくも涎《よだれ》が一筋落ちていく。

下と上から執拗に犯され、身体中に汗が滲む。杭に嬲《なぶ》られ続ける淫洞から、幾筋も蜜が垂れ落ちてきた。

「あ……はぁ……っ……」

「ごめんね、苦しかった？　ルリがすごく美味しいからさ」

アレクがわずかに唇を離して囁きかけてくる。

その呼吸は乱れていたが、中を穿つ勢いは激しくなるばかりだ。

「んぁっ、あっ、だめぇっ、ぁあっ」

力強い突き上げに身体を揺さぶられながら、ルリーシェは言葉にならない声を上げる。

「僕も駄目だよ……ルリに駄目にされる……最高……」

手足をアレクの引き締まった身体に絡みつかせて、ルリーシェは身体を弾ませた。

再びの絶頂感が近づいてくる。

「だ……だめ……また気持ち良くなっちゃう……」

うわごとのように訴えると、アレクが頬ずりしてきた。

「じゃあ、僕と一緒にいこ」

ルリーシェを抱く腕の力が強まる。ルリーシェは爪を立てんばかりに広い背中にしがみつき、アレクの汗ばんだ肩に唇を押しつけた。

「んぅぅうっ！」

アレクを呑み込んだ場所が別の生き物のように強くうねった。ルリーシェは快楽の波に押し流されながらも、必死に声を殺す。

――ん、だめ……気持ちいい……！

びくびくと身体を震わせるルリーシェの中に、アレクの熱がたっぷりと放たれた。ルリーシェはアレクに求められるがままに、何度も濡れた唇と唇を合わせる。

なにも考えられなかった。身体を密着させ合ったまま繰り返し口づけたあと、アレクが身体を浮かせてずるりと肉杭を抜く。

脚の間から淫蜜がこぼれ落ちてきた。

身体中が重く、不思議な幸福感に満ちている。

アレクはもう一度ルリーシェを抱きしめると、幸せそうに頬ずりしながら言った。

「こんな可愛い奥さんもらえたんだから、陛下の誕生日はまともに振る舞わないとね」

力強い腕に抱きしめられたまま、ルリーシェは小さく頷く。

「そうよ、失敗できないのよ……一緒に頑張りましょ」

「うん」

アレクは素直に返事をすると、もう一度ルリーシェの頬に頬ずりしてきた。

「格好良く挨拶できたら、もっともっと僕のこと好きになってね」

「考えておくわ」

「僕、ルリのそういう返事大好き。素直じゃなくて可愛すぎる」

「なぜ私に好かれてる前提なの？　アレクって自信家ね」

アレクを抱きしめ返したまま、ルリーシェは言った。

自分でも可愛くないことは分かっている。だがこんな反応しかできないのだ。

――私、負けたくないのよ。……でもなにに負けたくないのかしら。

脳裏にやたらと胸やお尻に触ってくる痴漢男やら、借金取りやらの顔が浮かんだ。

肩肘を張り続けてきたのは間違いなく『嫌な男』たちの影響だ。

――アレクは困った人だけど、あんな奴らとはまたちょっと違うか……。

ルリーシェは少しだけ反省し、小声で付け加えた。

「……まあ、ちょっとくらいは貴方を見直すかも」

アレクが明るい笑い声を漏らし、何度もルリーシェの顔中に口づけてくる。

「ルリって、僕が撫でようとするときだけ『シャーッ』て叫ぶ猫みたい」

的確なたとえだと思った。

大公夫妻の前ではいくらでも笑顔で猫をかぶれるのに、アレクに対しては、どうしても野良猫のような素の自分を見せてしまう。

この男が奇天烈《きてれつ》すぎて、外面を取り繕う余裕が持てないからだ。

「分かってるわ。私、ひねくれてるの……貧乏育ちで苦労したせいで……」

「僕、猫大好きだから大丈夫だよ」

「貴方が撫でようとするときだけ怒る猫でも？」

「そういう子のほうがなぜか好きだね。必死すぎてきゅんとする。曲芸団のねぐらのそばにさ、しょっちゅう僕から焼魚を盗んでいくくせに、撫でようとするとめちゃくちゃ怒る綺麗な猫がいるんだ。その子が本当にルリみたいで可愛くて」

とんちんかんな説明に、ルリーシェは思わず吹き出した。

「その焼魚、わざと盗ませてあげてるんでしょ？　懐いてほしいから」

「そうだよ」

「懐かないわよ、そのくらいじゃ。その猫はきっと、アレクのことをただのエサ係だと思っているわ」

ルリーシェの言葉に、アレクが明るい笑い声を上げる。そして、ルリーシェの髪を指でそっと梳きながら言った。

「それでいいんだ。自分勝手で可愛い。きっと僕がいつもの場所に現れなくなっても、誰かから食べ物を盗んで、同じように生きていくんだろうな。強くて安心する」

「貴方の好みがよく分からないわ」

「……鏡見てよ、すぐ分かるから」

そう答えられて、なぜか悪い気はしなかった。

髪を梳かれる感触が気持ちいいと思いながら、ルリーシェはそっと目をつぶった。

◆

恋しい女と共寝したはずなのに、傍らにあるのは妻の寝姿ではなく、無造作に投げ出された一冊の日記帳だった。

この日記は嫌いだ。こいつのせいで、最近は思い出したくもないことばかりが頭を占めるようになった。

彼女の声が聞きたい。余計な記憶を消してくれる明るい声が。

アレクは身体を起こし、慌ててルリーシェの姿を探す。

『ルリ』

『ここにいるわよ』

日記帳がルリーシェの声で答えた。アレクの胸に一筋の冷や汗が流れる。ルリーシェはこの本の中に吸い込まれてしまったのだろうか。

アレクは息を呑み、慌てて日記を開く。そこにはルリーシェの姿があった。

サンデオン公爵家の厨房でせわしなく動き回りながら、林檎のタルトを作っている。

ルリーシェは思ったよりも刃物使いがうまい。

巧みに林檎の皮を剝くと、それを同じ形に細かく刻んで鍋に入れた。同時になにかをまぜて作ったものに、白い粉を入れる。ルリーシェが手でこねているうちに、それは肌色の皿になった。アレクはその間、ルリーシェの真剣な横顔にただ見とれていた。

『それ、なにになるの？』

アレクの間の抜けた問いに、ルリーシェは真面目に答えてくれた。

『生地よ。硬い焼き菓子の生地で煮込んだ林檎を包むの。できた。ここに林檎のジャムを流し込むわ』

ルリーシェは鍋を覗き込んで頷くと、皿型の物体にその中身を流し込んだ。アレクにはよく理解できないが、見ているだけで楽しい。

『林檎のタルト』を懸命に作っているルリーシェは明るい光を纏っていて、可愛かった。

アレクは鍋を覗き込み、ルリーシェに尋ねた。

『いい匂いがするね。残ったものを舐めていい？』

『お鍋が冷めてからね。指をやけどするから』

『君がこねてたお皿はもう食べられるの？』

『焼かないと駄目よ、小麦粉が生だもの。アレクったら本当になにも知らないのね』

ルリーシェが笑った。楽しそうな表情だ。

『お菓子を作っている人を初めて見たんだ』

甘いお菓子を食べることは、幼いアレクの幸せの一つだった。

その小さな幸せを無残に壊されてからは、二度と関わりたくなくなってしまった。

――それなのになぜ僕は、君が作ったお菓子を食べようと思ってるんだろう？

笑顔で見守るアレクの前で、ルリーシェがかまどに林檎のタルトを入れた。

『さすが立派なお屋敷。かまどが大きいし、火加減も素晴らしいわね』

彼女はこの家の台所道具が気に入ったらしい。

『じゃあ、この家を追い出されたら、大きいかまどがある家を借りようね』

『追い出されないようにギリギリまで頑張るのよ！　いい？　ホントにもうフラフラ出て行っちゃ駄目だからね？』

――もし爵位を奪われたとしても、君は僕に付いてきてくれるのかな？

えもいわれぬ甘い気持ちがこみ上げてきて、アレクはルリーシェの頬に口づけた。

素直な彼女はたちまち赤くなる。だがアレクを振り払おうとはしなかった。可愛い。どうして彼女はこんなに可愛いのだろう。

『そうだね、君の言うことを聞いて、追い出されないように頑張るよ』

艶やかに光り輝く金の髪に口づけたとき、不意にルリーシェの身体が腕の中から消えた。

――え……？

腕の中にはなにもない。甘い林檎タルトの香りもしなくなった。

『もしかして今、幸せになろうとした？』

誰の声だろう。アレクは慌ててあたりを見回す。

人の気配はない。周囲は真っ暗で、目の前には古びた机があり、そこだけ光が当たったように明るい。その上にはあの忌まわしい日記帳がぽつんと置かれていた。

『君の幸せって、こういうやつだっけ？』

目の前に懐かしい光景が広がった。アレクの視点は低く、周囲の人たちを見上げている。

アレクに生き写しの父が、アレクに向かって手を差し伸べてきた。

『アレクセイ、一緒にリシアの結婚式のドレスを見に行こう』

『おねえしゃまの？』

アレクは父に抱き上げられながら尋ねる。

傍らに立っていた母が優しい声で教えてくれた。

『そうよ、アレク。リシアお姉様がお嫁に行くの。そのためのドレスが仕上がったから、皆で見に行くのよ』

『父様は寂しいけれどね、お祝いしなければいけないらしい』

『まあ……陛下ったら……』

父母の笑い声を聞きながら、アレクは父の首筋に小さな顔を埋めた。父母がそばにいてくれるととても安心する。

連れて行かれた部屋には侍女たちがたくさんいて、一番年上の姉であるリシア王女が、笑顔でアレクたちを迎えてくれた。

『お父様、お母様、アレクまで連れて来てくださったの？』

姉は嬉しそうに言うと、床に下ろされた小さなアレクをぎゅっと抱きしめた。

『ねえ、見て、アレク！　姉様はこれを着てお嫁に行くのよ』

アレクにそっくりな姉の目は、水色の宝石のようにきらきらと輝いていた。

『おねえしゃま、おめでとう』

笑顔でそう言うと、姉は嬉しそうにアレクの丸い頬に口づけの雨を降らせた。

『もう、どうしてアレクはこんなに可愛いのかしら……ありがとう、アレク。結婚式では貴方に花嫁のヴェールを持ってもらうのだけど、ちゃんとできる？』

不安に思って両親を振り返ると、二人は笑顔で頷いた。

『できるな？　アレク』

『お母様がそばで見ているから頑張るのよ、泣かないでね』

『……はい！』

アレクの返事に、室内にいた皆が一斉に笑う。

そして、突然全てが光の粉になって、パンとはじけて消えた。装飾された豪奢な室内は、得体の知れない闇に逆戻りする。

目を見張るアレクの耳に、先ほどの声が語りかけてきた。

『もうこの時は終わった。君は新たな時を生きている。こっちが本物の君だ』

足下がぐるりと一回転する。アレクは薄暗い屋敷の中に立っていた。

『どうして私まで……助けて……』

指輪を全ての指に嵌めた美しい若い女が、事切れた男の傍らで腰を抜かしている。

『お、女には手を出さないわよね、そうよね？』

だが女は間違いなくアレクの隙を窺っていた。その手には小さな毒針を隠し持っている。

——あれがかすれば、僕は死ぬんだろうな。少しでも油断したら駄目だ。

心はすぐに決まった。殺意を向けられたら女であっても許さない。

アレクは命乞いする女に向けて大ぶりのナイフを振り下ろした。

両手首が落ち、隠し持った毒針ごと転がっていく。

女が絶叫を上げた。

運が良ければ生き延びるだろう。そして毒針を握ることはもうできない。

アレクはそのまま窓に走り、窓枠から一つ下の階の突き出し部分に飛び降り、続いて庭の花壇に着地する。

美しい花が踏みしだかれる音がした。心のどこかが『ああ』と叫んだが、アレクは無視して庭を横切り、壁を乗り越えて走った。

真夜中で、繁華街を外れた周囲に人の姿はない。前にも後ろにも、どこまでも闇しかなかった。

『アレクセイ王子、君が選んだ人生はこっちでしょ？』

幼いアレクは、最愛の家族を全て失った悔しさと、迫り来る刺客の……『死』の恐怖に負け、人生の選択を誤った。

『殺せる側の人間にしてあげます』

そう約束してくれたザクラートの言葉に耳を貸してしまったのだ。

今ではもう、あの集団の中でも、アレクは抜きん出た『玄人』だ。もちろん曲芸の、ではない。ザクラートはよく仕上がったと褒めてくれるが、少しも嬉しくはなかった。

大切な選択を間違えた結果、『アレクセイ』は、自分という人間を作り上げることに失敗したのだ。

けれど今の、失敗作の『アレク』には、ルリーシェがいる。

アレクの間違いをはっきりと指摘し、嫌なことは嫌だと言い切り、自分の力で自分の道を進んでいく明るく美しい妻だ。

心中ごっこを持ちかけたあの愚かな夜に、アレクは彼女に恋をした。

だからこれからは、少しずつ自分の間違いを正していきたい。

ルリーシェの言う『まともな公爵』になれるよう、変わっていきたいと思う。

彼女の言うとおり、もう『殺し合いの場』にはザクラートの指示がない限り行かないし、これまで通り、命を狙われない限りはこちらも殺したりしない。

――でも、僕の過去は、永遠に変えられないんだよね……。

そのときアレクは、誰かの視線に気付いて振り返った。

日記帳の置かれた机と反対側は真の闇だった。そこからたくさんの視線を感じる。

アレクは一歩後ずさった。

その闇の向こうにいるのは誰なのだろう。投げかけられる優しいまなざしを感じる。

闇がゆっくりと晴れ、鮮血に染まった愛しい家族が現れた。

――父上、母上、姉上、兄上方……！

その背後には侍従長が、侍女頭が、アレク付きの侍女たちが、庭を回るたびに声をかけてくれた衛兵たちが見える。皆の姿は血にまみれ、ある者は首を半ば落とされた姿で、静かな視線をアレクに向けていた。

膝頭が震える。父も母も、ただ静かな視線を注いでくるだけだ。

アレクはたまらず母ににじり寄り、触れられない半透明の足下にぬかずいた。

『母上、ごめんなさい。あのときは……僕を庇って……』

涙が止まらず、言葉にならない。

母はゆっくりとかがみ込むと、華奢な手でアレクの大きく骨張った手を取ろうとした。

手の感触はまるで分からないが、アレクは自ら母に手を差し出す。

いつの間にか、アレクの手は血の桶に浸したかのように真っ赤に汚れていた。

『ああ、貴方がこんな姿に育ってしまったなんて』

間違いない。耳に届いたのは忘れられない母の声で、その声はとても悲しげだった。アレクは人の命を屠る大人になってしまった。母はそのことを嘆いているのだ。

『貴方を一人だけ残していくのではなかった』

母の目から後悔の涙が溢れる。その涙も真っ赤な血だった。

『さあ、アレク、貴方もこちらにいらっしゃい』

アレクは反射的に首を振る。

脳裏をよぎったのはルリーシェのつんとすました表情だった。

——嫌だ、僕はまだ生きていたい。ルリのそばに、まだ……！

『どうして？　こんなにぼろぼろになってまで一人で頑張らなくていいのよ……可哀想な私のアレク、いらっしゃい。眠りにつけば、貴方はもう道を誤らずにすむわ』

アレクは再び首を振った。

行きたくない。ルリーシェと一緒にいたい。

『その娘がいるから、母様たちのところに来られないの？』

母がアレクの背後に目をやり、不思議そうに首をかしげた。

——え……？

予想外の問いにアレクは背後を振り返る。そこには焼きたての林檎のタルトを持ったルリーシェが立っていた。

全身に強烈な悪寒が走る。母が何をしようとしているのか理解したからだ。

『ではその娘も一緒に連れて行きましょう。貴方はもう苦しまなくていいの。これからは母様も父様も永遠に貴方と一緒よ』

『待ってください、母上！』

アレクはルリーシェへと歩み寄ろうとする母に手を伸ばす。

透けたその姿はアレクの手では捉えられなかった。

ルリーシェの目には、ここにいる誰の姿も見えていないようだ。手にした林檎のタルトを見つめ、機嫌良さそうに微笑んでいる。

『ルリ、逃げて』

やはり、生きる道を選び間違えた。

ザクラートに師事して自らの手で復讐する道ではなく、己が命を他人に預けて安寧に生きる道を選ぶべきだった。

どんなにエルギーニが憎くても、どんなに心が納得できなかったとしても『人殺し』になどなるのではなかった。『可哀想な王子』のままでいるべきだったのだ。

『母上、彼女は関係ありません、連れて行くなら僕だけに……！』

たたずむルリーシェを庇い抱き寄せようとしたとき、母が言った。

『いけません、アレク。血だらけの手で触れたら、その娘まで汚してしまうわ』

アレクははっとして己の手を見る。真っ赤に染まった手からは他人の血がしたたり落ちていた。この汚れはどんなに洗っても永遠に落ちないのだ。

『ルリ、早く逃げて！』

叫んだとき、不意に頭の上からのんびりした声が降ってきた。

「だいじょうぶよ、アレク……夢だから」

『ルリ？』

アレクは慌てて周囲を見回す。

闇がゆっくりと晴れ、父母や皆の姿が声もなく消えていく。

――ルリ……どこにいるんだ？　ルリ！

必死で目を開けると、真新しい天井がうっすらと見えた。

「寝ましょ……明日も忙しいんだから……」

傍らに横たわっている裸のルリーシェが、薄目を開け、アレクの腕をさすりながらそう言っていた。どうやら半分寝ぼけているらしい。

――今のは……夢か……。

全身冷や汗にまみれたまま、アレクは小声でルリーシェに尋ねた。

「ごめんね、僕、うなされてた？」

「うーん……ちょっと……」

答えたルリーシェが再びすやすやと眠り始める。

その寝顔を見ていたら、訳もなく泣きたくなってきた。

――君を好きになればなるほど、自分の手が汚く思えるよ。どうしよう……？

母がルリーシェを『向こう』に連れて行こうとした。人間になるのに失敗した哀れな息子と共に、道連れにしようとしたのだ。

怖い。夢だと分かっていても動悸が収まらない。

――ルリ……。

アレクの目にうっすらと涙がにじむ。

ルリーシェを幸せにできるのは普通の男なのだ。人を殺したことがない男。自分とは違う男。汚れなき妻と違って、自分は過ちを犯しすぎている。そう分かっているのに、もう愛しいと思う気持ちを消すことはできない。

こんな血まみれの手で、今更本気の恋に落ちてはいけなかったのだ。

――君のおかげで、僕はもう一度まともな人間としてやり直せるんじゃないかって思っていた。でも……僕にその資格はないかもしれないね。

きっと母はアレクに警告しにきたのだ。血まみれの生にルリーシェを巻き込むなと。

――さもなければ母上は、愚かな僕と共に君までも……。

アレクはルリーシェに寄り添ってぎゅっと目をつぶる。

だが、睡魔はなかなか訪れそうになかった。

――ルリの前では普通に振る舞え。頑張っているルリに心配を掛けちゃ駄目だ。

これまでに浴びた他人の血が、どす黒い炎に変わって正常な心を焼き尽くしていくようだ。そう思いながら、アレクは震える拳を握りしめた。

◆

――アレク、昨日の夜うなされていたけど大丈夫かな？　やっぱりアレクにもこの詰め込み教育は辛かったのかしら？

ルリーシェは頭の片隅で夫を案じつつ、必死でマナー講師の言うことに耳を傾けていた。

とにかく必死で礼儀作法の本を読み、大公家の礼法教師に手伝ってもらって礼儀作法を頭に叩き込んでいるうちに、あっという間に国王陛下の誕生日が来てしまった。

こんな大事な行事を二日前に知らされるなんて気が遠くなる。

全てはアレクに信頼がないせいなのだが、今更彼を責めても仕方がない。

――大公様がアレクの出席を断り続けていた気持ちは分かるわ。だってアレクを人前に出して大丈夫なのか分からないもの。

ルリーシェは侍女頭の選んでくれたドレスを纏い、鏡の前でため息をつく。

――すごい、私でも綺麗な貴婦人に見える。

嫁いでくる前に、大公妃があらかじめ仕立てておいてくれたドレスたちは、いずれも素晴らしい出来だった。

今日のドレスは、水色の絹に銀糸の縫い取りがなされている。

繊細な仕立てを引き立てるように、半透明の真っ白なレースと真珠が袖、裾、えりぐりにふんだんにあしらわれていた。

——そうか、水色と銀はアレクの容姿に合わせた色なんだわ。だから大公妃様はこの色でドレスを仕立てておいてくださったのね。貴族のお洒落ってこういうことなんだ。

「奥様はお肌がお美しゅうございますわね。お腰も細くて……」

ドレスを着付けてくれた侍女頭が満足そうに言う。彼女は長年大公家に仕え続ける有能な侍女で、大公家の前の侍女頭から『腹心』として絶大な信頼を寄せられていたという。

それにあのアレクも幼い頃から多少懐いていたらしい。よって、新設されたサンデオン公爵家の侍女頭に任命されたのである。

「ありがとう。アレクセイ様のお支度はいかがかしら？」

『選んで』と頼まれていたが、アレクの服は大量にありすぎて選べなかったのだ。最後の二つまで絞ってから選ばせて、と頼んだが、果たしてどうなったのだろう。

そのとき扉が叩かれた。アレク付きの侍従長の声が聞こえる。

「奥様、閣下がお召し物の件で『強そうなのと犬っぽいの、どちらがいいか』と仰っておられますが」

——ア……アレクはなにを着ようとしてるの……？

寄せて上げられた胸の谷間に汗が滲む。

——犬っぽい服ってなに？　不安すぎる。強そうなほうがいいのかしら？

今すぐにでもアレクのところに駆けつけて『普通にしろ』と言いたいが、まだ髪を結っていない。化粧もまだだ。貴婦人の身支度はとにかく時間がかかるらしい。

「じ、じゃあ『強そうなほう』とアレクセイ様にお伝えください」

あとは神に祈るしかない。どうか正気に見える格好をしてくれと祈りながら、ルリーシェは侍女頭に髪を結ってもらった。

「お髪も本当にお美しゅうございます。アレクセイ様が溺愛なさるのも分かりますわ」

侍女頭がしみじみと言う。

——溺愛？

ルリーシェは愛想笑いを浮かべる。こんなことを言われても答えようがない。

『身体の相性はいいのですが、結婚してから今日まで、毎日が野犬の躾のようでした』

なんて口が裂けても言えないからだ。

「そうかしら。アレクセイ様が不慣れな私に合わせてくださっているのよ」

ルリーシェの曖昧な言葉に、侍女頭がとんでもないとばかりに首を横に振った。

「いいえ！　あのアレクセイ様と普通に会話ができて、作った甘いものを食べさせることができて、同じ部屋でお眠りになれるなんて！　そんなお方は奥様しかいらっしゃいません！　ダクストン大公ご夫妻もどれだけ安堵なさっておいでか」

——昔から仕えている人たちから見ても、アレクって人に馴れない野犬みたいな存在なのかしら……？

ぼんやりと考え事をしている間に、髪の仕上げと化粧が終わった。

最後にダイヤモンドの首飾り、耳飾りを付けられ、ルリーシェは侍女頭にお礼を言う。

「ありがとう。アレクセイ様の様子を見てくるわ」

「奥様、閣下は居間でお待ちでございます」

居間に案内されながらルリーシェは覚悟を決めた。もうあまり時間がない。

よほどの服でなければ目をつぶってそのまま二人で王宮に上がろう。

——無難な服であってちょうだい、『強そうなほう』の服……！

ぎゅっと扇を握りしめたと同時に扉が開かれた。

「ルリ！　綺麗！　可愛い！」

黒い塊がすっ飛んでくる。アレクだ。

避ける間もなく抱きしめられ、ルリは慌てて彼に言った。

「駄目よ、私、お化粧しているの。貴方の服が汚れ……あ、ちょっと、服を見せて！」

ルリーシェはなんとかアレクを押しのけ、彼の装いを確かめようとする。だがアレクは
ひたすらくっついてきてまともに服を見られない。

「すごくすごく綺麗だよ、抱きしめさせて。服なんて汚れてもいい」

——こんなに大きな図体して、子犬みたいな真似はやめて！

周囲から伝わってくる微笑ましげな視線が辛い。

時と場所をわきまえずにイチャついているのではなく、夫の躾に失敗し続けているのだ。

分かってほしい。

「君はこんなに可愛くて綺麗で素敵な格好で王宮に行くの？　社交界なんて女好きの巣窟だよ。君のことは国王含め男共全員に見せたくないな」

「いいから、着た服を見せて！」

にじり寄るアレクを必死で腕押ししながらルリーシェは顔を上げた。

そして言葉を失う。

――かっ……格好いい！　嘘でしょ、別人みたい！

ルリーシェは言葉もなくアレクを見上げた。

普段は何カ所かぴょんぴょんと遊んでいる髪の毛が完璧になでつけられ、形のいい額が露わになって、非常に精悍に見える。

着ている服は、襟《えり》の高い黒の上着と、白のズボンだった。裾は長靴の中にしまわれ、胸や肩には輝く飾りが付けられている。

正直に言うと、誰かと思った。まともに着飾ったアレクは美しすぎる。

「す、すごく素敵だけど、この服のどこが強そうなの？」

「軍服っぽいでしょ」

「……もう少し詳しく教えてくれる？」

「この衣装は、百五十年前に、隣国との海戦で圧倒的な勝利を収めたシヴィニー将軍の軍服になぞらえたんだ。上下の衣装の色と、袖の折り返しの模様が当時の海軍の制服と同じなんだよ。だから強そうに見えるかなと思って」

その将軍の名前はルリーシェも歴史の授業で聞いた。

――アレクって意外と物知りなんだな。本当に勉強したのね。

驚くルリーシェをよそにアレクは続けた。

「今日の服装に求められるのは、まず第一に臣下としての立場をはっきり示していること。それは『将軍』の服装に倣った時点で満たしているよね。それから次は主役である陛下の衣装と色が重ならないこと。国王陛下の生誕パーティの衣装は緋色と決められている。だから宝石も含めて緋色は一切使ってはいけないんだ」

「そうなの？　わ、私は決まりを守れてる？」

慌てて尋ねるとアレクは笑顔で頷いた。

「この決まりは男に対してのものだよ。女性たちは王妃陛下の服装を考慮するんだけど、今の陛下にはまだお妃様がいないから、何色を着ても大丈夫」

アレクが思ったよりも衣装に詳しいことに驚きつつ、ルリーシェは頷いた。

「なら良かった……」

「君がすごく可愛くてびっくりした。そうだ！　ちょっと待ってて」

にこにこしていたアレクが突如居間を飛び出していった。

「アレク、時間がもう……」

止める間もない。心配しながら待っていると、アレクが美しい色合いのスミレの花束を二つ持って戻ってきた。

――珍しいスミレ。青と紫と緑が虹のように重なって見えるわ。

アレクからその花束を手渡されてルリーシェははっとなった。

よく見れば、このスミレの花は造花なのだ。

「僕が作ったんだ。綺麗でしょう？　この花は僕が小さい頃、母上と一緒に花壇で育てていた古い種のスミレ。もうどこにも咲いていないから、僕が少しずつ布を集めて作り溜めているんだ。普段は父上と母上のお墓に供えてて、色あせたら交換してるんだよ」

「驚いたわ……綺麗。貴方ってとても器用なのね」

それに記憶力もいいのだろう。花の形に曖昧なところがない。きっと幼いアレクはこの花をずっと見て、観察して、頭に焼き付けていたに違いない。

感心していると、アレクがルリーシェの手から花束を取り上げ、侍女頭に渡した。

「これをルリの真珠の髪飾りの脇に留めてくれ」

「かしこまりました」

侍女たちが大急ぎで髪留めの支度を始める。アレクは器用な手つきで、自分の胸を飾るピンブローチに造花を留めると、ルリーシェの手を取って微笑んだ。

「大切な造花なんでしょう？　今日は私に貸してくれるの？」

「ううん、これは僕からの贈り物だ。君にとても似合うから」

「嬉しいわ、ありがとう」

頬を赤らめてお礼を言ったとき、居間の扉が叩かれた。

「閣下、奥方様、馬車の準備ができましたのでお急ぎくださいませ」

ルリーシェは無言でアレクに頷きかけた。

――どうか、今日が無事に終わりますように……！

◆

アレクは馬車に揺られながらうたた寝をしていた。

ルリーシェが『疲れたのね。王宮に着く少し前に起こしてあげるわ』と約束してくれたから、なにも心配はしていない。

安らかな眠りの中で、また夢を見ていた。最近夢ばかり見るから疲れるのだと思いながらアレクはあたりを見回す。ここはダクストン大公邸だ。まだサンデオン公爵邸はできていないので、かなり前の話だろう。

大公妃に招かれた貴婦人たちが、主役の不在をいいことに囁き合っている。アレクはそれを、窓の外で気配を殺して聞いていた。

――もうお前はいらない。どこかに行けよ。

膝の上に置かれた日記に語りかけるが、開かれっぱなしの日記はびくともしない。アレクはため息をつき、部屋の中から聞こえる声に耳を澄ませた。

『また殺人事件があったそうですわ』

『王宮襲撃事件で戦功をあげた人間が……』

『こう言ってはなんですけれど、よほどエルギーニ王に恨みがあるのね』

『それはそうよ……わたくしたちだってあの王のことは……』

アレクはゆっくりと瞬きをした。

連続殺人事件のことは知っている。犯人が『アレクセイ王子』ではないか、と噂されていることも、ダクストン大公夫妻が断固としてそれを認めないことも。

――殺している相手は違うけれど、僕も似たようなものだ。

アレク自身はなんの言い訳もせず、行動も改めず、裏社会で蠢くなにかを誰かの都合で殺し続けている。最近はそちらの生活のほうが主軸になってしまった。週に一、二度、大公妃に怒られに帰ってくればましなほうだ。

『犯人は誰なのかしら』

貴婦人の声を聞いたとき、アレクの脳裏に明るい笑顔が浮かんだ。

『アレク、お姉様の新しいお家に、たくさん遊びに来てちょうだいね』

亡き姉リシアの笑顔だった。

幼い頃からの婚約者を心から愛し、笑顔で嫁いでいった姉。

嫁ぎ先では優しく誠実な夫に大切にされ、幸せに過ごしていたと聞く。

だが姉の『新しい家』に遊びに行く約束はついに叶わなかった。

あとで『歴史の教科書』で知ったが、姉は王宮襲撃から間を置かずして、エルギーニの刺客に殺害されていたのだ。

　義姉が『アレク、読んじゃだめ！』と悲鳴を上げて取り上げた、学生用の歴史の教科書。

アレクはあの本を読んで三日寝込んだ。

『アレクセイ王子以外の王族の遺体は簡易刑場に晒された。国民たちからの激しい抗議によって王家代々の墓廟に葬ることを許されたのは数日後のことであった。当時妊娠初期だった元第一王女は、王宮の騒ぎを案じて出かけた夫が留守の間に暗殺され、トルギア侯爵家の跡継ぎの妻としてかの家の墓地に眠っている』

　教科書には、そう書かれていた。

　王位継承にあたり、エルギーニが犯した罪と残酷な事実を国民に余すところなく伝える、というのが貴族議会の決定だったからだ。

　――エルギーニ、なにをどこまで壊せば気がすんだんだ……。

アレクはなにも書かれていない日記帳をぼんやりと眺める。

貴婦人たちのおしゃべりがぴたりとやんだ。大公妃が入室してきたのだろう。

姉のことを思い出したくなかった。

幼いアレクにも分かるように平易な言葉で『お腹の赤ちゃんが生まれたら一緒に遊んであげてね』と手紙をくれた姉。

　思い出すだけで心が痛くてたまらなくなる。

『アレク、なにしてるんだ？』

男の明るい声にアレクはびくりと肩を震わせる。そこに立っていたのは大公家の義兄だった。

義兄がいるということは、この夢はアレクが十六歳になるより前のことだ。義兄家族はアレクが十六の秋、ダクストン大公領に領主代理として赴任したからである。

『珍しく昼間に帰ってきたんだな、おかえり』

義兄はアレクを責めようとせずに手を伸ばしてくる。アレクはふいと顔を背けた。新しい家族を好きになりたくないからだ。

だけどもう遅い。本当は新しい家族のこともとっくに好きになっている。ただ認めたくないだけ。二度と大事な人を失う痛みを味わいたくないだけだ。

『おい、こら、アレク』

わざとのろのろと動いているアレクの腕は、義兄に捕まえられた。

『おいで、お茶を一緒に飲もう』

義兄に引きずられながら、アレクは口先だけで『嫌だよ』と答える。日記帳はいつの間にかどこかに姿を消していた。

引きずられていった先では義兄の妻がお茶の支度をしていて、幼い子供たちがアレクを見るや交互に飛びついてきた。

『アレクセイ様は、お茶にお砂糖はお入れにならないのよね？』

義兄の妻がそう尋ねてくる。

小さな子供たちに強引に膝にのられながら、アレクは『いりません』と答えた。

義兄の子供たちを落とさないよう抱えていると、どうしても姉の顔がちらつく。

姉の新しい家に行くことができたら、自分は幼い甥や姪を抱いてこんな時間を過ごせていたのかもしれない。そう思うと心がきしむ音がした。

――お姉様……。

脳裏に常に新しい花が供えられている、綺麗な白い墓が浮かぶ。

姉のリシアの墓だ。

あの墓は汚れることも苔むすこともない。

『彼』が最愛の妻を常に守り続けているからだ。長い長い時間ずっと。

『こう言ってはなんですけれど、よほどエルギーニ王に恨みがあるのね』

『犯人は誰なのかしら』

貴婦人たちの囁きが耳に蘇る。アレクはその犯人ではない。

――……僕は……ただ見て見ぬふりをしているだけだ。ずっと……。

アレクは脳裏から、姉の墓の前に立つ男の姿を消し去る。

「ね、アレク、王宮が見えてきたわよ」

不意にやや低めの澄んだ声が聞こえ、アレクは目を開けた。ルリーシェの声だ。

「ちょっと動かないでね。襟元が歪んでいるから直してあげるわ」

傍らに座っていたルリーシェが笑顔で服を整えてくれる。

「ルリ、ありがとう」

微笑み返しながらアレクは思った。

いつも真面目で一生懸命な妻が愛しい。

こんなに愛しい存在を奪われたら、自分も今以上の化け物になるだろう……と。

◆

「本日、この良き日に、陛下の御前にはべる名誉をお与えくださったこと、心より感謝申し上げます」

——ア、ア、アレクが……人前でまともに喋ってる……。

ルリーシェは呆然と、玉座の前に跪《ひざまず》き『生誕の祝辞』を述べている『サンデオン公爵』の声を聞いていた。

もちろんルリーシェも『公爵夫人』としてアレクの隣で縮こまっている。

祝辞を述べているアレクの声は、凛として、よく通っていた。

いつものアレクのボソボソ声とはまるで違う。こんなにも普通に喋れたことに妙な感動を覚えてしまう。

——な、な、何一つおかしなことを言わず、とても立派に話をしているわ。すごいまともだわ、どうしよう、本物の貴公子みたい……あっ、実際に本物の王子様だっけ。

安心していいはずが変な汗が出てくる。

許されるなら、今すぐ顔を上げてダクストン大公夫妻の顔を確かめたい。

きっと巨大な鉄球を呑み込まされた鳩のような表情になっているはずだ。今のルリーシェと同じように。

「……陛下がお生まれになった春の日は、光の神の祝祭日であるかのような、素晴らしき一日であったと伺っております。これからも光の祝福に導かれ、幾久しく国王陛下の御世の続かんことを。臣、アレクセイ・ダクストン・エルヴァニアス・マージェリー・サンデオンは、妻ルリーシェと共に、永久の忠誠を国王陛下にお捧げいたします」

――貴方のフルネームを今知ったわ……ごめんね、アレク……。

三分近い長い祝辞は、一度もつかえずに終わった。

王宮の大広間は静まりかえっている。

『尋常ではない噂に彩られた悲劇の王子殿下』『復讐の名のもとに殺人しまくっている』と噂されるアレクが、生来の美貌を堂々と晒し、見事な祝辞を述べたからだ。

皆、あっけにとられていた。ルリーシェもだ。

「ありがとう、サンデオン公爵」

若き国王の言葉と同時に、アレクが優雅に顔を上げた。

居並ぶ人々から『信じられない』とばかりに万雷《ばんらい》の拍手が沸き起こる。

――わ、私も顔を上げなくちゃ！

ルリーシェもアレクを真似て顔を上げる。

アレクが王のマントの裾に口づけ、一礼したあと、夫と同じようにマントに口づけて、王に深々と頭を下げた。

緊張して手足が震え続けている。半年前まで農村で借金取りと戦っていた小娘には、国王陛下への謁見なんて荷が重すぎたのだ。

「それにしても、なんと美しい夫人だ。サンデオン公爵がうらやましい」

国王は『買われた貧乏令嬢』のルリーシェにも気さくに声をかけてくれた。いい人だ。

「ありがとうございます……さようで、ございますか……陛下の目にも私の妻は世界一美しく可愛く魅力的で愛らしい女性に映るのですね……」

アレクが妙に低い声でそう返事をする。様子が変だ。変なのはいつものことだが、今はおかしくならないでほしい。

――こ、こらこらこら！　虚ろな目でなに言ってるの？　どうしたの!?

ハラハラするルリーシェに気付く様子もなく国王は微笑んだ。

「もちろん美しく見える。サンデオン公爵夫人は正真正銘の美女だからな。二人とも、これからは末永く仲良く過ごされるがよい」

「ありがたきお言葉。私は妻が好きで好きで大好きな男でございます。陛下のご期待に沿えるよう、妻を立て、妻に仕え、この国一番のおしどり夫婦を目指します」

アレクの声は普通の調子に戻っていた。

だが話している内容は半端ないのろけである。

――『ありがとうございます』だけでいいのよ！

ルリーシェは顔を伏せたまま、『余計なことを言わないで』とアレクに心で訴えかける。

恥ずかしすぎて顔が熱い。

「はは、公爵の夫人愛の深さにあてられてしまうな。よく見れば飾っている花もおそろいだ。二人とも、よく似合っていてうらやましいぞ」

だが、肝心の国王は幼さの残る顔に機嫌のいい笑みを浮かべているだけだ。

――良かった。ご不興を買わずにすんだわ。『あんなめちゃくちゃな結婚式だったのに、たったの数日でなぜこんなに仲良くなったんだ』なんて突っ込まないでくださるし。国王陛下って、エルギーニ王とは正反対でとてもお優しい方なのね。

実際に会ってみた国王は、いかにも温厚で人が良さそうな『若者』だった。

――国王陛下って争いごとが苦手で、エルギーニ王が亡くなった直後は『王位継承権の話で揉めるなら、誰か別の人に玉座を譲る』と言って部屋に引きこもっていた、という噂を聞いたけど……本当かもしれないわね。

だからこそ貴族議会は、父エルギーニ王にちっとも似ていない彼を王位に据え抑えることに決めたのだ。

――陛下はまだ若いし、素直に貴族議会の言うことを聞きそうだものね。

最後に二人揃って一礼し、大広間の所定の位置に戻る。

とにもかくにも一番心配していた祝辞が、予想以上に素晴らしくて安心した。

ルリーシェはそっと大公夫妻がたたずむ上座に目をやる。

二人とも『信じられない』とばかりにアレクを見ていた。

いや、大公夫妻だけではない。この大広間にいる人々のほとんどがアレクを見ている。

『噂の殿下がまともでびっくりした』

彼らの顔にははっきりとそう書かれていた。

しかし、どれほど周囲の注目を集めても、アレクは我関せずといった表情で天窓から空を眺めている。

その美しい横顔を見上げながら、ルリーシェは思った。

――知らない人みたい。

この非の打ち所がない美しい姿が『本物のアレク』なのだろうか。だとしたら、少し遠い存在に感じる。

しばらくして祝辞を述べる時間が終わり、歓談へと移行した。

祝辞がうまく行ったからといって気を抜く訳にはいかない。

――アレクのこと見張ってなくちゃ。

しかし、予想外の事態になってしまった。

アレクのまわりに人が集まりすぎて『どこから来たかも分からない半端物』であるルリーシェはじわじわとアレクから遠ざけられてしまったのである。

「あああっ！　妻が……！　失礼、どいてください」

人々に押しのけられるルリーシェにアレクが手を伸ばしてくる。

ルリーシェは慌ててアレクに言った。

「アレクセイ様、皆様とお話をなさってください」

さっきあんなに祝辞がうまく行ったのだから『やっぱり変な人だった』と周囲に思わせる訳にはいかない。

「でも、ルリ……」

アレクは妙に寂しそうだ。捨てられた子犬のような顔をしていて心配だが、ルリーシェの存在がこの場で求められていないことは分かる。

明らかに『どけ』とばかりに押しのけられている。

無理もない。落ちぶれきった貴族の娘などには誰も興味がないということだ。

――できれば一緒にいてあげたいけど、私が明らかに邪魔になっているもの。あれだけきちんと喋れるなら、しばらく離れていても大丈夫……だよね？

「アレクセイ様、私はあちらの壁際でお待ちしておりますわ。何かありましたら、そちらまでいらしてくださいませ」

にっこり微笑みかけながら『嫌なことを言われたら逃げてきて』と口だけで告げる。

必死の形相で手を伸ばしていたアレクがしゅんとした顔になった。

ルリーシェの言わんとしていることが伝わったらしい。

そして諦めたように頷くと、姿勢を正して別人のように精悍な笑みを浮かべ直す。

――アレク、本当にやればできるんだな……やらないだけなんだな。

感心しながら、ルリーシェはゆっくりと人々から遠ざかり、大広間の端の目立たない場所に立った。アレクの姿は囲まれてすっかり見えなくなっていた。

――王宮かぁ。本来であれば私が立ち入れるような場所ではないわ。でもここがアレクの生まれ育った場所なのね。

ルリーシェはつくづくと大広間を見回す。

天井も壁も新しい意匠に取り替えられているのは、十五年前この場所が半焼したからだ。エルギーニ王の放った火によって。

そのときの火災では王宮の六割が焼け、特に当時の王族が暮らしていた別棟はほとんどが燃え落ちたと聞いている。

きっとアレクの思い出の品もほとんどが燃えてしまったのだろう。

――そういえば私の髪に飾ってくれたスミレの花を育てていたけれど、もうないと言っていたっけ。きっと火事で全部焼けてしまったに違いないわ。

ルリーシェは離れた場所から国王の横顔を眺める。

エルギーニ王の顔は肖像画で何度も見たが、あまり覚えていない。王としての才覚はかなりのものだったようだが、容姿は非常に凡庸《ぼんよう》だったと聞いている。

その息子の現国王は非常に細面で、そこそこ綺麗な顔をしているが目立つところはない。

前王がアレクのように非常な美貌だったと聞くぶん『王朝が変わって王様が目立たなくなったな』などと思ってしまった。

口には出さないので許してほしい。きっと国中の皆が同じことを思っているだろう。

エルギーニ王に代わったとき、田舎の村でも『王位簒奪者だから絵姿が卑屈な顔に見えてしまう』『王様の見栄えが良くない』と散々な評判だったと聞く。

正直、国民にとっては『自国の王様の見栄えがいい』ことも大事なのである。

外交の席で自国の王が誰よりも立派で輝いていること。

祝祭のたびに姿を現す王家の一族が惚れ惚れするような威厳に溢れていること。

それは国民にとっても誇りなのだ。

――陛下、本当にお若いなぁ。私と同年代に見える。アレクより年下なんだっけ？　まあ、エルギーニ王も若かったものね。人の恨みを買うと早死にしてしまうのかしら。

ルリーシェは人だかりをぼんやりと見つめながら思った。

なぜエルギーニ王は前王家の人々を皆殺しにしようと考えたのだろう。

アレクの父君は、国をよく治めていた、穏やかで優しい国王だったらしい。

もちろん治世には問題もあったのだろうが、国は平和で国民からも慕われていたのだ。

歴史の教科書には、エルギーニ王の所業は『暴挙』だと書かれていた。

多くの改革をなし、成果を残しても、エルギーニ王は過去の『暴挙』を打ち消すことはできなかった。

後世の評価でさえ良くないのだから、当時の人々にとって王宮襲撃事件はまさに『寝耳に水』の大惨事だったに違いない。

「ごきげんよう、サンデオン公爵夫人」

静かな声で名を呼ばれ、ルリーシェは振り返った。

そこに立っていたのは、見事な衣装を纏った背の高い男だった。

茶色の髪と目に、あまり陽に当たっていなそうな真っ白な肌。姿勢は正しく、立ち姿も上級貴族のお手本のように優雅だ。でも、暗い。印象がとても暗い。

「ごきげんよう……」

「私はミーディン・トルギアと申します。トルギア侯爵の長男です」

「……初めまして」

どうやら彼は、すでにルリーシェのことを知っているようだ。

ミーディンと名乗った男は、白金に大きな水色の宝石があしらわれたタイピンを身につけていた。カフスも指輪も白金に同じ水色の石だ。

だがその水色の石は、ただのガラスに見えた。

──宝石に見えない。色が鮮やかで均一すぎるもの。

ミーディンの身につけているガラスに少しだけ違和感を覚える。

侯爵家の人間で、国王の誕生日に招かれるほどの立場なら、もっと場にふさわしい宝石を身につけているのが普通だからだ。

——高価な白金を使って装身具を仕立てるお金があるのに、石は水色のガラスだなんて。

不思議に思いながら、ルリーシェは丁寧にお辞儀をした。

「アレクセイ様が公式の場にお顔を見せられるのは初めてですね」

「私は嫁いで間もないので存じ上げませんが、ダクストン大公閣下より、そのように伺っております」

——困ったときはこの国の筆頭貴族の名前を出して誤魔化してしまえ。

そう思いながら、ルリーシェはなんとか無難に答える。

「アレクセイ様は非常にお美しいですね。亡きご姉兄たちにそっくりだ。エルギーニ王がその美貌に嫉妬《しっと》して皆殺しにしたという前王家の皆様に」

——いけない。危険な話題を振られてるわ。

ルリーシェは扇を手にしたまま微笑んだ。

「申し訳ありません、私は、アレクセイ様にしかお会いしたことがございませんの」

「そうですか、本当にそっくりですよ。おそらくアレクセイ様が絵姿をお持ちですから、見せていただくといい。特に長女のリシア王女、彼女はアレクセイ様にそっくりだ」

なにも答えないルリーシェに構わず、男は続けた。

「エルギーニ王は『国王が神に選ばれた存在ではないことを証明する』と言って、十五年前の虐殺に及んだのです。愚かでどうしようもない男でした。従兄同士として、前王陛下と己を比べ続け、ずっと劣等感を膨らませてきた『馬鹿な男』だったのですよ。年上で美しく人望の厚かった前王陛下が、国民に敬愛されていたのは当然のことだったのに」

初めて聞く話だった。

――言ってることは正しいのかもしれないけれど、今日は国王陛下のお誕生日よ。その父親を冒瀆《ぼうとく》するような発言を他人に聞かれたらどうするの？

ルリーシェは愛想笑いのままその場を去ろうとして、はっと身体を凍り付かせた。

この男を知っている。見たことがある。

――この人、私たちの結婚式で、すっごく暗い顔でこちらを見ていた人じゃない？

ルリーシェはちらりとミーディンの顔を一瞥する。はっきりとは覚えていないが、おそらく間違いない。彼はあの男だ。

今日は結婚式の日よりもはるかにましな表情をしていたので気付かなかった。

「ミーディン卿は、私どもの式にお越しくださいましたわね？」

「はい、アレクセイ様のご様子を確かめに。あの日は『普通』でしたが、今日のアレクセイ様は『おかしい』ですね」

ルリーシェは頷きかけて、再び動きを止める。

――え……？　なんて言ったの、今……？　逆よね？　間違えたの……？

異様ななにかを感じる。今日のアレクは誰が見ても『おかしくなかった』のに、ミーディンはなにを言っているのだろう。

「アレクセイ様が『おかしくなった』のは、貴女のせいですか？」

話を打ち切ろう。ひたと据えられたミーディンの茶色の目から視線をそらし、ルリーシェは明るい声で言った。

「いいえ、今日のアレクセイ様はいつも通りのアレクセイ様でしてよ？　いけない、私、ご挨拶に伺う途中でしたの、では」

「そうですか。貴女が『アレクセイ』を変えたのですね」

瞬き一つせずにルリーシェを見つめたまま、ミーディンは言った。

――どうして、アレクに敬称を付けるのをやめたの？　アレクは一応、今も『殿下』という地位の名乗りを許されている、この国でも王族と同等の地位の貴族なのに。

気味が悪い。彼は何者なのだろう。

どこかでトルギアという名前を聞いたのだが思い出せない。彼はどうしてルリーシェにこんな話を聞かせようとするのか。

「アレクセイに、『兄』が寂しがっていたとお伝えください」

「急ぎますので、失礼いたします」

ルリーシェはなんとか微笑みを保ったまま、ミーディンに背を向ける。

――『兄』が寂しがっていた？　アレクの実のお兄様とお姉様は十五年前に亡くなったのに。そんなひどい言葉、絶対にアレクには伝えないわ。

足早に歩きながら、ルリーシェは『トルギア』という名前を反芻《はんすう》する。

やはり思い出せない。自分に縁がある名前ではないようだ。そんなことよりもアレクの悲しい前半生を揶揄《やゆ》するようなミーディンの言葉に腹が立って仕方がない。

亡くなった家族が寂しがっているなんて不吉な伝言は、絶対にアレクに伝えたくない。

たとえ冗談であってもだ。

それに頑張って見事な祝辞を述べたアレクを『おかしい』と悪く言った点も許せない。

——変な人！　あの石だって明らかにガラスだし！　変なこだわりがありすぎる人って
やっぱり変なのよ。あの人、誰と談笑するでもなく一人ぼっちだったし！　って、私、い
つの間に、こんなにアレクの味方になったんだろう。

目的地もなく歩いていると、不意に音楽が流れ始めた。

なにが始まったのだろうと見回すルリーシェの腕が引かれる。

「見つけた」

振り返ると、アレクが微笑んでいた。

本当に普段とは別人のように美しく精悍に見える。

——なんか腹立つ。詐欺みたい。普段はあんななのに……！

よくよく見ると、彼の背後には着飾った美しい令嬢たちが様子を窺うようにたむろして
いた。

「ダンスが始まるよ、僕の素敵な奥さん」

そういえば今日の行事予定にはダンスもあるのだった。

この二日間、時間を見つけて必死に練習したが、ダンス教師の足を毎回踏んでしまって

散々だったことを思い出す。

　ルリーシェは慌ててアレクに耳打ちした。

「私、ダンスはうまく踊る自信がないわ……この二日間で練習したけど向いていないみたい。申し訳ないけれど他の人を誘ってくれる？」

　冷や汗まじりに正直に告げると、アレクは優雅な笑顔で首を横に振った。

「君と踊れないなら、今日は誰とも踊らないよ」

　アレクの少し後ろに立っていた娘たちが、同時に落胆の表情を浮かべる。

　――あ、あれ？　あのお嬢様たちはもしかして、アレクに踊りの相手をしてもらいたくて待っているのかしら？　きっとそうよね……。

「それはだめよ、貴方は一度くらい踊らないと」

　令嬢たちの集団にちらりと目をやり、ルリーシェは背伸びしてアレクの耳に囁きかけた。

「でも、今回ばかりはさすがの私も無理。どうやって踊ればいいのか貴方にこっそり教えてあげられないわ」

「とりあえず、一度踊ってみない？　まわりも踊ってるから目立たないと思うけど」

　アレクは失敗を恐れていないらしく、余裕の表情だ。さすが、普段からなにも気にしていないだけのことはある。

　――私はともかく、貴方は目立つのよ……？

　だが、迷っている余裕はないようだ。

周りの人間たちは踊り始めているし、令嬢たちはいつまでアレクを待てばいいのかと困惑した様子になり始めている。

「う……動きは最低限にしましょうね……そのほうが失敗しても目立たないから……」

言い終わらないうちにルリーシェの腰に手が回る。ぐいと身体を引き寄せられ、すぐ側にアレクの美しい顔が見えた。

「習ったとおりに僕の腕に手を掛けて」

――踊れるの？

ルリーシェは緊張に身体を硬くしたままアレクのたくましい腕に手を掛ける。そしてもう片方の手をそっと彼の掌に委ねた。

「足踏んでもいいよ」

微笑むと同時に、ルリーシェの身体がくるりと回転した。慌てて足を動かすと、また軽やかに回転する。

――わ、私、アレクに抱えられてターンしてるだけじゃない？

ルリーシェは動転しつつも、ふわふわと弧を描きながら必死に足を動かす。ドレスのおかげで隠されているが、アレクの得体の知れないすさまじい腕力で身体を支えられ、軽々と振り回されているだけなのだ。まともに自分の足で動けていない。

「そのまま僕の腕に寄りかかって」

ルリーシェは息を呑んで腰に回ったアレクの腕に意識を集中する。

「転ばないようにだけ気をつけて、ルリ」

アレクはルリーシェを軽々と支えたまま、見事な二回連続のターンを決めた。

ルリーシェは抱えられ引っ張られているだけだが、アレクの動きは優雅としか表現しようがない素晴らしさだ。

周囲を振り返る余裕はないが、たくさんの人の視線を感じる。

強引に踊らされていても、アレクの踊りが素晴らしいことは分かった。

——貴方って本物の王子様なのね。今日は驚きばかりで気が遠くなりそうよ。

そう思いながらルリーシェは軽やかに踊り続けるアレクに尋ねた。

「重くない？　無理したら腰を痛めてしまうわ」

真剣に囁きかけると、アレクは腕を引き、ルリーシェの上半身を大きくのけぞらせながら言った。

「大丈夫、ルリは軽いから」

再び腕を引かれて姿勢を正すと、動きが小刻みなものに変わる。

——こ、これなら大丈夫、私もできる。しばらくターンはないはずよ。

ルリーシェは緊張の面持ちでステップを踏んだ。アレクはルリーシェをほぼ持ち上げて振り回していたのだが、汗一つかいていない。

「あんなにめちゃくちゃだった僕が、大好きな奥さんと王宮で踊っているなんて不思議な気分だ。夢を見ているみたいだね」

「どう……したの……急に……」

ルリーシェはアレクの足を踏まないように気をつけながらも、目を丸くした。彼らしくもない言葉だったからだ。

——王宮に戻ってきて、昔のことを思い出しちゃったのかな？　辛くないかしら？

不安になりながらルリーシェは尋ねた。そういえば少し顔色が悪いようにも見える。アレクはほとんど自分の機嫌や体調を表に出さないから、やや心配だ。

「大丈夫？　もしなにか辛いことがあるならすぐに休みましょう」

「そういうんじゃないんだ。多分、今の自分が幸せすぎて怖いだけ」

「祝辞がうまくいったから嬉しいの？」

ルリーシェの問いにアレクが目を細める。

「違うよ」

言いながらアレクは巧みにルリーシェの腕を引き、上半身の角度を変えさせると、再び大きく回転する。小さな拍手が上がった。アレクに向けられたものだと分かる。自力でまったく踊っていないルリーシェは恥ずかしくなってきた。

「幸せなんだ。あまりに幸せすぎて、辛かったことは全部僕の幻覚なんじゃないかと思えてくる。僕の人生は幸せしかなくて、幸せなまま最高の奥さんをもらったんじゃないかって」

どういう意味だろう。アレクの比喩の意味がよく分からないまま、ルリーシェはステップで転ばないよう必死に足だけ動かしながら答えた。

「貴方が幸せなら良かったわ」

その言葉にアレクが驚いたように目を見開く。

「今日は優しいことを言ってくれるんだね」

「え……あ……あの……ぐるぐる回りすぎて……頭が働かないのよ。でも本当に、貴方がちょっとでも幸せならいいの、私も嬉しいから」

思い切り素直なことを言ってしまった。顔がみるみる熱くなってくる。真っ赤な顔になったルリーシェに、アレクが花のように微笑みかけてきた。

「ありがとう……あ、また身体倒すよ」

ルリーシェは慌てて腹筋に力を入れる。大きくのけぞった姿勢になると、王宮の見事な天井が見えた。

なんて綺麗な場所だろう。

光り輝く場所で、自力では決して手に入れられない高価なドレスを纏い、美貌の王子様と優雅にダンスを踊っているなんて。

「嬉しい。これからは一生、君のことだけ考えて生きていたいくらいだ」

ルリーシェの身体を引き起こしながらアレクは言った。

「ど……どうして……他のことも考えたほうがいいわよ」

「分かってる。でも君のことしか考えられないから仕方ない」

アレクの答えにルリーシェはなにも言い返せなくなる。

自分だって、そうなりつつあるからだ。

「好きにして」

小声で答えるとアレクがまた微笑む。

こんなに幸せそうに笑い、まっすぐに自分を見つめてくるアレクを見たことがない。

いつものアレクは、どんなにこっちを見ていても、どこか違う世界を覗き込んでいるようなまなざしをしていたのに。

——ここでこうして踊っていることがアレクの幸せならいいわ。辛いことがいっぱいあった貴方が幸せになれるなら、本当にそれでいい。

アレクに支えられて再び身体が回転する。

「本当にダンスが下手でごめんね」

ターンを終えた直後に小声で謝ると、アレクは笑顔のままで答えた。

「嬉しいよ、君と踊れて。ここの全員に『この美しい人は僕だけの奥様なんです』って教えることができるでしょ」

「そ……そんなことを皆様に教えてどうするの……もう……！」

踊っている間、真っ赤な顔をしたルリーシェを、アレクは優しい顔で見つめ続けていた。

◆

「私……横になるわ……ほっとしたら目が回っちゃって」

王宮から戻るなりそう言い出したルリーシェを、侍女たちが慌てて介抱し始める。

「二日間、夜中まで頑張っておいででしたものね」

「今日、アレクセイ様が立派にご挨拶をなさったと伺って安心いたしましたわ」

薄い化粧を落とし、くつろいだ服装に着替えたルリーシェが寝室に向かう。無論アレクもあとを追った。

「待って、ルリ。僕も一緒に寝る」

侍女たちが一斉に笑いだす。

あの我が儘《わがまま》アレクが奇跡的に妻に従順になった、と思われているのだろう。

別にそれでいい。実際に自分はルリーシェにだけは従順だし、ひとときも離れずにそばにいたいからだ。

急所を晒していても彼女のそばでなら眠れる。自分でも自分が不思議だ。

アレクは二人分の枕を整えると、横になったルリーシェにそっと薄い毛布を掛けた。

「ありがとう、アレク」

「どういたしまして」

軽く頬に口づけすると、ルリーシェはそのままころりと眠ってしまった。

精根尽き果てた、と言わんばかりの寝顔である。

——可愛いな。

真面目な彼女は気を張り詰めていたのだろう。

アレクのほうは懐かしい『実家』で、ずっと不思議な気持ちだった。

かつて牢に入れられていた頃は『運動』と称して、縄でくくられ、城の庭を引きずり回されていたものだ。

当時の王宮はあちこちが黒焦げで建て直しの最中だったけれど、今日訪れた王宮は復旧され、アレクの記憶よりもさらに美しく輝いていた。

なにが夢でなにが現実だったのか。

そう問いただしたくなるくらい、過去の爪痕はどこにも残っていなかった。

アレクは横たわり、ルリーシェの寝息に耳を澄ませた。

彼女の気配を感じると心が軽くなる。一緒に過ごす時間は、どんなに説教まみれであってもアレクにとっては幸せな時間だ。

——ねえルリ、君の目に映る僕はどんな人間？

王宮で、ずっと考えていた。

本当に自分は、家族を失い、血まみれの道を選んだアレクセイなのだろうか。

あの過去は全部夢物語で、現実には悲しいことなどなにもなかったのではないか、と。

なぜなら王宮は、昔と変わらずに綺羅星《きらぼし》のごとき光を振りまいていたからだ。

柱の陰から笑顔の兄たちや、優しい姉が現れそうな気がした。

両親が玉座からやってきて、最愛の妻を連れてやってきたアレクを抱きしめてくれるのではないかと思えた。

――それなら良かったのに。

ルリーシェと出会ってから、何度も想像せずにはいられなかった。

ずっと王宮で暮らしていた自分。

結婚と共に臣下に下り、大切に思っていた婚約者と結ばれた自分。

これから先はただ愛おしい彼女を全力で幸せにすればいい自分。

そんな人生を歩んできた自分なら良かったのにと。

――でも僕はルリが一番好きなんだ。今の人生じゃなかったらルリと結婚できなかった。

汚れた僕でなければ、君とは出会えなかったんだよね。

アレクはルリーシェの無防備な寝顔を見つめながら思った。

そのとき不意に白い影が姿を現す。立っていたのは、母だった。

今日の母は、この前の悪夢のように血にまみれてはいない。生きていたときと変わらない、温かく優しげな表情をしていた。

アレクはとっさに周囲を見回し、日記帳を探す。これはいつもの悪夢のはずだ。けれどアレクに嫌な過去を見せるあの日記帳はどこにもなかった。

――なぜ……母上が……。

母はなにも言わず、穏やかなまなざしで眠っているルリーシェを見つめている。

『その娘も一緒に連れて行きましょう』

夢の中の母の言葉がよぎる。

アレクはとっさに寝台から飛び降り、母に向かって告げた。

「ルリを……彼女を巻き込むのは……嫌です……！」

まともな大人になれず、両手に余る罪を犯した自分はなにをされてもいい。

でもルリーシェにはなにもしないでほしい。

愚かなアレクと違って、彼女は歩く場所を一度も間違えてはいないのだから。

「僕だけがそっちに行きます、汚い手なのは僕だけだから」

冷や汗にまみれながらアレクは言う。

母はなにも語らず、ルリーシェを見つめたまますうっと消えてしまった。

心臓が異様な音を立てている。

アレクは冷や汗を拭い、ルリーシェの小さな顔に視線を投げかける。

焦りと恐怖で壊れかけた思考の片隅で、アレクは強く思った。

――だめだ、ルリを母上から守らないと……。

アレクは身を翻して窓から飛び降りた。

ルリーシェのそばにいてはいけない。彼女を愛しているような仕草を見せてはいけない。

母が愚かな自分と一緒に、彼女まであの世に連れて行ってしまう。

両手を汚す赤黒い血が見える。罪の証の血がねばつく炎に変わり、アレクの心と身体をじりじりと炙《あぶ》った。痛い。痛くてたまらない。

こんな手で触れたら、ルリーシェの柔らかな肌まで罪の炎で爛《ただ》れてしまう。

『そうよアレク、その汚れは生涯消えないの。貴方は誰かと一緒には生きられないのよ』

母の悲しげな声が聞こえた気がした。

『あの娘と一緒にこちらにいらっしゃい……可愛いアレク』

——嫌だ……！　ルリ……！

悪夢で疲れ切った頭では、もう、なにが正しいのかまるで判断できなかった。

第三章　夫の躾も本番です

――アレク、どうして……？

王宮でのパーティから五日。

サンデオン公爵家は静かに、そして大きく変わってしまった。

ルリーシェは一人で、大公家とサンデオン公爵家の間を仕切る門をくぐった。

どうしても父に吐き出したいことがあったからだ。

大公夫妻にも公爵家の使用人たちにも話せないことをただ父に聞いてほしくて、朝早くから庭に出てきた。

今日はアレクが帰らなくなって、五日目の朝だ。

――どうして出て行っちゃったの……。

ルリーシェの腫《は》れた目に涙がにじむ。

かすむ目をこらして、ルリーシェは庭中を見渡した。

ダクストン大公家の庭には春の花がこぼれんばかりに咲き乱れている。

――お父様はどのあたりで庭仕事をしているのかしら……。

ルリーシェはよく眠れなくてクマの浮いた目で周囲を見回す。

大公夫妻が放った密偵《みってい》によれば、アレクは元気に過ごしているらしい。

これまで一緒に活動していた曲芸団に加わっているようだ。彼らが定宿としている下町の木賃宿に出入りしているという。

——元気なのに帰ってこないって、どうしてなの？　理由も説明してくれないなんて。

これまではそんなことなかったのに……。

理由を深く考えようとすると、きりきりと胸が痛んだ。

アレクが帰ってこない日が積み重なれば積み重なるほど、身体がずっしりと重くなってくる。

なぜアレクがいなくなったのか分からない。喧嘩もしていなかったはずだ。

結婚生活は少しずつうまくいき始めていると思っていたのに。

「やあルリ、おはよう。こちらに来るのは初めてだね」

——あ、いた、お父様！

背中に花殻を入れるかごを背負った父が、娘の姿を見つけて笑顔で歩み寄ってくる。

相変わらず元気そうだ。ルリーシェ同様、髪も肌もツルピカである。

父は昔から『ちょっとアレだけど村一番の美青年だ』と注釈付きで褒められていたものだ。

——アレクといいお父様といい、思えば私、顔が整った殿方に迷惑を掛けられすぎじゃないかな？

その事実に思いをはせて、改めて深いため息が出る。

やはり、人間のよしあしは顔ではない。

借金をせず、真面目に働き、なにがあっても生きていく強さこそが大事だ。

分かっているのに、ルリーシェはなぜ、あの壊れた美しい男を思って気鬱な日々を過ごしているのだろう。

人の心は難しい。たとえ自分の心であっても……。

「どうしたんだい？　そんな腫れぼったい顔をして」

さすがの鈍い父も、ルリーシェがまともに眠れなくてフラフラなことに気付いたのだろう。背負っていたかごを降ろすと、しおれきったルリーシェを抱き寄せた。

「可哀想に、寝台が合わなくて眠れないのかい？」

「ううん……お父様はご存じないかもしれないけれど、アレクセイ様が五日前から帰っていらっしゃらないの」

言葉にしたら、涙が出てきてしまった。

「えっ、なっ、なんだって？」

父がルリーシェそっくりな顔に驚きの表情を浮かべた。

「それは大変だ！」

「そうよ、大変なの……私……どうしていいのか分からなくて……」

なんの頼りにもならない父だが、こうして一緒にいると安心する。どんなに駄目な人でも、ルリーシェの親はこの人だけなのだ。

ルリーシェは父に肩を抱かれたまま涙を拭った。

「いったいどこにいらっしゃるんだろうね？　あ、そうだ！　これから大公様に外出許可をいただいて、父様が一緒に探してあげよう。だから泣かないでおくれ」

父にできる精一杯は『娘と一緒にやみくもな努力をする』だけだ。でも今は、なにがあっても味方でいてくれる父の存在がありがたい。

「実は、いらっしゃる場所は分かっているの」

「じゃあ父様と一緒に迎えに行こう！」

――お父様、もうちょっと説明しないと駄目かしら？

ルリーシェはため息まじりに首を横に振った。

「違うの。家を出て行って、故意に帰ってこないの。この家に帰って来たくないということなのよ」

説明しているうちにますます涙がこぼれた。

「そうなのか、うーん、困ったね」

案の定、父の頭には荷が重すぎたらしい。黙り込んでいた父が、ふと尋ねてきた。

「あれ？　どうしてルリはそんな古いスミレの造花を身につけているんだ？」

「この造花がどうかした？」

頭に飾ったスミレの造花に触れながらルリーシェは尋ねた。

アレクからもらったものは、手首と血まみれの書類と林檎とこの造花しかない。だから、つい身につけてしまう。彼が出て行ってから、毎日この髪飾りしか付けていない。

「どう見てもシェルシェギア種のスミレだったから珍しくてね」

「シェル……なに？　今はそれどころじゃないのよ、私、追い詰められてるの！　どうしたらアレクセイ様が帰ってきてくださるか分からなくて」

「えっ、あっ、ごめん……スミレの話はあとにしよう。なんでアレクセイ様は帰っていらっしゃらないんだろう？　全然分からないね」

ここまで話してもさっぱり理解されていないことに絶望しかないが、父に悪気はないのである。

ルリーシェは大きくため息をつくと父に言った。

「五日前に、アレクセイ様と一緒に王宮のパーティに行ったの。その日私は疲れていて、帰ってすぐに横になったわ。まだ夕食前で、一眠りするつもりだったのよ」

あの日ルリーシェは、アレクが無事に『サンデオン公爵』として顔見せできた安堵感で、軽い貧血を起こしてしまったのだ。

アレクは笑いながら『じゃあ僕もルリの隣で寝る』と言って寄り添ってきた。

なにも異変はなかったのに……。

「起きたらアレクセイ様がいらっしゃらなかったの。お帰りをお待ちしていたのだけど、今日までずっと、アレクセイ様はお戻りにならなくて」

本当に、どんなに考えてもなにも心当たりがない。

だから苦しい。なぜアレクが戻ってこなくなったのかまるで分からなくて、息ができないくらいに苦しくて耐えがたい。

だがルリーシェは気力を振り絞って話を続けた。

「私、結婚してから、アレクセイ様にいろいろ厳しいことを言ってきたわ。窓から庭に出ないでとか、人前ではちゃんとしてほしいとか、あの……」

アレクに直してほしかった部分を列挙しようとしたが、自然と口が止まった。

さすがに『手首を持って帰ってくるな』だの『殺し合いが起きそうな現場に行くな』だのと頼み込んだとは言えない。

「……とにかくたくさん厳しいことを言ったのよ。そのせいで、私にうんざりしたのかもしれない。アレクセイ様は、もう私のいる場所が嫌になったのかもしれないわ」

「ルリみたいないい子を嫌いになるなんてありえないよ。ルリが厳しいことを言ったのなら、それはアレクセイ様が間違っていたからだ。父様はそう思う」

父がきっぱりと言った。

どんなに込み入った話が通じなくても、父だけは味方でいてくれる。

ただひたすら味方でいてくれるだけなのだが、それでも孤立無援よりましだ。

「そうだったらどんなにいいかしら。でも『帰りたくない』というのがアレクセイ様の答えなんだと思う。そうじゃなかったら、出て行った理由を説明してくれるはずよ」

　ルリーシェの言葉に、父が難しい顔で腕組みをする。

　──娘の身に起きた現実を受け入れられないみたいね。お父様の世界には善人しかいない。お嫁さんを捨てて出て行く男なんて存在しないんだもの。

「それにしても君の髪飾りのスミレ、懐かしいなぁ。このあたりでも栽培されていたんだろうか？　やはり綺麗な花だね、また咲かせてみようかな」

　腕組みしていた父が唐突に言った。

　娘の悩みを聞いても何一つ助言ができないので、再びスミレの花の髪飾りに興味が移ったようだ。

　いい加減にして、と怒りかけたルリーシェは、はっと目を見開く。

　──あ、そういえば、このスミレ、もうどこにも咲いていない花だって……。

　造花をもらったときのアレクの言葉を思い出し、ルリーシェは父に尋ねた。

「お父様、このスミレ知ってるの？」

「もちろん。これはシェルシェギア種の紫スミレだよ。白スミレの場合はこの花弁の紫部分が白くなる。今はもう、栽培している農家もないんじゃないかなぁ。古い花だし、美しいけれど花持ちが悪くてね、三日ほどしかこの虹のような色合いが楽しめないんだ」

「私もアレクセイ様から、古い花でもうどこにも咲いていないと聞いたわ。アレクセイ様が幼い頃、王宮の花壇でお母様と育てていたって」

ルリーシェの言葉に父が腕組みしたまま深く頷く。

「十五年くらい前なら、咲かせている農家もあっただろうし、種も流通していたと思うよ。そのあと新しい品種が流行って一気に廃《すた》れてしまったんだ」

――もしかして、この花が咲いたら、アレクは花を見に戻ってきてくれるかも。

ルリーシェの中にすがるような思いが生まれた。

もしアレクの心が離れてしまったのであれば、花を咲かせたくらいでは戻ってこない。

そう思いながらも、ルリーシェは父に尋ねずにはいられなかった。

「このスミレ、お父様ならまた咲かせられる？」

「もちろん。一度育てた花の種は全部保管してあるからね」

そう言うと父はルリーシェの肩を抱いて歩き出した。

大公家の使用人棟の一角に父の部屋がある。ただの庭師とは思えないほど、立派な部屋に住まわせてもらっているようだ。

部屋の中には、遮光用の扉が付いた棚が並んでいた。実家と同じだ。この棚の中身は全部植物の種なのである。

棚の中には完璧に分類された種入りの小瓶が無数に並んでいる。いつ採ったものかまでしっかりとラベルに書き込まれていた。

父の頭の中には、種が何年くらい保つかという情報まで全て記録されているのだ。

――お父様のこの能力、どうして植物にしか発揮されないのかしら。本気を出したら人並みに賢いんじゃ……？

　何百回も抱いた疑問が再び頭をよぎる。

「えーと、シェルシェギア種の種は、と。あった。ちょうど春の始まりだし、種まきにいい時期だね。咲かせてほしいのは白、紫、両方？」

「両方咲かせてほしいわ」

「分かった。君はこの花が好きなんだね。父様もだよ」

　父が嬉しそうに微笑む。ルリーシェはためらった末に小さな声で答えた。

「アレクセイ様にお見せしたいの」

　答えてまた涙が流れる。

　せめてどうしていなくなったか教えてくれれば良かったのに。

『もう君が好きではなくなった』とはっきりと告げてくれたなら、こんなに悩まずにすんだのに。

　この五日間、ルリーシェは多忙だった。

　アレクが急にいなくなり、彼が不慣れなルリーシェに黙ってこなしてくれていた仕事を全て引き受けることになったからだ。

　管財人や使用人たちの仕事の精査や、他家から届いた手紙の確認。

　使用人任せにできない細かい作業は多岐にわたっていた。

　たとえ規格外とはいえ、一応貴族として生きてきたアレクにはそう難しい作業ではないのかもしれない。

でもルリーシェにとってはなにもかもが初見で、分からない言葉が一つ出てくるたびに手が止まった。

大公夫妻は『雑務はこちらで引き受けるから休んでいなさい』と言ってくれる。日に日にやつれていくルリーシェを気遣ってのことだ。

ルリーシェは両手で顔を覆う。

――でも私がやらなきゃ。アレクはもしかして、お説教ばかりでなにもできない私が嫌で出て行ったのかもしれないし。

自分を責める言葉しか出てこなくて疲れてしまった。

泣き止まないルリーシェの頭を父が困ったように撫でる。

「ルリ、父様がアレクセイ様を迎えに行ってくる。そしてルリが泣いているから帰ってきてくださいと頼んでくるよ」

気持ちはありがたいが、それは駄目だ。

「お父様は一人で街に行かないで」

「でもルリは泣き止まないじゃないか……あの方に会えない限りずっと泣いているんだろう？　君が身体を壊してしまう。大丈夫、お金は持たずに行くし、どんな紙を出されても名前は書かない。たとえ子供が死にそうなんですって言われてもね」

ルリーシェは首を横に振った。

「自分で行くわ。やっと今日まとまった時間が取れたの。今日はアレクセイ様のところへ行く前に、お父様に愚痴を聞いてもらって元気を出そうと思っていたのよ」

言い終えてルリーシェは拳を握りしめる。

――本当は行くのが怖い。でも私には、アレクが公爵の責務を放り出していなくなった理由をはっきりさせて、嫌がっても連れ戻す義務がある。それが私の仕事だもの。

己にそう言い聞かせると、ルリーシェは大きく息を吸って言った。

「ありがとう、お父様。スミレの花が咲くの、楽しみに待っているわ」

父に思いの丈をぶちまけてやっと肩の荷が下りた気がした。

――泣きたいだけ泣いたらすっきりしたわ！

なんとしてもアレクを連れ戻そう。もしそれができなくても、彼がなにを思っているかだけでも聞きださねば。

◆

アレクは欠けたナイフを手に考え込んでいた。

――うーん、これは、研ぎに出しても刃幅が狭くなってしまうな。捨てよう、殺す道具としては弱い。

そう思って溶解炉行きの箱にナイフを投げ入れたとき、一人の人間が近づいてきた。

ザクラートだ。彼はいつも通りの静かな笑みを浮かべながらアレクに言った。

「なぜここに戻ってこられたのですか？　サンデオン公爵閣下」

アレクは答えずにザクラートの灰色の目を見上げる。

「もう貴方が殺すべきエルギーニはいないのですし、なにより爵位を受けたのですから、うちの団には経済支援だけをしていただければ結構ですよ。貴方が殺しに加わると、頼ってしまって下の世代が育ちませんから」

「分かっています、先生」

アレクは次のナイフを手に取った。これはまだ使えそうだ。

「奥様を置いて家を出てきたのですね。軽率な真似をなさってはいけません」

「……だって、一緒に暮らしていたら、ルリを幸せにできないかもしれないから」

アレクは小声で答える。

幼い頃からザクラートは『アレクを圧倒する先生』だった。

実力にお墨付きをもらい、対等に戦えるようになった今でも、彼には子供のようになんでも話してしまう。

「まだ結婚されたばかりなのです。これからどうなるかなんて分からないでしょう？」

「分かるんです……これからは、物陰から見守ることにします……」

アレクは俯いて、ナイフを懐にしまう。ザクラートはやれやれ、というように肩をすくめてアレクに告げた。

「ところでアレクセイ様、私の『草』をまた勝手に使いましたね？　彼らから報告があるようですよ。どうやら奥方様がお一人でサンデオン公爵家を抜け出されたようです。それから一点気になることが。これは他組織の動向なんですが……あっ、こら、お待ちなさい」

ザクラートの言葉を最後まで聞かず、アレクはねぐらから飛び出していた。

——ルリ！　どうして急に家を出たんだ!?

ああ、やはりルリーシェの監視を草任せにして休憩するのではなかった。

あんなに美人で可愛くて素敵で魅力に溢れている妻が一人歩きをするなんて危険すぎる。

この目で陰ながら彼女を見守り続けなければ。

◆

目の腫れが引くまで水やり用の井戸水で顔を冷やしたあと、ルリーシェは屋敷に戻った。

管財人にすべきことを教わりながら必死で書類を確認する。

アレクは三十分ほどで確認を終えていたというが、ルリーシェは三日がかりだ。

その事実一つとっても情けなくなるが、沈み込みそうになる気持ちを懸命に叱咤する。

そして昼食を断り『しばらく一人になりたい』と言い置いて、庭に出た。

——お供とか護衛は連れて行けないから、気合いを入れて行かなくちゃ。

アレクが寝起きしている界隈はいわゆる『貧民街』で、護衛を連れた貴族の奥様が出入りできるような場所ではないらしい。奥に入ろうとしても見回り番のような人間たちに止められてしまうらしいのだ。

だから一人で向かうことにした。

幸いなことにルリーシェは公爵夫人とはいえ『実家の後ろ盾がなにもない』女だ。言い換えれば『なにかあっても替えが利く』存在なのである。

悲しいかな、それが事実だ。

そのうえ唯一の取り柄であった『アレクをこの家につなぎ止めておく』ことさえ失敗したのだから、ルリーシェの価値は大暴落したと言っていいだろう。

——私に危害を加えて得する人間はいないわ。お父様に言ったとおり、本当に『いらない公爵夫人』になりつつあるんだもの。

自嘲しながら、ルリーシェは庭の隅の通用口に向かう。門番は驚いた顔をしたが、少し気分転換をしてくると告げたら通してくれた。

今日の服装は極めて地味なものだ。装身具も全部外している。

地味な帽子を被るとルリーシェはすっかり「小綺麗な装いの町娘」に変身した。

元々『侯爵令嬢』とは名ばかりの『花農家』の娘である。

歩き始めたルリーシェの姿は、貴族の屋敷街を忙しく歩き回る下働きの人間たちにすぐに紛れてしまった。

──ええと……貧民街は……？

ルリーシェは、屋敷からこっそり持ち出した王都の観光地図を取り出す。この地図を見ながら貧民街に行けばいいのだ。

──ほんと、野良育ちで良かったわ。地図も読めるし一人でどこでも行けるし。

街に切り花を売りに行くより、王都のほうが楽そうだ。

道はしっかりと舗装《ほそう》されているし、等間隔で警備兵が立っているから治安も田舎の農村よりはるかに良いだろう。

──痴漢とか口説き男なんて、警備兵にすぐ捕まっちゃいそう。

故郷の村は一応平和だったが、閉鎖的な農村なので変な男もたくさんいた。

ルリーシェに『山羊をやるからやらせろ』と付きまとってきた富農の三男坊や、借金持ちは嫁にしてやれないけど愛人にならなら、なんて頼んでもいないことを申し出てきた妻子持ちの雑貨屋。あんな奴らでも農村では『立派な男手』としてルリーシェよりはるかに発言力を持っていたのだ。

村の寄り合いでは、貧乏声デカ令嬢の苦情など毎回握りつぶされてしまった。

──ああ、もう、思い出したら腹が立ってきた。どいつもこいつも！　アレクもよ！

いつの間にかルリーシェの歩む速度は相当な速さに変わっていた。怒りに任せてずんずん歩くと、一時間ほどで中央広場に着いた。

生花でいっぱいにした重いかごを背負い、日よけのほっかむりをして、三時間かけて街まで歩いていた健脚《けんきゃく》のルリーシェにとっては、どうということのない距離だった。

――あっ、ここが中央広場ね！

田舎町とは格段に人の数が違う広場を見回し、ルリーシェは手元の地図を確認した。

――なるほど、あれが大噴水かぁ。

ルリーシェは南側から広場に入ってきた。

こちら側は上品な区画らしく、小さな子供をお散歩させている若い母親や、身なりの良い老夫婦の姿などが散見される。

大噴水を挟んで向こう側の『北区画』の外には繁華街が広がっているようだ。

――繁華街を抜けてさらに奥が貧民街みたい。

地図を外套の裏側にしまって、ルリーシェは再び歩き出そうとした。

「あれ？　お嬢さん、近くで見るとやっぱり美人だね」

声をかけられたルリーシェはキッとなって振り返った。

暇だからふらついていた、といった様子の若い男の三人組だ。

これまでの人生で、ヘラヘラした表情で声をかけてくる男を何度見たことか。

ほっかむりをして大量の花を抱えていようが、後ろに同じ格好の父がぼーっと立っていようがお構いなしで『お茶しようよ』と言ってくる奴らには飽きるほど出くわしてきた。

「ねえ、この近くに甘味の店があるから俺らとお茶しない？」

「お友達とかと待ち合わせしてんの？　もしそうならみんなで行こうよ」

——予想通りの誘い文句だわ。田舎にも都会にも同じ生き物がいるのね。

うんざり顔になったルリーシェは冷たく答えた。

「結構よ、これから夫と会う予定なの」

実際は公爵家から逃亡した公爵閣下を連れ戻しに行く途中なのだが、まあ、広い意味で考えれば『夫とこれから会う』で間違ってはいない。

「いいじゃん、なら、旦那さんが来るまで一緒にどう？」

軟派男たちの相手も面倒になってきた。

ルリーシェはふいと顔を背け、冷ややかに答える。

「夫はやきもち焼きなの、一緒にいるところを見られたら危な……」

言葉の途中で、横並びだった男たちが全員同時に、左方向に吹っ飛んでいった。

「は？」

なにが起きたのか分からず、間抜けな声が出た。人がいきなり目の前から消えると、人間の思考は停止するらしい。

ルリーシェは、少し離れたところで折り重なって倒れている男たちを呆然と見つめ、続いてゆっくりと右側を見た。

——えっ……嘘……アレク？

そこにいたのはアレクだった。

いつの間に現れたのか見当もつかない。

白いシャツに黒いズボン姿だ。なぜか目の下にクマができている。

――顔色が良くないわ、具合悪いのかしら？

「あ、あの、アレ……」

呼び止めようとした瞬間、アレクがくるりときびすを返す。こちらとは一切目を合わせようとしない。

「待って、アレク！」

ルリーシェは慌ててアレクの後を追った。

「いてて……誰かに突き飛ばされた……」

男たちの声が後ろで聞こえた。どうやら大けがを負わされた訳ではないようだ。

アレクの背中は、広場の北側へと消えていく。やはり大公家の密偵に教えられたとおり、彼は曲芸団のねぐらと呼ばれる木賃宿で寝起きしているのだろう。

ルリーシェは息を弾ませ必死でアレクを追いかけたが、五分ほど全力で走って力尽きた。

――アレクに追いつくのは無理だわ。体力を温存して目的地を目指そう。

頭を切り替え、ルリーシェは早足で歩き出した。繁華街の先にあるという木賃宿に行けば、アレクか彼の仲間に会えるはずだ。

――うーん、繁華街はさすがに広いわ。お屋敷に戻るのは夕方を過ぎてしまいそう。

ルリーシェは貧民街を目指して足を急がせていた。

繁華街には通りがいくつもある。いずれの通りも人でいっぱいだ。

皆、それなりに着飾っている。野良仕事の服しか着ていない田舎の村の住人とは大違いだ。軒を連ねる店は華やかで、食器や洋服、家具、本、雑貨、化粧品、嗜好品《しこうひん》など、ありとあらゆるものが窓辺に飾られている。

田舎育ちには想像できないほどの富と活気に溢れる光景だった。

——本当にすごいわ。いったい何軒お店があるの？

ルリーシェは足取りを緩めずに周囲を見回した。

アレクの心配さえなければ、一度くらい繁華街に遊びに来てみたい。

そう思ったとき、前方にいた三十歳くらいのチャラチャラした男と目が合う。

——声をかけてくる男の数も農村より多いわね。

冷めた目で通り過ぎようとしたとき、案の定その男が声をかけてくる。

「こんにちは、お姉さん。良かったらお話しさせていただけません？」

そう言いながら男が名刺を差し出してきた。『薔薇色の夢二号店』と書かれた派手な名刺だ。横には『勧誘担当トーマス』と書かれている。

——なに……これ……。

名刺を受け取ったルリーシェは無言で眉根を寄せた。

「ほーんと、どの角度から見ても美人さんですよねぇ！　もし良かったらなんですけどぉ、うちの店で働きませんかぁ？」

言いながら男がそっとチラシを差し出してくる。

そこには『一流のお店で一流の酌婦《しゃくふ》を！　時給七千ミードル！　店外接客にも時給分の給与をお支払い！』という文字が並んでいた。

——時給……七千？

警戒を露わにしていたルリーシェの目がカッと見開かれる。

酌婦というのは、夜のお店で男性客に愛想良く接して、高い酒を飲ませる仕事である。

男性客のお誘いは上手にかわし、合体はせずにお金だけ払わせる、気が強くて男転がしに馴れた女性……つまり自分向けの仕事だ。

——酌婦で時給七千ミードル！

こんな高給の店は故郷の農村にはなかった。

「うちは高級店ですから、酌婦ちゃんたちの容姿にもうるさいんですよ。でもお姉さんくらいの美人さんなら絶対採用間違いなし！　っていうか、実はやったことあるでしょ？」

ルリーシェは曖昧に頷く。

もちろん知っているし、父を見張り続ける義務さえなければ挑戦したかった仕事だ。

農村時代に勧誘されたことだって何回もある。

父譲りの派手な顔のせいだ。

若くて女で伝手《つて》もない人間がお金を稼ぐには、この仕事が一番手っ取り早い。

——アレクの妻の仕事をクビになったら、ここで働かせてもらおうかな？

心が揺れる。それほどに時給七千ミードルは魅力的だった。

ついでに言うならルリーシェはめちゃくちゃお酒に強い。

去年、借金の多さに自棄になって、近所の人の出産祝い返しにもらったワインを二本呑みほしたが、たいして酔いもしなかった。

呑めない父は『そんなにお酒を呑んでは駄目だよぉぉ』と驚愕していたが。

――酌婦は私の天職かも。お酒はいくらでも呑めるし、男の人になに言われても平気だし、それにもう処女じゃないし、好きな男なんて……いないし。別に酌婦をやってお父様を養ってもいいわよね？

ルリーシェは無表情を保ったまま、外套の隠しに名刺をしまった。

「私、既婚者なんです。でも夫とうまくいかなくなったら面接に」

言い終える前に目の前に人が割り込んできた。

アレクだった。ルリーシェの目が点になる。

――あ……れ……？　どこから出てきたの？　もしかして地面から生えてきた!?

一秒前まで間違いなく周囲に人はいなかった。もちろん走り去ったはずのアレクの姿など先ほどから見かけてもいなかったのに。

「ぐっ、あ、あんた誰だ？　僕はこのお姉さんと仕事の話を……っ！」

チャラチャラした男の苦しそうな声が聞こえる。

アレクの背中から覗き込むと、男は襟元を締め上げられ、身体を持ち上げられて、足をバタバタさせていた。

「ちょっ……アレク！　放しなさい！　話を聞いてただけなんだからっ！」

慌てて制止すると、アレクはルリーシェを振り返らずに手を放した。

「彼女を淫らな仕事に勧誘するな」

「な、なにするんだよ、あんた誰……って、待って！　うっわぁ……身震いするほどいい男だね！　よかったらうちの店で働かない？」

たった今までアレクに締め上げられていた男が、愛想良く名刺を差し出した。ルリーシェは身を乗り出して名刺を覗き込む。

紫色のキラキラ輝く名刺には『姫君たちの花園一号店』と書かれており、やはりトーマスと勧誘者の名前が添えられている。

――都会には女の人向けのお店もあるんだ。きっと綺麗なお兄さんがお酒をついでくれるお店なんだわ。繁盛《はんじょう》してそう。お給料も良さそうね？

「結構。僕には曲芸団の仕事がある」

だがアレクは、時給も聞かずに名刺を突っ返してしまった。

――男性の場合は時給をおいくらいただけるのかしら？

好奇心に駆られて会話に割り込もうとしたとき、アレクが冷たい声で続けた。

「彼女には二度と近づかないでくれ。もし近づいたら、……、……」

言いながらアレクは男の耳にそっと唇を近づけた。なにかを囁かれた男が、みるみる青ざめていく。

――なにを話してるの？

訳が分からないでいるルリーシェの前で、男が言い訳めいたことを口にし始めた。

「えっ？　あっ……お兄さん『ザクラート曲芸団』の関係者なんですか？」

「団員だ」

「ひッ！　あそこの団員って言ったら暗……いやいやこれは失礼。今のはただの勧誘なんで、ホントただの勧誘なんで、じゃあっ！」

男はあっけにとられるルリーシェの前でぺこりと頭を下げて去っていこうとする。

「待って！　酌婦の仕事をしたい場合は、この名刺の住所に連絡すればいいんですか？」

ルリーシェは慌てて男を呼び止めて尋ねた。

「そうで～す！　興味があったらご連絡くださ～い！」

返事をしながら、男はものすごい勢いで人混みに紛れてしまった。

「ルリ、名刺をもらったのなら今すぐ捨てて」

こちらを見ずにアレクが言う。

「もらってないわ」

ルリーシェはとっさに嘘をついた。酌婦の店の名刺は、今後の生活を握る大事な一枚だ。

夫に嫌な顔をされたくらいで捨ててたまるものか。

「もらったように聞こえたけど？」

「いいえ、もらってないわよ」

「……ならいい。君はこんな危険な場所を去ってさっさと屋敷に帰るんだ」

アレクはルリーシェと目を合わせようとせずにそう言うと、再び繁華街の奥、貧民街の方角へと歩いて行く。

――なんなの？　また急に現れて……って、アレクが行っちゃう！

放心していたルリーシェは我に返り、駆け寄ってアレクのシャツの背中を摑んだ。

「待ちなさい！」

アレクは振り向かずにただ立ち止まる。

「貴方、どうして……」

そこで言葉が途切れた。

――なにを言おう。私はこの人になにを言えばいいの？

しばらく困惑したのち、ルリーシェは勇気を振り絞って口を開いた。

「ねえアレク。私、貴方にただ無視されるのに耐えられなくなって、こうして勝手にお屋敷を抜け出して会いに来たの」

「……君が僕を探すために屋敷を出たのは、知っていた」

予想外の答えがアレクから返ってくる。

「知ってた？　どうやって知ったの？」

目を丸くしたルリーシェにアレクは言った。

「君の監視を『草』に頼んだんだ」

「草ってなに？」

「ザクラート先生に仕える『組織の目』だ。彼らに命じてずっと君を見張らせていた」

ますます分からなくなり、ルリーシェは尋ねる。

「組織の目ってなに？　なんの組織？　全然分からないわ。その人たちに私を見張らせていたってどうして？」

「君には教えたくない」

「それじゃ困るんだけど」

ルリーシェは腕組みをして吐き捨てた。だんだん腹が立ってくる。アレクは人に迷惑をかけるだけかけて、いったいなにをしているのだろう。

「とにかく君が一人で屋敷を出たと『草』から報告を受けて、僕は慌てて、いや、なんでもない……君のことなんて……知らないよ」

最後の言葉に、ずきんと胸に痛みが走る。

——私のことなんて知らないって、どうして急にそんなことを言うの？　い、今まではしつこいくらい付きまとってきて、抱きついたり口づけしたりしてきたのに！　それに、いつも同じ寝台で寄り添って寝ていたじゃない。私は、貴方と夫婦として仲良くなれたんだと思って安心していたのよ。

悔しいはずなのに、感じるのは辛さばかりだ。

理屈抜きで胸が痛くてたまらない。

いったいこの自制が利かない感情はなんなのだろう。

ルリーシェは涙が出そうになるのをこらえながら、気力を振り絞ってアレクに告げた。

「貴方はなにを考えているの？　離婚したいのならはっきりとそう言って。黙って家出されたんじゃ、理由が分からなくてみんな困っているわ」

「離婚？」

驚愕の表情で振り返ったアレクが、慌てたようにすっと視線をそらした。

「妙な話はやめてくれ」

「いいえ、妙な話なんてしていないわ。貴方は理由を説明せずに五日間も帰ってこないんだもの。みんな、私と離婚したいからだと思っているわよ。それならそれで結構。でも私は今後の身の振り方を考えなければいけないの」

もちろんルリーシェはアレクと別れたいなんて思っていない。

――だけど、こんな意味不明な態度を取られ続けて、黙って引き下がれない！

ルリーシェは目に涙をためたまま、キッと顔を上げた。

「だから君は、さっきの汚らわしい勧誘話に耳を貸したんだな？」

「ええ。お給料が今まで見た中で一番良かったから」

きっぱり答えたルリーシェの前でみるみるアレクが蒼白になる。

「駄目だ！　酌婦なんて！」

――なんですって？　酌婦を馬鹿にしているの？

ルリーシェは眉をつり上げて大声で言い返す。

「アレクはお酌の仕事なんてしたことないでしょ？　それなのにどうして『駄目』なんて言い切れるのよ？」

「お酒なんて呑んだら倒れてしまうだろう!?」

「そんなの人によるわ。私、いくら呑んでも全然平気だもの」

「えっ？　そうなの？　僕は倒れ……いや、そうじゃない、店に君目当ての男が山ほど……だめだ、目眩が、き、君の隣に不健全な下心を持った男が何人も座ってくるんだからな、そして君の美しく清らかな太腿《ふともも》に手を……ウッ……」

アレクは肩で息をしながら額を押さえている。突然その辺から勢いよく湧いてきたくせに、具合が悪いのだろうか。

「離婚したあとのことはアレクに関係ないでしょ」

「だ、だ、だから僕は、り、り、りこ……ん……なんかしない……」

土色の顔になっているアレクを怪訝に思いつつルリーシェは首を横に振る。

「貴方の言っていることもやっていることも意味が分からないわ。私はお父様を養わなきゃいけないから、離婚したあともお金をたくさん稼がないといけないの。借金だってどうなるか分からないんだし！」

アレクは『汚らわしい言葉を聞きたくない』とばかりにぶんぶんと首を横に振る。

「だから、僕は君と離婚するつもりなんてない！　離れた場所から、君が屋敷で幸せに暮らしているのをこっそり覗き見……いや、見守っていられれば満足なんだよ！」

――は……い……？　私を覗き見してたいですって？

さすがのルリーシェも立ち尽くす。

『覗き見』という言葉が頭の中をぐるぐる回った。

どうしてルリーシェのまわりの顔がいい人間は、顔以外の全てをかなぐり捨てて生きているのだろうか。

「それ、屋敷で一緒に暮らしながらじゃ駄目？」

「駄目だ、黙って外から覗いていたい。君に僕の存在を気付かれないように。そのくらい遠くからじゃないと安心できない。昨日も一昨日もその前も、僕は何度も窓の外から君を覗いていたんだ。気付かなかっただろう？」

「え……覗いてた……の？」

『強い女に殴る蹴るされて怒られるのが好き』という嗜好もすごいな、と思っていたが、本気を出したアレクはそれ以上だったらしい。

ちょっと夫を侮《あなど》っていた。

ルリーシェは硬直した顔に、強引に愛想笑いを浮かべる。

「ま……まあ……性癖って人それぞれよね」

「……？　なんの話？」

アレクが怪訝そうな表情になったが、ルリーシェは首を横に振って押しとどめる。これ以上不可解な性癖の説明を聞いても、頭が痛くなるだけだからだ。

「貴方の要望は検討するけれど、公爵閣下がずっとお屋敷にいないのは困るのよ」

「……それは、分かってる。でもやっぱり僕と一緒にいちゃ駄目だ」

血を吐くような声だった。

あまりに苦しげな声音に、ルリーシェは当惑する。

「それ……どういう意味……？」

立ちすくむルリーシェから顔を背け、アレクは絞り出すように言った。

「僕は……もう君と一緒にいたくない……ってことだよ」

拒絶の言葉が、ルリーシェの胸に突き刺さる。

──もう、私と……一緒にいたくない……？

アレクの言い分で唯一はっきり理解できた言葉は、それだけだった。

見ればアレクは疲れ切った顔をしている。

──……アレク、貴方がそんなに疲れているのは、私が口うるさかったから？

聞こうと思ったが、言葉にはならなかった。

もうなにを聞いても手遅れだと分かるからだ。

アレクの本音は『君と一緒にいたくない』だけなのだから。

足がかすかに震え出す。

こんな決定的な言葉を聞きたくなかったと心が悲鳴を上げる。

「そう。私がいるからアレクはお屋敷に戻らないのね」

乾いた声でルリーシェは答えた。

ルリーシェが大事に思うほどには、アレクはこちらのことを思っていなかった。

夫婦生活が嫌になったらさっさと出て行き、暇つぶしに覗き見できればいい。その程度の相手としか思われていなかったのだ。

——私が、どんな気持ちで貴方を待っていたか……いいわ。関係ないものね、もう。

ルリーシェは痛いくらいに拳を握りしめ、アレクに告げた。

「それなら私が出て行くべきだわ。貴方はサンデオン公爵家に戻ってください」

『妻とは一緒に過ごしたくない』

それがアレクの出した答えだ。

彼が口にする言い訳を聞いても、全部意味がない。

「待って、ルリ」

「現状をありのままにご報告して大公閣下と話し合ってくるわ。父のことをどうするか、借金はどうなるのか、決めなければいけないことが山ほどあるもの」

「待ってくれ、どうしてそんな傷ついた顔をするんだ？」

「……分からないの？」

ルリーシェは震え声で問い返しながら、途方に暮れた表情のアレクを振り返る。

——貴方が大切な人だったからよ。そんなことも伝わっていなかったのね。

ルリーシェはため息をついてアレクに背を向ける。

大量の針を呑み込んだかのように胸が痛い。

だが絶対に泣くものか。自分勝手な人間のために涙なんて流すものか。

そう自分に言い聞かせながら、ルリーシェは淡々とした口調で告げた。

「それでは失礼いたします、アレクセイ様。お元気で」

◆

『草』たちにルリーシェの帰途を見張らせながら、アレクはとぼとぼとねぐらに戻る。

あんな他人行儀なルリーシェは初めて見た。

アレクはさっき、『一緒にいたくない』と嘘をついた。そうすれば彼女はもう迎えにこないだろうと思ったからだ。けれどその言葉が、深く彼女を傷つけてしまったらしい。

――僕がおかしいせいで、また君に嫌な思いをさせてしまった……。

自分が『まともではない』という自覚はある。間違いだらけだった人生をやり直せたらいいのに、という想いもあった。

だが手遅れなのかもしれない。

自分は『暗殺者』として生きてきたから、思考も判断も他の人と違う。

曲芸団の仲間たちならば、憎い相手の手首を渡せば笑いながら切り刻んで河にばらまき

『魚が寄ってきた！』と歓声を上げたはずだ。

でもルリーシェはそうではなかった。

——手首も書類もルリをものすごく怒らせただけだった。僕は、思いつく限り最高の贈り物をしたつもりだったのに。

きっと、人の道を踏み外したアレクは誰も幸せにできないのだ。

このままでは、いつかアレクはルリーシェの人生をめちゃくちゃにしてしまう。

夢の中の母は、きっとそれを止めたいのだ。

『これ以上の苦しみを味わう前に、息子と、息子が愛する妻を楽にしてあげよう』

母はそう思ったに違いない。

——僕が何かすればするほど、ルリは怒って傷つく……今日だって傷つけた……。

ルリーシェだけは傷つけたくなかった。大切だからだ。

だが、そんなにも大事なルリーシェから『離婚』という最後通牒《つうちょう》を突きつけられて、どうしていいのか分からない。

心がとても苦しかった。自分の感情を説明するのは絶望的に下手だし、彼女に今の気持ちをうまく伝えられるとも思えない。途方に暮れてしまう。

——母上……ルリ……。

虚ろな目で武器の点検をしながらも、心の中はルリーシェが最後に見せた冷たい表情でいっぱいだった。

自分の気持ちをうまく説明できないのは、ずっとまともに生きてこなかったからだ。自分を責める気持ちが次から次へと湧いてきて息が苦しい。

悪人ならいくらでも殺せる。危ない場所にだって平気で行ける。そのくせルリーシェを幸せにできる自信などこれっぽっちも持てない。

なぜ自分はこんなにも、できること、できないことに偏りがあるのだろう。

「アレクセイ様、落ち込んでいるところすみませんが、先ほどの話の続きを」

足音もなくザクラートがやってきた。

「さっきの話？　なんですか、先生」

「貴方らしくもありませんね。察しが悪すぎます」

呆れたように言われ、アレクはしぶしぶ頭を使うことにした。そういえばここを飛び出す直前に、別の組織の動向が云々と言われた気がする。

「どこかの暗殺団で『掟破り』でも起きたのですか？」

アレクはザクラートにそう尋ねた。

王都にはいくつかの暗殺団が存在するが、いずれの暗殺団にも共通する暗黙の掟がある。

禁じられているのは以下の三つだ。長の命令以外の殺人を犯すこと、民衆の支持を得られない殺人を犯すこと、私怨、略奪、強姦のための殺人を犯すこと。

これらの禁を破った者は、団の長の手によって葬り去られるのだ。

「貴方の義兄がずっと雇い続けている『手芸協会』がサンデオン公爵家のまわりをずっと

張っているようなのです。私の『草』たちが気付きました」

ザクラートの言う『貴方の義兄』とは、姉リシアの夫、ミーディン・トルギアのことだ。

ミーディンは、過去に妻と胎内に宿ったばかりの子供をエルギーニに殺されてから、ほとんど人前には姿を現さなくなった。

そして、大手の暗殺団の一つ『手芸協会』に依頼をし、王宮襲撃事件のときに功績を上げた人間たちを一人一人殺させるようになったのだ。

相当な金が掛かっているはずだが、ミーディンは今もその『復讐』をやめていない。

結婚式に来ていたミーディンの、闇で塗りつぶされたような姿を思い出す。

姉が殺されてから、彼は心を病み、一度も笑うことがない。

初対面のルリーシェですら、あれは誰なのかと不審がっていたほどだ。

ミーディンは、アレクと同類の哀れな男だった。

自分自身で手を汚すか、玄人に頼んだかの違いだけで、お互いに喪失の痛みで人間性を失い、自分の未来を諦めてしまった者同士である。

――ミーディンに雇われている暗殺者たちが僕のところに？　なにが目的だ？

アレクは慌てて首を横に振った。

「『手芸協会』がミーディンから依頼されている仕事は、全てエルギーニの忠臣たちの殺害だったはずです。それに僕はルリの様子を見るために頻繁に屋敷に戻っていましたが、彼らの存在には気がつきませんでした」

屋敷に戻ったときは、屋根や壁に張り付いてルリーシェの立てる生活音や独り言を聞いていたので、周囲の警戒をやや怠《おこた》っていたのは否めないが。

「まあ……貴方がいるときは、『手芸協会』の者たちは身を隠していたのでしょうね。下手に貴方に見つかったらどうなるか分かりませんし」

「僕は武器を向けられない限りはなにもしません」

アレクの答えに肩をすくめ、ザクラートが言った。

「そうしていただけると助かります。私たちの存在が人々から黙認されているのは、『悪』を排除しているからに過ぎません。余計な殺しは厳禁ですよ」

アレクは無言で頷いた。

「手芸協会の長に問い合わせましたが、サンデオン公爵の件は把握していないという答えが返って来ました。自分が命じた仕事ではないのですぐに調べると」

——長の指示以外で暗殺団が動いた？　ありえない、そんなの。

目をみはるアレクに、ザクラートが腕組みをする。

「ですので、貴方も気にしておいてくださいね」

「僕に丸投げですか？」

「貴方の屋敷を見張っていたという点が気になるのです。私はこれから別の『お客様』にお会いせねばなりませんので。では」

言うだけ言うと、ザクラートは足音もなく姿を消した。

——ミーディンに僕を見張る理由なんてあるんだろうか？　しかも長が事情を知らないとはどういう状況なんだろう？

考えたがなんの心当たりも浮かんでこない。

ミーディンはミーディンで、自分は自分で、好き勝手に復讐のために生きてきた。同じ痛みを抱えていても、互いの人生が交差することはないはずだ。

——くそ、普段と違う行動というのが気味悪いな。念のため様子を見てくるか。

立ち上がったとき、雑用をしていた若者が顔を覗かせる。

「アレク先輩、手芸協会の方が見えました」

「会う」

アレクは短く返事をして木賃宿を出た。すぐに知らない女が寄ってくる。そして軽く顎をしゃくると建物の裏手に入っていった。

「なんの用だ」

「うちの顧客が暴走してる」

眉をしかめて首をかしげると、女は表情を変えずにアレクに言った。

「ミーディン・トルギアがエルギーニ王の関係者以外を殺せと依頼してきたんだ。当然、掟に反する殺人だからと断ったさ。そうしたら、あの男は『ならば自分で手を汚す』と言い出した。無視しても良かったんだが、あの男のこれまでの人生を思うと哀れでね。だからあんたにこうして教えに来たんだよ」

「なにが起きてるんだ？」

女は深くため息をついて答えた。

「ミーディンの動きは私の一存で見張らせてはいるが、私たちは契約外の『仕事』はできない。あの男の殺人は止められないんだ」

なんだか嫌な予感がした。

「ミーディンは、誰を殺すと……？」

アレクの問いに、女が顔を上げる。そして低い声で言った。

「ルリーシェ・サンデオン」

同時に、屋根の上から慌てふためく『草』の声が聞こえた。

「アレクセイ様！　奥方様が何者かに連れ去られました！」

◆

──最初に大公閣下にアレクの言葉をお伝えしたほうがいいわね。

ルリーシェはとぼとぼと繁華街を歩きながら、今後のことを考えていた。

このままルリーシェが公爵家に居座っている限り、アレクは帰ってこない。

どんなに受け入れがたくとも、ルリーシェは『サンデオン公爵』の妻の役目を果たせなかった。それが事実だ。

――思った以上に私、傷ついてるわ。これが失恋なの？　ふうん、一生恋なんてするつもりはなかったから新鮮ね。

自嘲的な気持ちでルリーシェは思う。

サンデオン公爵の屋敷まではまだまだ遠い。

辻馬車でも拾おうかと思ったが、あいにく『高貴な貴婦人』になってしまったルリーシェには持ち合わせがなかった。小銭は嫁ぐときに全部父に渡してしまったのだ。

――いいわ。歩くほうが頭が冷えそうだし。

ルリーシェはそう思いながら中央広場を目指して歩き始めた。

そのとき、不意に呼び止められる。

「お嬢さん、落としましたよ」

――あっ……さっきのお店の名刺かしら？

慌てて振り返ったルリーシェの首筋に手刀がたたきつけられる。あっと思う間もなく、ルリーシェの視界は暗転した。

それから、どのくらい気を失っていたのだろうか。

――え……なに……ここどこ……？

ルリーシェは身体に違和感を覚えながら薄目を開ける。

そしてぎょっとして目を見張った。シュミーズ一枚の姿で、後ろ手に縛り上げられていたからだ。服もない。靴もない。

──なにされてるの？　え、私、捕まってるの？

自分自身の状況を理解した刹那、恐怖が身体を駆け抜けた。

『落としましたよ』と声をかけられたあとの記憶がまったくなかった。

あれはルリーシェをさらうための罠だったに違いない。

──ここは……誰かのお屋敷かしら……綺麗な家ね……。

ルリーシェは周囲を見回した。部屋は殺風景だが、庶民の家でないことは分かる。天井の細工も壁に施された装飾も手が込んでいて、かなり格の高いお屋敷のようだ。

厚手のカーテンはきっちりと閉まっており、外からはルリーシェが囚われていることを確認できない様子だった。

さらに確かめると、壁に二人の男女の絵が掛けられていた。一人は若々しい茶色い髪の青年、もう一人は銀の髪に水色の目をした非常に美しい娘だった。

よく見れば娘の顔はアレクによく似ている。

──誰かしら、あの女の人。男の人のほうも知ってる顔のような？

ルリーシェはしばらく考え、はっとなった。

──お……男の人のほう、結婚式に来ていたあの暗い人では？

そこまで考えたとき、ぞくっと二の腕に鳥肌が立った。

ばらばらだった点と点が一気に繋がったからだ。

結婚式に来ていた異様に暗い男。王宮で再会したとき、彼は『ミーディン・トルギア』

と名乗っていた。ルリーシェは無言でもう一度、男女の絵に目をやる。

女性の目は透き通るような美しい水色だ。王宮でミーディンが身につけていたガラス細工の宝飾品と同じ色をしている。

――この絵に描かれた女性は、前王家のどなたかよね？

ルリーシェは必死に頭をひねる。

なにかが頭に引っかかっていた。嫁いでくる前に、歴史の教科書を読み直したが、あの内容に手がかりがあった気がする。

必死に考えていたら、ふと『トルギア』という姓に心当たりがあることを思い出した。

アレクの姉、第一王女リシアは『トルギア侯爵家の長男』に嫁ぎ、王宮襲撃事件と時を同じくして、エルギーニ王の放った刺客により殺害されたのではなかったか。

――そ、そうだ、そう書いてあった！　あのミーディンという人は、アレクのお姉様の夫だったんだ。だから私たちの結婚式にも来たし、『兄』が云々なんて私に伝言をさせようとしたんだわ。でもあれって、とても変な伝言だったわよね？　たしか……。

そのとき、扉が開いた。

ルリーシェはシュミーズ姿なのも構わず、入ってきた男……ミーディンを睨み付ける。

ミーディンは畳んだ大きな布の塊を小脇に抱えていた。

「ごきげんよう」

虚勢を張り、ルリーシェはそう挨拶をした。

挨拶されたミーディンは片眉を上げ、冷たい声で答えた。

「ごきげんよう、夫人」

――なにする気なの。って、この状況じゃ、ろくなことされないのは分かるけど。

緊張と恐怖で胃が痛くなってくる。

だが気弱なところを見せてはいけない。

「普通にお招きくださればよろしゅうございましたのに、ミーディン卿」

「招くとしたら『本邸』のほうになる。そこでは人目が多いからなにもできない」

――どういう意味かしら？　ここは『本邸』ではないの？

ルリーシェはもう一度部屋の様子を見回し、ミーディンに尋ねた。

「ここはどこですか？」

「私がリシアと暮らしていた別邸だ。汚したくないから、普段は閉鎖している」

――なる……ほど……ミーディン卿が許した人間以外は出入りしない場所なのね。

胸の谷間にじっとりと汗が滲んでくる。

意味はないかもしれないが、時間稼ぎをしよう。そう思いながらルリーシェは言った。

「今も綺麗にしておいでなのですね」

「ここは私たち夫婦の家、リシアがいた日そのままに保つのは当然のことだ！」

大声で一喝され、ルリーシェはかすかに肩を震わせる。

――この人、かなり危ない。

余計な刺激をしないほうがいいと思い、ルリーシェは縛られたまま深々と頭《こうべ》を垂《た》れる。

大人しく様子を窺っていると、ミーディンは突然脈絡のないことを語り始めた。

「私たちの復讐はまだ終わっていない。なのにアレクは、エルギーニが死んで以降、全てが落着したとでも言わんばかりの態度じゃないか」

――復……讐……？

「なにを考えているんだ。私たちの『仇』はまだたくさん生き残っているというのに」

――この人はなんの話をしているの？　仇……ってリシア様の仇のこと？

頭を垂れたままルリーシェは必死に考えた。

王宮襲撃事件に関わったエルギーニ王の部下たちが、次々に不審な死を遂げている事件のことが頭をよぎる。

アレクは『僕はその事件の犯人ではない』と断言していた。

嘘を吐いているようには聞こえなかった。あの連続殺人の犯人は別にいる。つまり……。

――そ、っ、そっか、分かった。犯人は『この人』か。

かたかたと身体が震え始める。

弱みを見せまいと思っても、さすがに震えを抑えられなかった。

――この人、私になにをする気なのよ？　貴方の復讐と私は、まったく関係なくない？

ルリーシェは顔を伏せたままミーディンの話の続きを待つ。

「警護の薄い君の父上をさらった上で君を呼び出すつもりだったが、手間を省いてくれて助かった。アレクもまた屋敷に戻らなくなったようだし、やはりこの状況は、リシアが私に味方してくれているのだろうな」

——お父様をさらって私を呼び出す……？　良かった、お父様が無事で……。

唇を噛みしめるルリーシェに、ミーディンが言った。

「お前をできるだけ無残に殺し、夜のうちに王宮のそばに捨てる」

「どうして？　なんのために？」

恐怖にうわずりそうになる声でルリーシェは尋ねた。

「アレクはお前をずいぶんと気に入った様子だった。あの男が人前でお前を愛すると宣言し、ダンスまで踊るなんて……お前に惚れているんだな。だからアレクは復讐を忘れたんだ。復讐だけは忘れてほしくなかった、共に地獄で戦い抜く同士だと思っていたのに……だから私は、お前に消えてほしいと思った」

どこか焦点の合わない目でミーディンは言った。

——この人……本気で私を殺すつもりなの？

全身に鳥肌が立つ。だが、怯えていることを気取られては駄目だ。ルリーシェは努めて平然とミーディンに言い返した。

「なにか誤解があるようね。アレクと私はうまくいっていないわ。今だって別居中よ」

とぼけてみせたが、ミーディンの妙に熱を帯びた表情は変わらない。

「お前の意見などどうでもいい。アレクが変わるかどうか、ものは試しだ」

ものは試しで殺されるなんて冗談じゃない。だが、シュミーズ姿で縛られているルリーシェには抗う術がまるでないのだ。

どうすれば切り抜けられるのだろう。どんなに考えても答えが出てこない。

「私たちは王宮襲撃事件の関係者の命を全て刈り尽くすまで戦い続けねばならないんだ！アレクにもその義務がある！」

――なるほど、言ってることがおかしい上に最悪ね。これは……まずいかも……！

ますます身体が震えだし、ルリーシェは唇を噛んだ。

「さあ、この袋に入れ」

ミーディンが小脇に抱えていた布を投げ出した。かなり大きな防水布の袋のようだ。

「リシアが気に入っていた屋敷を汚されたくないんだ、入れ」

そのとき、乱暴な音を立てて部屋の扉が開けられる。

入ってきたのは、風体《ふうてい》の良くない三人組だった。

「なあ、お貴族様。さっきさらってきた女の子、ずいぶんと美人だったじゃん」

「お貴族様がなんかする前に、ちょっと俺たちに味見させてくんない？」

――こ、この声、さっき私に声をかけてきた男！

ルリーシェは身を固くして三人の顔を確認する。おそらくミーディンは、このごろつきたちを雇ってルリーシェをさらわせたのだ。

ミーディンはうるさそうに男たちを一喝した。

「下がれ、お前たちの仕事はこの女を王宮のそばに運ぶことだけだ！」

「うるせえなぁ」

「お貴族様よぉ、いつもの暗殺団に仕事を断られたから俺らを雇ったんだろうが？　俺らの他に頼る者がいないんだから大人しくしとけよ」

言いながら、男の一人がミーディンの横面を張り飛ばし、鳩尾《みぞおち》に蹴りを入れた。

「ぐぁ……っ！」

ミーディンが床に崩れ落ちる。

――まずい！

ルリーシェは身構えた。三人の男たちの手がこちらに伸びてくる。

「なぁ、誰が最初にヤる？」

下卑《げび》た言葉に歯を食いしばると同時に、身体が床に引き倒された。

縛られたせいで床と身体に挟まれた手がひどく痛む。

「ちっ、身体が浮いちまってる。この縛り方だと楽しめねえな」

男の一人がルリーシェを乱暴に引きずり起こして、縄をナイフで切った。

「縛る位置を変えようぜ」

歯を食いしばるルリーシェの両腕が頭の上に回される。その位置で手首を縛り直され、再び木の床に押し倒された。容赦なくシュミーズの裾をまくられ、両脚が開かれる。

「おおっ、いい脚だな」

脚の間に強引に割り込まれ、ルリーシェは嫌悪感で唇を噛む。手足を戒める三人の男の力は容赦なかった。痣ができるほどに掴まれて振りほどくことすらできない。

――嫌！　こんな奴らに……嫌……アレク……！

「俺が一番乗りだ」

汗臭い身体にのし掛かられ、ルリーシェの目に涙がにじんだ。

――そ、そういえば、ここは別邸だって言ってたわね？

とてつもない危機の中、不意にある考えがひらめく。

――可能性は少ないけど、思いっきり全力で騒げば、もしかしたら本邸の誰かに気付いてもらえるかも。どこまで大きな声が出せるのか、自分でも分からないけれど！

不潔な指に危ういところをまさぐられながら、ルリーシェは大きく息を吸う。

上げるべきは悲鳴ではない。上げるべきは……。

「火事よぉぉぉぉぉぉぉぉぉ！」

腹に力を入れ、ルリーシェは声を振り絞った。

自分の耳さえ破れそうな絶叫がほとばしる。

窓ガラスがビリビリと音を立てて震えた。

――やだっ……なにこの声……私こんなに大声出せるの!?

ルリーシェにのし掛かっていた男が驚いたように床にへたり込む。

「な……っ、なんだ、この女……っ！」

もう二人の男は耳を塞いでいる。

——ずっと生き恥だと思ってたけど、今はこの声に感謝！

ルリーシェは腹筋にさらに力を込め、全身全霊で声を張り上げた。

「火事！　別邸が燃えてる！　誰か、火事よぉぉぉぉぉぉっ！」

本当に人間か？　と自分でも疑わしくなるほどの大声が出た。男の一人はあまりの声の大きさに後ずさりしている。

「こ、この女の口を塞げ……！」

「すごい火ぃぃぃぃぃぃっ！　大変……もごっ……」

とうとう思い切り口を押さえつけられてしまった。息が苦しい。ルリーシェが必死でもがいたとき、床を転がっていたミーディンが必死のていで起き上がった。

「こ、ここで犯すのはやめろ……今の声で、本邸の人間が来る……っ……」

どうやら別邸と本邸はそれほど離れていないらしい。

「その女を殺して、袋に入れて外に運び出せ！」

ミーディンの指示に、ルリーシェの下着を剥こうとしていた男たちが顔を見合わせた。

「人がたくさん集まってくるなら、俺らは外に出ないほうがいいんじゃねえか？」

「そうだ、ここで固まってやり過ごそうぜ。火事じゃないって分かれば……」

男の言葉が終わらないうちに、すさまじい音を立てて窓ガラスが吹っ飛んだ。

全員がぎょっとしてカーテンが閉められていた窓を振り返る。

――はい……？

ルリーシェは自分の目を疑った。

窓から転がり込んできたのはアレクだったからだ。

「――えっ……？　なっ、なに……!?

アレクが立ち上がると同時に、キラキラとガラスの破片が撒き散らされる。

「な……っ！　ここは四階だぞ……ッ！」

驚愕するミーディンの声を無視し、アレクが叫んだ。

「ルリ！」

シュミーズをぼろぼろにされているルリーシェを見て、アレクが愕然《がくぜん》とした表情になる。

「あ……あ……ルリ……ルリ！」

「てっ、てめえは誰だ！　どうやって入ってきたぁッ！」

男たちが、突然四階の窓を突き破って飛び込んできたアレクから後ずさる。

アレクは目にも留まらぬ速さで男の一人に摑みかかった。

「んぎゃんっ！」

男の身体が錐《きり》もみのように回転しながら木の床に投げ出され、どうんと弾んだ。そして、ねじくれた変な姿勢で倒れ伏したまま動かなくなる。

「ひぃっ……化け物……！」

二人目の男がアレクに殴りかかったが、彼は苦もなくそれをかわす。男はアレクにすさまじい勢いで殴り返され、吹っ飛んで鼻と口から血を噴き出しながら倒れ伏した。

こちらもピクリとも動かない。二目と見られないほどにその顔は変形している。

──な、なんなの……アレク、なんでそんなに……強……。

ルリーシェの身体ががたがたと震え始める。なにが怖いって、夫が怖いのだ。

アレクの意味不明な強さはなんなのだろう。

「あ……や、やめ……」

最後に捕まったのは、ルリーシェを犯そうと脚の間に割り込んでいる男だった。

彼はアレクに襟首を摑まれ、そのまま引きずり起こされる。

「三つ数えたら首折るね。一……二……」

アレクがもう片方の手で男の顔を鷲づかみにし、地の底から湧き上がるような低い声で数を数え始めた。

「やめろ、やめ、ひぃ、いやだ、いやぁぁぁぁっ！」

「……ふん、ルリの前だから特別に優しくしてあげるよ」

そのまま男は割れた窓から『ぶん』という音と共に放り出された。すさまじい悲鳴とバキバキと枝の折れる音が聞こえ、どすんという重い音が聞こえた。

──なにを優しくしたのぉッ!?

アレクは捨てた男がどうなったかを確かめもせず、ルリーシェに駆け寄ってくる。

「ルリ！」

「ひっ!」

気付いたら恐怖のあまり涙が流れていた。

「ああ、ルリ、ごめんね、一人にしてごめん……」

アレクがぼろぼろに引きちぎられたシュミーズ姿のルリーシェににじり寄ってくる。

「ルリが、ルリが……どうしよう……僕はどうしたら……」

アレクは震える片手でナイフを取り出すと、ルリーシェの手首を縛る縄にあてて、さっと横に滑らせた。

その動作だけで、正確に縄が切れる。肌には傷一つ付いていない。

——もう、やだ……なんなのよ、そのナイフの使いこなしっぷり!

そう思ったとき、突然アレクの背後に人影が現れた。ミーディンだ。

彼は振り上げたなにかをアレクめがけて突き立てようとしている。

「あっ、あぶ……」

だがルリーシェが警告するまでもなかった。

アレクは振り向きざまに立ち上がると、ミーディンの手首をねじり上げて床に引き倒す。

ミーディンはうめき声を上げて、短剣を取り落とした。

「ねえ、ミーディン、どうしてルリをさらったの、ねえ……」

アレクは短剣を踏み折ると、腹ばいになったミーディンのそばにかがみ込んだ。

「僕はあんたのしていることを全部見逃してきただろう? なのに、どうしてルリに手を出した？　答えによっては今ここで殺すよ」

「そ、それは、私の台詞だ、エルギーニのしたことを簡単に許すなんて……！　復讐を諦めるような人間など、私は……ぐぁ……！」

前髪を鷲づかみにされ、無理やり顔を上げさせられたミーディンがうめき声を上げる。

「聞いたことに答えて。どうしてルリに手を出したんだよ」

別人のように冷酷な声だった。

――アレクじゃないみたい……これ……誰……？

ルリーシェはごくりとつばを呑み込む。ミーディンは不自然な姿勢でのけぞったまま、苦しげな声で答えた。

「王宮でのあの幸せそうな振る舞いはなんなんだ！　到底『全てを奪われた王子』とは思えなかったぞ！　お前は奪われる痛みを、苦しみを忘れたんだ。その女に惚れたからだろう？　つまらない女ごときのために、生涯を懸けるべき復讐を忘れるとは……ならばその女を殺せば、お前はまた……ウッ……」

アレクの水色の目が氷のような光を浮かべる。

「へえ、なるほど、僕に復讐心を忘れさせないためにしたのか。ルリを殺せば僕が悪魔になるとでも思った？　正解だったね。ほら」

アレクはピクリとも動かない男たちを顎でしゃくり、薄く笑って続けた。

「それに、僕がエルギーニへの復讐心を忘れたって？　忘れてる訳ないじゃん。死ぬまで絶対に忘れないよ。僕の気持ちを勝手に決めないでくれる？　ただ僕はエルギーニが『いなくなった』から、今後は貴族議会の意向を優先することに決めただけだ」

感情を感じさせない声でアレクが言う。

ルリーシェは息をすることも忘れて二人のやりとりに耳を澄ませた。

「最低なこと考えるんだね。二度とリシア姉様の夫なんて名乗るな、卑怯者《ひきょうもの》」

「な……なにを……」

「あんたを愛したリシア姉様の名前が汚れる、可哀想だ。だから今日をもって、二度と姉様の夫を名乗らないでくれ。それから、今度ルリになにかしたら僕があんたを殺す」

ミーディンは強引に顔を上げさせられた姿勢のままで悲痛な声を上げた。

「取り消せ！　私がリシアの夫にふさわしくないなどという世迷い言を取り消せ！」

「いや、取り消さない。あんたはルリに手を出した卑怯者だ。姉様が生きていたら、汚い行いに手を染めたあんたを許さないだろう」

ミーディンが茶色の目を見開く。

アレクは体勢を変えずに、淡々と続けた。

「姉様はあんたを尊敬してたよ。『私の婚約者は愛情深くて、貧しい子供たちや親のない子供たちへの支援を欠かさない立派な人だ』って、幼い僕にも分かるように何度も話してくれた。だけど、姉様が死んだあと、あんたは慈善事業を全部やめてしまったよね。復讐のため？　まあ、それならそれでいい。復讐したかったのは僕も同じだからさ。だけどル

リにまで手を出すなんて失望した。天国の姉様もあんたには失望してるだろう」

ミーディンはなにも言わない。

アレクは大きくため息をつくと、彼に告げた。

「姉様のお墓はこれから僕が守る。あんたは二度と近寄らないでくれ。あんたなんかに夫と名乗られたら、優しくて純粋だったリシア姉様が汚される」

言い終えたアレクはミーディンの頭の上に手を置いて、彼の顔をぐりぐりと床になすりつける。ミーディンがくぐもった悲鳴を上げた。

「ふざけるな！　私は今も変わらずリシアを愛しているんだ！」

「自分のしたことを省《かえり》みろ、馬鹿。もう手遅れだ」

「違う……私は……リシアぁ！」

ミーディンの悲鳴に泣き声が混じる。アレクはしばらくミーディンをいたぶったあと、すっと立ち上がってルリーシェの身体を抱き上げた。

「ひっ！」

「ルリ、帰ろう」

そう言うと、アレクは堂々と扉を出て歩き出す。ミーディンは倒れ伏したまま、身体を震わせていた。

——ああ……なんてこと……。

すれ違いかけた侍従姿の男が、アレクと、ぼろぼろに破られたシュミーズ姿のルリーシェを目にして、ぎょっとしたように立ち止まる。

「あ、あの、そちらのご令嬢はどうなさったんですか？　火事は？」

「彼女はミーディン・トルギアにさらわれ、暴行されかけたんだ。のちほどサンデオン公爵家として正式に抗議させてもらう。その書状を読んで状況を理解しろ」

冷ややかなアレクの回答に、声をかけてきた侍従が唖然とした表情で立ちすくむ。

アレクは周囲を見回し、一度ルリーシェを降ろした。そしてカーテンをすさまじい力で引きちぎると、それをルリーシェの身体に巻いて抱き上げ直す。

「あ、あの、アレク……」

「ごめんね、怖い思いをさせて。帰ろう」

「い、いや、さっきのなに？　なんであんなに喧嘩が強いの……いや、喧嘩っていうか、なんなの、あれ……」

アレクの暴れぶりを思い出し、怯えながらルリーシェは尋ねる。

「ごめん」

「い、いいえ、謝ってほしいんじゃなくて」

「……ねえ、ルリ。僕って普通に生きていけない人間って感じじゃない？　君に何度も怒られたとおり、やることなすこと人と違っておかしいしさ」

アレクにそう尋ねられ、ルリーシェは言葉を失った。その通りだと思ったからだ。

「僕、三年間も牢に繋がれていたのに死ななかったでしょ？　それは身体が人並み外れて頑丈だったからなんだって。丈夫な分、戦いにも向いていたんだってさ」

ルリーシェを抱えたまま、アレクが吐き捨てるように言う。

きっとアレクは、あんなに荒れ狂う自分の姿を見せたくなかったに違いない。どこか傷ついたような表情や口調から、はっきりとそのことが伝わってくる。

しかし、彼を擁護する言葉はなにも出てこなかった。

荒事に馴れていそうな男が三人もいて、なにも反撃できないままアレク一人にめちゃくちゃに潰されてしまったのだ。怖すぎる。普通ではない。

「ア、アレク……あの人たち、生きてるの……？」

「ルリがいたから刃物は使わなかったけど」

「そうじゃなくて、生きてるのかって聞いてるの」

「どうしてあんな奴らの心配するんだよ！　自分がなにをされたか分かってないのか⁉」

珍しく声を荒らげたアレクに、ルリーシェはやや声を落として言い返す。

「まだなにもされてないわ。貴方が来てくれなかったら、今頃ひどい目に遭わされていただろうけど」

「じゃあ君を汚したのと同じだ。僕が報復してなにが悪い？　……あの三人のうちの誰かは、運が良かったら生きてるんじゃないかな」

やはり手加減などしていなかったのだ。

明らかに首や手足がおかしな方向に曲がった男、顔が人間とは思えないほど陥没《かんぼつ》していた男、四階から投げ捨てられた男。

彼らは無事ではないのだと改めて認識し、恐怖に鳥肌が立つ。

「ああいうことしないでって前に頼んだわよね。貴方、公爵閣下なのよ。醜聞を起こしちゃ絶対に駄目なの！」

「君が命の危険に晒されていてもか？」

ルリーシェは震えながらも頷いた。

「ええ。今回の件は安全管理を怠った私の責任だもの」

「そんな約束は守れないね。君がなんと言おうと、僕は君を助ける」

アレクは吐き捨てるように言うと、黙りこくってしまった。

ルリーシェは唇を噛みしめる。

もう結婚生活は破綻《はたん》したのだ。勝手に家を出て『君と一緒にいたくない』なんて言い切ったアレクに救われても、素直に感謝できない。

あの言葉を思い出すたびに心と身体が痛くてたまらないのに。

「このカーテンを巻いたまま自分で歩くわ、裸足でもいいから降ろして」

ルリーシェは低い声でアレクに言った。

アレクは無言のままだ。

震え続けるルリーシェの身体では歩けないと判断しているのだろう。

ルリーシェはぐっと唇を噛んだ。

本当は自分でも分かっているからだ。

――たとえ大声で人を集められても、誰も私を助けてくれなかったかもしれない。もしかしたら、あの直後に、声を出さないように首を絞められていたかもしれない。私が自力で助かる可能性なんて、とても低かったはずだわ……。

アレクが来なかったら、あの汚い男たちに代わる代わる犯されて殺されていたかもしれないのだ。

――そんなの……嫌……！

自分の身に起きたことが、本当はたまらなく恐ろしい。

ルリーシェは身体を震わせながら自分に言い聞かせた。

――い、いつまでも怯えていては駄目よ、早く立ち直らなくちゃ……！

アレクはなにも言わず、屋敷に帰り着くまでルリーシェを抱いて歩き続けた。


屋敷に帰り着くと、アレクは駆け寄ってくる侍女たちを全員下がらせて、ルリーシェの身体をそっと寝室の寝台に降ろした。

巻かれたカーテンを取り除くと、ずたぼろになったシュミーズが露わになる。

足首にも手首にも紫色をした指の痕が残っていた。それを目にした瞬間、涙が溢れる。

――わ、私……生きてる……怖かった……！

ルリーシェはアレクに背を向け、膝を抱えて泣き声を押し殺した。

これまでなにをされても我慢してきた。どんなことも自分でなんとかできたはずなのに、今回の件はさすがに許容量を超えている。

獣に襲われて食い殺されかけたのと変わらない。

「ルリ、大丈夫？」

アレクの遠慮がちな声が聞こえる。

――どうして心配するの？　私を捨てて出て行ったのに！

ルリーシェは歯を食いしばる。こんなに痛めつけられて心身共に弱っていても、ルリーシェはまだアレクに対して怒りを抱いているのだ。自分の強情さが嫌になる。

『君と一緒にいたくない』

あの言葉を思い出すたびに悲しみと怒りで身体中がきしむ。

痛くて苦しくてたまらない。

――私は貴方と夫婦としてやっていけると思っていたのに、ばか……っ！

ルリーシェは顔を上げた。

「……どうして私を助けに来たの？」

かすれ声で尋ねると、途方に暮れたように寝台に座っていたアレクが振り返る。

「助けに行くのは当たり前だろ？」

「どうして？」

とげのある声でルリーシェは尋ねた。

「君の大きな声が聞こえて良かった。トルギア侯爵邸に連れ去られたことまでは分かったんだけど、君がどの部屋にいるのか当初は見当もつかなかったんだ」

「そんなこと聞いてないでしょう!? どうして助けに来たのか聞いてるのよ!」

声を張り上げたルリーシェに、アレクが小さな声で言った。

「……てる……から……」

まったく聞こえない。

「もっとはっきり言って、全然聞こえないわ」

「……愛してるからだ。愛してるからずっと君に監視を付けていたし、さらわれたと聞いて死にそうな思いで探しに行った」

今更なにを、と眉をつり上げたルリーシェに、アレクが言った。

「あんな奴らに君が触られていて、気が狂うほど怖くて悔しかった。だから僕は、君に触れたあいつらを潰したんだ」

アレクの表情はひどく落ち込み、傷ついているように見えた。

「私に向かって『一緒にいたくない』って言ったの、誰だったかしら」

冷たいルリーシェの声に、アレクの目にみるみる涙が盛り上がる。

——な、なによ……なんでアレクが泣くの？ 自分で言ったことでしょ……？

「僕だ」

「それなら、どうして今更『愛してる』なんて言えるの？　私……私は、貴方の言葉に本気で傷ついたんだから！」

「だって、本当に君と一緒にはいられないんだよ！　君が危ない、僕といると君が天国に連れて行かれるかもしれないから！」

――えっ？　なに、天国？　えっ……？

脈絡のない単語の羅列に、ルリーシェの涙がぴたりと止まった。

話が突然理解できなくなったのだが、気のせいだろうか。

硬直するルリーシェにアレクは言った。

「君も知ってのとおり、僕はまともな大人になれなかった人間だ。人間じゃなくて『人殺し』になってしまったんだよ。どんな人間か今日よく分かっただろう？　だから母上が、失敗作の僕を、君と一緒に天国に連れて行くって仰っているんだ」

アレクの白い頬に涙が伝う。

――え？　なに？　母上……？　突然なんの話……？

本気でなんのことか分からず、ルリーシェは意地も怒りも忘れて尋ね返す。

「ごめんなさい、話がよく分からないの。もう少し詳しく教えて？」

「母上が仰ったんだ。ルリと離れたくないなら、ルリも一緒に天国に連れて行くって。僕の汚い手じゃルリを守れないんだよ！　守れない……君は真っ白なのに僕の手は汚くて、ぐちゃぐちゃで……こんな僕だから母上は駄目だと仰っているんだ……」

ルリーシェは無意識に首を横に振っていた。

——言ってることが完全におかしいわ、アレク……。

本気で亡くなった母君と話したと信じているのだとしたら、それは幻覚だ。手だって別にアレクが言うようには汚れていない。

アレクは変な薬でも飲んだのだろうか。だとしたら今すぐ彼を諌《いさ》めなければ。

「お母様といつどこでお話ししたの？　そのとき何か食べたり飲んだりした？」

「夢で話したんだ……夢の中で……」

形の良い顎から涙を滴らせてアレクが言う。

——あっ、良かった、危ないお薬のせいじゃなさそうね。

やや安堵つつ、ルリーシェは言った。

「でも、それってただの夢でしょう？」

アレクが本気で泣いているのは伝わってくる。しかし申し訳ないが、ルリーシェとしては『なにを言っているのかな？』という気持ちでいっぱいだ。

「いや、母上は本当にそう思っておられるんだ、間違いない。命がけで守った僕が、復讐のことしか考えずに、人生の大半をただ血にまみれて生きてきた……そのせいで悲しんでいらっしゃる。もうこれ以上そんなふうに生きていくなと仰っているんだ」

「それってアレクの想像よね？」

「いや、母上はそう思っていらっしゃる、間違いない」

アレクの答えに、ルリーシェは大きなため息をついた。

「貴方のお母様が考えてることなんて、分かる訳ないじゃない」

「どうしてルリに断言できるの？」

「だって、死んだ人と話すことはできないわ」

死後の世界の有無は知らないが、生きている自分たちは、死んだ人とは喋れない。

たまに『喋れる』と断言する人がいるが、そういう人にお金を払うと、きりがなくてあっという間に大枚を吸い取られてしまうのだ。

村の人が霊媒師にはまってしまい、何度か大問題になったから知っている。

自慢ではないが、ルリーシェは人が貧乏になる話には詳しい。

これ以上貧乏になるのを防ぐためにたくさん勉強したからだ。

ルリーシェは村でお金がらみの大騒ぎが起きるたびに、集会所の壁に耳を押しつけ、聞こえてくる大人たちの話を頭に叩き込んできた。

霊媒師がらみの話は、その中でもわりとよく聞いた詐欺話だ。

「そんなの分からないじゃないか。証明できないだろう？」

しかしアレクも譲らない。彼としては本気で母親と喋ったつもりでいるのだ。

――アレクも霊媒師にお金払っちゃう人なのかしら？　だとしたらホントに危なっかしいわ。これからはちゃんと私が……って、あれ？

なぜ今『アレクのことは私が見張ってなくちゃ』なんて思ってしまったのだろう。

我ながら甘すぎる。こんなにすぐに相手を許す女ではないはずなのに。

——私ったら『アレクに嫌われた訳じゃなかった』って思っただけで……駄目よ！　もう少し厳しくしなきゃ！

自分にそう言い聞かせつつ、ルリーシェは冷ややかに言う。

「幽霊が見える系の話は、基本『詐欺』って考えたほうがいいわよ」

「でももし、本当に母上がそう考えていらっしゃったらどうする？　僕と一緒に君まで連れて行こうとしていたら？　もしそうなら、僕は到底君のそばになんていられない」

アレクの声ははっきりと怯えを含んで聞こえた。

——ああ、アレクの中では本当のことなんだな。霊媒師に騙された村の人と同じね。

ルリーシェは大きくため息をついて口を開いた。

この話は一生誰にもしたくなかったのだが、仕方がない。

「その夢はアレクの頭が作った夢よ、私、多分証明できるわ」

「ルリ……？」

アレクが驚いたように、ルリーシェの目を見つめた。

涙で濡れた美しい顔を見据え、ルリーシェは正直に答える。

「あのね、恥を忍んで言うけれど、私、お母様に迎えに来てほしいと思ったことがあるの。こんなに生意気で強気な私にだって、そういう時期があったのよ」

自分の弱みを人に見せるのは嫌だが、仕方がない。そうしなければアレクを説得できそうにないからだ。

「私ね、お母様の夢を一度も見たことがないの、本当に一度も」

ルリーシェは俯いたまま拳をぎゅっと握る。

「お父様が本当に頼りにならなくて、食べるものもなくて、借金取りに頬を叩かれたりして、毎日が辛くて……それで私ね、何年か前に、旅の商人から『死んだ人と夢の中で話せる』というお札を買ってしまったの。食費を三日分も使い込んで」

「えっ、ルっ、ルリが？」

アレクの声が裏返る。そんなに驚かなくてもいいのに、と思いながら、ルリーシェは頷いて話を続けた。

「そう。一度も夢に出てきてくれないお母様に『迎えに来て、私とお父様を天国に連れて行って』って頼もうと思ったの。でもやっぱりお札は偽物で、夢の中でお母様とは話せなかったわ。そのとき大事なことに気付いたのよ」

アレクは身じろぎもせずにルリーシェの話に聞き入っている。

「夢にお母様が出てこないのは、私がお母様の顔を知らないからなんだ、って。お母様が亡くなったのは私が二歳のときだし、絵姿も一枚も残っていない。顔を覚えていないから、お母様の夢を見られないの。夢は自分の頭が作り出すものなんだってそのときに分かったわ。食費三日分と引き換えにね」

言い終えたらなんだか涙が出てきた。

あのときは本気だったのだ。今のアレクもきっと本気なのだろう。

けれどアレクの夢に出てくる母は、彼の心の中にある罪悪感や苦しみ、思慕や愛情に、記憶の母の顔を貼り付けたものなのだ。

「僕の夢は、僕の頭が勝手に作ったものだって言いたいの？」

「そうね。多分そう。お母様は私のことを『宝物』って呼んでいたのですって。本当に愛して大切に可愛がってくださったと聞いたわ。それでもお母様は私の夢には出てきてくれない。なぜだか分かる？　亡くなった人と話すのは不可能なことだからよ」

ルリーシェは次から次に溢れてくる涙を拭う。

「貴方が辛い夢を見たのは分かった。私にひどいことを言ったのもそのせいなんだって理解したわ。でも、私たちのお母様は夢の中じゃなく、別のところにいるはずよ」

アレクがそっと抱きしめてくる。

ルリーシェは抗わずに、その腕に身を委ねた。

「貴方のお母様は、貴方の命を守ってくださった人でしょう？　そんなに大事にしていた貴方を一方的に天国に連れ去ったりするはずがないわ」

アレクはルリーシェを抱きしめたまま動かない。

——人の話、聞いてる？　真面目に話しているのに。

もぞもぞと動いて顔を上げると、アレクと目が合った。彼は疲れたようにため息をつき、小さな声でルリーシェに尋ねてきた。

「母上は、こんなふうになった僕を許してくださるんだろうか？」

「許してくれるわよ。どんな生き方だろうと、貴方が生きていてくれるなら」

「どうして？　どうしてルリはそんなふうに言い切れるの？」

ルリーシェは少し考え、洟《はな》を啜って答えた。

「だってアレクは『生きてほしい』っていうお母様の願いを叶え続けているもの」

「でも、それは、本当にいいことだったのかな……僕は自分が生きるためとはいえ、たくさんの人を殺してしまったのに」

アレクの葛藤が伝わってくる。だがルリーシェは言わずにはいられなかった。

「いい悪いじゃなく、野生の動物と一緒よ。貴方は自分を殺しにくる怖い動物を全部やっつけて、勝ち抜いて生きてきたんでしょう？　自分でそう言っていたじゃないの。それならそれで正しいと思うわ」

「なにが正しいの？」

さらに問われて、ルリーシェの頬に熱い血が集まる。

そこまで答えさせられるとは思っていなかったからだ。

「……えっと……私にとっては、アレクが今生きていることが正しいの」

ごにょごにょと誤魔化したが、アレクの耳は誤魔化せなかったようだ。

「それは、僕が生きてると嬉しいって意味かな？」

はっきりと聞かれ、ルリーシェはこれ以上ないほど赤面して答えた。

「ま、まあ……そういうことよ」

アレクは真っ赤になったルリーシェを抱きかかえたまま、なにも答えない。

――なにか言いなさいよ。恥ずかしいでしょ。

しばしの沈黙のあと、アレクが疲れた声で言う。

「僕、昔から変な夢を本当によく見るんだけど、最近特にひどくて、もうくたくたに疲れちゃって、なにが現実で正しいことなのか分からなくなっていたんだ……ごめんね、ルリ」

腕の中からアレクの顔を見上げ、ルリーシェは瞬きする。

たしかに少し顔色が悪い。王宮に行く前夜もとてもうなされていたことを思い出す。

「そう……夢見が悪いと眠れないし、辛いわよね」

「うん」

アレクは短く返事をすると、もう一度ルリーシェをぎゅっと抱きしめた。

腕の中に包み込まれたまま、ルリーシェは言う。

「怖い夢を見たときは、一人で思い悩まないで全部私に言いなさい」

「そうする、今度からは全部君に話すよ」

「どんな話でも、貴方の話ならちゃんと聞いて付き合うわ。だからもう勝手に出て行かないでよね。こ、こう見えても心配してたんだから！」

「ああ……ルリ……」

アレクの腕の力が強まる。

ルリーシェはやるせない気持ちで大きく息を吐き出した。

――アレクの見る夢って、きっと辛い夢が多いのでしょうね。私はお母様に会えないだけだけれど、アレクは……。

考えるだけで途方に暮れそうになる。

思えば、アレクの過去に向き合おうと思ったのは今日が初めてだ。

結婚してから今までずっと『アレクの辛い過去の話には触れないようにしよう』と考えていた。

それが悪かったのかもしれない。

無視していいほどアレクの過去は軽いものではなかったのに。

――アレク、貴方はどんな思いで今まで生きてきたの？　あんなに怪物みたいに強くなるまで、復讐のために腕を磨き続けてきたなんて……。

ルリーシェはアレクの背にそっと腕を回す。

ミーディンとアレクが交わしていた会話を思い出した。

王宮襲撃事件の爪痕は深すぎる。エルギーニは、多くの人の人生を根っこから破壊してしまったのだ。どの人が味わった悲しみも深すぎて、重すぎて、到底ルリーシェには『分かる』と言えなかった。

――アレクが味わったような地獄を、私は知らない。だから私の無神経さが、これからアレクを傷つけるかもしれない。それに、アレクの心の傷が理解できなくて、今回みたいにすれ違うことだってあるかもしれないわ。

それでも諦めずに寄り添っていくことが『妻のつとめ』なのだろう。

絶対に苦労が尽きないに決まっている。

やはり簡単に返してもらえる借金などないのだ。

――そうよ。借金を返していただく代わりに、これからもずっとアレクの奥さんとして頑張らなきゃだめなのよ、私は！

大義名分を得てようやくほっとした。

素直に『アレクと一緒にいたい』と言えない意地っ張りぶりが我ながら切ない。

「貴方の奥さんでいるの、大変だわ」

しみじみ言うと、アレクが慌てたように身体を離した。

「そんなこと言わないで！　僕はずっとルリのこと大事にするよ、君を二十四時間見守り続けるから安心して。君のことなら何時間でも物陰から見ていられるから」

「頼んでないでしょ、絶対に覗き見なんてやめて」

ぷいと顔を背けると、急に頬に口づけされた。

「なにするの！」

真っ赤な顔で振り返ると、アレクが淡く微笑んでいる。今日初めてアレクの笑顔を見たと気付き、ルリーシェの思い切りしかめた顔もついつい緩んでしまう。

「やっぱりルリって、僕のこと大好きなんだね。僕もだよ。僕は君を愛している」

「あっ、貴方って本当に自信過剰ね！」

ルリーシェは視線を泳がせながら強がってみせた。愛していると言われて嬉しい。嬉しいのに、なぜこんな反応をしてしまうのか。この可愛げのなさが自分でも悔しい。

「……すごくよく分かった。僕は君から愛されているんだ、ありがとう、ルリ」

アレクの言葉に、ますますルリーシェは赤くなる。

「わ、わ、分かれば……いいのよ……」

ルリーシェはアレクを抱きしめ返し、わざと高飛車に言い返した。

夫が帰ってきてくれたくらいで、浮かれてなんかいない。『公爵夫人としての任務』を無事遂行できるから安心しているだけだ。

そう思いながらも、ルリーシェの頬の火照りはずっと引かないままだった。

◆

その日夢に見た日記帳は、真っ白な表紙だった。

アレクはしばらく腕組みをしたのちに、表紙をめくってみる。

珍しく章題のようなページが付いている。

そこにはただ『或る王の死』とだけ書かれていた。

――あの夢か。

アレクは大きくため息をつく。

生涯、誰にも語るつもりはなかった話だ。

知っているのもザクラートくらいだろうか。

二十歳になってすぐ、アレクは芝居小屋の屋根から、道路を挟んで向かいの宿の屋根まで飛び移れるようになった。

王宮のとある桟《さん》から露台へと飛び移るのと同じ距離だ。

その距離を飛べるようになり、ようやく王の寝室へ向かう安全な経路が確保できたので、アレクはエルギーニ殺しを決行した。

さすがに王宮の警備は堅く、気を抜けば姿が見つかりかねなかった。

アレクは目立つ髪を黒く染め、黒ずくめの服を着てエルギーニの寝室に侵入した。

そこで、死にかけているエルギーニと、床にへたり込む王太子を見つけたのだ。

憎きかの敵は、実の息子の手にかかり、口から泡を吹いて寝台の中で身もだえていた。

多少驚いたことは否めない。『こんなこと』が同時に起きるなんて、天の采配《さいはい》も皮肉なものだと思った。

アレクは寝台の傍らで腰を抜かしている王太子に尋ねた。

「毒を使ったのか？」

王太子は腰を抜かしたまま答えない。彼の手首や顔には青黒い痣が浮かんでいた。おそらく全身殴られた痕だらけなのだろう。

エルギーニが、愛人に産ませた唯一の息子を虐待しているとの噂は事実だったらしい。

「毒を使ったのかと聞いている」

震え続けている王太子が、はっと我に返り、アレクを振り返って頷いた。

「なぜこの部屋に誰も来ない？」

「こ、この部屋に入ってすぐ、呼び鈴の舌《ぜつ》を抜いた、振っても鳴らないように……」

「それだけじゃないだろう、貴方には協力者がいる。だから誰も入ってこないんだ」

王太子はアレクの言葉に震えあがり、悲鳴のような声で言った。

「誰にも協力なんてしてもらってない。父上を殺したのは僕だ、僕が犯人なんだ！」

――なるほど、侍従長も近衛隊長も、皆この王太子の味方という訳か。暴虐な手を使って奪った王位から、お前は拒まれたんだな……エルギーニ。

アレクはゆっくりとエルギーニを振り返る。

手が赤黒く腫れ上がっていた。毒を仕込んだ武器がかすったのだろう。その毒がエルギーニを殺そうとしているのだ。

――いや、あの程度では回復するかもな、残念ながら。そして復活後は、この王太子殿下がどのような目に遭わされることやら。

アレクは冷ややかな視線をエルギーニに注ぎながら口を開く。

「僕が確実にとどめを刺していいか？」

王太子が『え？』と間抜けな声を上げる。アレクは次の答えを待たず、呼吸困難でもがくエルギーニの心臓めがけて深々とナイフを突き立てた。

「あ……ああっ……！」

アレクの容赦のない行いに、再び王太子が震え出す。

「父親に呼ばれて部屋を訪れたら、すでに刺されて息絶えていたと言え。この状況ならなんとでも言い逃れできる」

「待ってくれ、君は誰なんだ？　まさかその水色の目、あっ……」

アレクは答えずに窓から身を躍らせた。

エルギーニは生まれながらに王位を約束されたアレクの父に嫉妬し、自分が王座についたらどうなるのか、執拗に知りたがっていたという。

『従兄弟同士なのに、国王と私にどれほどの差があるというのか』

エルギーニは、華やかで誰からも愛されていたアレクの父に、歪んだ憧れを抱いていた。だから大罪を犯して『アレクの父と同じもの』になろうとしたのだ。

――王になって、父上と同じ存在になれたと思ったのかな？

アレクは亡き父に生き写しの己の顔を撫でた。

エルギーニはこの顔をした人間に『執着』していた。

そしてこの顔をした人間と同じように『輝きたい』と熱望していたのだ。

エルギーニはことあるごとに、こう漏らしていたという。

『前王が過剰に評価されているのは、あの美しい容姿のせいだ』

『なぜ国民は、王である私ではなく、未だに前王を慕い続けるのか』

『美しかった前陛下、輝かしかった前陛下……国民は王の顔しか見ていないのか！　私を評価しろ、実力を示したこの私を！』

『前王と同じ顔のアレクセイ王子が目障りでたまらぬ……！』

王太子は歪んだエルギーニの鬱憤《うっぷん》晴らしの道具だった。

平凡で引っ込み思案な彼は、高級娼婦だった母親が行方をくらましたあとにエルギーニに引き取られたという。

理由は『抱いた女が産んだ子の中で、一番派手な目鼻立ちをしているから』だ。

――結局エルギーニはなにに振り回されていたんだろう。容貌？　名声？　多くの人からかけがえのないものを奪っておきながら、自分自身が虚ろな穴のような存在だったな。

エルギーニは臣下にも侍従たちにも、理不尽なほどに厳しい王だったと聞く。

彼の異常なまでの統制欲は、いつしか部下たちの翻心をも招いていたに違いない。

貴族議会は国内の混乱を避けるため、エルギーニの死を『自然死』と発表するだろう。

ダクストン大公は、国民から『穏やかな閣下』『人のいい大公様』と呼ばれているが、政治的な判断は誤らない男だ。

――ああ見えて、腹の底が知れない方だからね。僕の『義父上』は……。

エルギーニ王の『殺害』は大公の手で完璧に隠蔽される。そして彼の遺体は専門家により修復され、『病死した王』として葬儀の棺に横たえられるに違いない。

次に王になるのはあの王太子。自分や周囲に対する父王からの暴力に耐えきれず、苦しみの根を絶とうと決めた若者だ。

貴族議会は『大人しい操り人形を得られた』と快哉《かいさい》を叫ぶだろう。

——僕は王位なんか、別にどうでもいい……。

こうしてアレクの長い長い復讐は終わった。

エルギーニから送りつけられる刺客は、その日以来ぱたりと途絶え『復讐を遂げた』という事実がアレクの中に刻まれた。

……それだけだった。

——父様も、母様も、兄様も、姉様も、もういない。僕の家族は戻らない。何回エルギーニを殺しても……絶対に取り戻せないんだ……。

自分が『殺せるようになる』ために費やしてきた長く苦しい年月は、いったいなんだったのだろう。

エルギーニの息の根を止めて、改めて思い知った。この悲しみは癒やされない。大いなる救済など、アレクの人生には永遠に訪れないのだと。

——だとしたら僕は、この先なにを希望に生きていけばいいんだろう……。

そのとき、背後で声が聞こえた。

『生きていればどうにかなるわ』

あっけらかんとしたよく通る声。振り返ろうとしたアレクの背中に、ほっそりした女がしがみついてくる。ルリーシェだ。美しい金の髪が視界の端で揺れた。

――現実の君はこんなふうに僕に抱きついてくれないけどね。恥ずかしがり屋だから。

アレクは強ばっていた顔に笑みを浮かべる。

『そうだね……そうかも……僕はこれからどうしよう？』

日記帳は『或る王の死』と書かれたページで止まったままだ。

『これからしたいことを、この日記に書いたらどう？』

ルリーシェの声と同時に、真っ白なページが開かれた。

なにも書かれていない日記帳を見るのは初めてだ。立ち尽くすアレクを抱いたまま、ルリーシェは明るい声で言った。

『なにか書いてみて』

アレクの手の中にペンが現れる。

『なんでもいいから、さあ』

愛する妻の声に促され、アレクは震える手で、なにもないページにペンを走らせた。

アレクの心からの願いは、一つしかない。

『ルリと一緒にいたい。お互いの髪が白くなっても、ずっと一緒にいたい』

――君は……君だけは……失いたくないんだ……ルリ……。

書き終えた刹那、あたりがまぶしくなった。

日記帳が消え、闇が消えて、アレクはゆっくりと目を開ける。すぐ隣でルリーシェがすやすやと寝息を立てていた。

ルリーシェの目の下にクマがある。

こんなにくたびれた彼女は初めて見た。

自分がルリーシェを深く悲しませたことを改めて実感する。

ルリーシェはアレクを待っていてくれた。探しに来てくれた。過ちだらけのアレクを受け入れてくれた。こんなに尊い存在は他にいない。

彼女はアレクの闇を照らしてくれる、たった一つの尊い光だ。

一生を懸けて探しても、きっとルリーシェより愛しい存在には出会えないだろう。

――傷つけてごめんね、ルリ。

家族を失ってから結婚させられるまで、自分が希望を抱くなんて思ってもいなかった。

けれど今は違う。

ルリーシェがいてくれたから、アレクは『変わる』ことができたのだ。

「うぅ……アレクの時給も……教えて……」

今夜のルリーシェはいったいどんな夢を見ているのだろう。寝言が多い彼女が好きだ。可愛い。微笑ましくてずっと見ていられる。

アレクは手を伸ばし、艶やかな金の髪の一房を手に取って、優しく口づけた。

そのとき、視界の端に白い影が揺れる。

——誰だ？

そこに立っていたのは、質素なドレス姿の母だった。優しい微笑みを浮かべた母は、アレクを見つめ、次にルリーシェを見つめると、嬉しそうに頷いた。

母の唇がアレクに向けて動く。だが声は聞こえない。

『しあわせにね』と唇だけで何度も繰り返すと、母は涙をためた目でもう一度微笑んだ。

——母上！

思わず身体を起こすと、母の姿はすうっと消えた。

アレクは呆然と母が消えた薄闇に目をこらす。

——ルリ……あの……今の母上も、僕の頭が作ったものなのかな……？

信じられない思いで、アレクは何度も瞬きを繰り返す。

——今のは僕の願望なんだ、きっと……だけど……。

もしそうだとしても、嬉しかった。母が伝えてくれた言葉は、母自身の本当の気持ちだろうと心の底から思えたからだ。

アレクは幸せになりたいと思っている。

一人だけ生き残ってしまったあの日以降、初めて、本気でそう思っている。

『どんな話でも、貴方の話ならちゃんと聞いて付き合うわ』

そんなふうに言ってくれる人が今のアレクにはいる。ずっと彼女を守りたい。ずっと彼女のそばにいたい。一秒でも長く、ずっと。

きっと母は今頃どこかで、生まれ変わろうとしているアレクを応援してくれているはずだ。

――母上、僕はもう一度……生き直します……。

◆

アレクの家出騒動があってから一ヶ月後……。

あの日以降、彼が黙って姿を消すことはなくなった。

大公夫妻は『アレクがこんなに長い間家にいて執務までこなしているなんて、人が変わったかのようだ』『ちゃんとした服を着ている』と喜びの涙を流している。

――これまでが問題児すぎたからって、なにをしても褒められてうらやましいわ。アレクって閣下ご夫妻にものすごく愛されてるわよね？

今では、もう大きな事件は起きていない。

盗人とおぼしき人間が通用口でぐるぐる巻きにされているのが発見されたり、数匹の猫が首にリボンを巻かれて、屋敷の中を走り回っていたりする程度だ。

一連の事件の犯人はアレクと分かっているし、サンデオン公爵家は平和である。強いて言うなら、来客に男性がいるとアレクが若干挙動不審になるのが悩みだろうか。

それもアレクがお客様に慣れていないだけだから、時間が解決してくれるだろう。

「貴方は偉いわね、猫さん用のお手洗いの場所もすぐ覚えて。いい子ね」

ルリーシェは抱いている白い子猫にそう話しかけると、鼻に口づけして床に降ろした。

子猫は一目散に世話係の侍女のもとへと走っていく。

「では奥様、猫ちゃまたちは朝までお預かりいたしますわ」

猫好きの侍女はそう言うと、子猫を抱いて去って行った。

――アレクって動物が好きね。次から次に猫を拾ってくるけど、あまり巨大な生き物は拾ってこないように言っておかなくちゃ。

ルリーシェはため息をついて、湯上がりの磨き上げられた肌を撫でた。

――ミーディン卿は、いつか立ち直られるのかしら……。

先日聞いた話を思い出すと、なんとも言えない気持ちになる。

アレクは『今回の件を強く抗議して、正式に姉様の墓の管理権をサンデオン公爵家名義に変更してもらった。二度と姉様の墓に近づけないことがミーディンにとって最大の罰だ。今度あいつが君になにかしたら僕が手を下す』と言っていた。

ルリーシェもそれ以上厳しい断罪は望んでいない。エルギーニによって人生を破壊されたミーディンに、これ以上の罰を受けさせようとはどうしても思えないからだ。

ただ、ミーディンに生き直してほしいと思う。

アレクと同じ苦しみを味わった、妻と我が子を無残に奪われた彼に、どうかもう一度生き直すきっかけがあってほしい、と思う。

——私が甘いのかもしれないけれど、昔の、リシア様を失う前のミーディン卿に戻ってくだされればいいな。そしていつか、アレクが彼を許せるといい。それが一番、アレクのお姉様が喜んでくださる未来だと思うから。

ミーディンに対して望むことは、それ以外にない。

それと、実は悩みはまだ一つある。一ヶ月前にルリーシェがさらわれた事件以降、アレクが一度も抱いてくれなくなったことだ。

『ルリは男に怖い目に遭わされたから、落ち着くまでしない』とアレクは言ってくれたが、正直言うとここ数日は夫を襲いたくなってきている。しかし、若干ためらいがあるのと、襲い方がよく分からないので実行に及んでいなかっただけだ。

——よし、夫を襲う方法を調べてみよう。

ルリーシェは周囲の様子を窺うと、本棚からそっと『閨の手引書』を取り出した。

——なるほど、なるほどね。本当に詳しくてすごい本。

後ろのほうのページには応用編が書かれている。

今回のような場合は、妻のほうから前触れなく『してあげる』のがいいらしい。

——大胆だわ……！　さっそく試してみよう。アレクは怒らないかな？　基本的になにをしても怒らないから大丈夫よね？

そのときかすかな音と共に扉が開き、アレクが姿を現した。ルリーシェは何事もなかったかのように本を棚に戻すと、笑顔でアレクを振り返る。

「お帰りなさい、アレク。貴方もそろそろ休む？」

「さっきの、君と布問屋の男が三十五分二十七秒も会話していたことなんだけど、あの男、絶対君のことを気に入っていたよね……お美しいって三回も言ってたもんね」

——大口顧客の妻へのお世辞に対して、本気で妬いてどうするの？

話の後半を無視してルリーシェは答えた。

「カーテンならもう決まったわ。淡い上品な銀色の生地に、水色のタッセルを合わせたの。問屋の大旦那様が、自ら職人さんに特別発注してくださるそうよ」

言い終えたルリーシェは、背伸びをしてアレクの頬に口づけた。

深刻な顔をしていたアレクが、たちまち優しい笑みを浮かべる。文句があったようだが、とりあえず今の接吻で忘れたようだ。良かった。

「今日はずいぶん僕に甘いね、どうしたの？」

どうしたもこうしたも、これから襲うのだ。ルリーシェはにっこり笑うと、本に書いてあったことを参考に、今度は唇に口づけをした。

「ル……」

絶句するアレクの舌を勇気を出して優しく舐める。

——うーん……何往復くらい舐めればいいのかな？

何度も舐めているがアレクは戸惑ったように動かない。

——あ、あれ？　反応がない。舐めすぎちゃったかな？

しかしここでやめたらただの変な人になってしまう。ルリーシェは背伸びをしたままアレクに囁きかけた。

「口を開けて、舌を舐めたいの」

本の通りに進めているが、我ながら稚拙《ちせつ》すぎたかもと思った刹那、アレクの腕が身体に回される。驚く間もなくルリーシェの身体は寝台に組み伏せられていた。

——ん？　私、いつの間に運ばれたの？

目を点にしているルリーシェの脚の間にアレクの身体が割り込んでくる。

「もう僕のこと怖くないの？」

「心配してくれてありがとう。私はもう大丈……」

答えている間に、身体からするっと寝間着が剝がれていった。いつの間にか全てのボタンを外され帯も解かれていたようだ。毎度ながら魔法のようだと思う。

「って……ぬ……脱がすの……速すぎ……」

「だって、久しぶりにルリとできるの、嬉しすぎて」

寝間着の下は腰ばき一枚の姿だ。

その最後の一枚も身体から抜き取ると、アレクは綺麗に刺繡《ししゅう》された上着と白いシャツ、ズボンをあっという間に脱ぎ捨ててルリーシェを背中から抱きしめた。

「なっ、何してるの？」

普通に押し倒されると思っていたルリーシェの身体はそのまま横倒しにされる。

右を下にした側臥位《そくがい》になったとき、寝台の脇に置いた鏡に気付いた。

アレクに『寝癖は朝起きてすぐ確認してね』と教えるために引っ張ってきた鏡台だ。

ちょうど太腿と、和毛に包まれた鼠径部《そけいぶ》、へそのあたりまでが映し出されている。

――え……や……やだ……なにこれ……？

ルリーシェが戸惑っていると、アレクの手が背後から伸びてくる。お尻のすぐ下に差し込まれた指が、秘めた割れ目に触れた。

「ねえルリ、左膝を立てて、脚を開いて」

「な……なに……？」

訳が分からずに尋ねると、アレクがあられのない言葉で教えてくれた。

「股を開いてくれる？　僕があそこに触れるように手伝ってほしいんだ」

淫靡な命令に、身体中が熱くなる。ルリーシェはゆっくりと脚を開き、言われたとおりに秘部を晒した。

「んっ」

一ヶ月ぶりに、その場所に刺激を感じた。アレクは秘裂を繰り返し指で擦ると、その端にある小さな突起を軽く押す。

下腹にある器官がきゅんと疼いて、ルリーシェは思わずシーツを握りしめた。

「嬉しい、すごく触りたかったんだ。今日は見ながらいやらしいことしようよ」

「見るって、何を？」

アレクの指はゆっくりと淫孔の奥へと入っていく。浅い場所をかき回されるたびに、襞が湿り気を帯び、開いている左脚がびくん、びくんと揺れた。

「僕のあれが、ルリのここに入ってるところを鏡で見てほしいんだ」

——なんですって？

羞恥のあまり身体がますます火照る。むき出しの乳房の先端が、これからされることを想像した拍子に硬くなり、ぷくりと立ち上がった。

「ルリの中、すごいとろとろ。ルリも僕としたかったの？」

そうです、とも言えず、ルリーシェは乱れ始めた息を誤魔化して答える。

「別に、別にそんなんじゃ、あ……」

「じゃあなんで急に口づけしてくれたの？」

「それは、それは、んんっ！」

正直に言え、とばかりにますます強く中を指の腹で撫でられた。

「ここ、ざらざらしてて気持ちいいんだ、知ってた？」

「やっ、やだっ、そこ……っ、あぁん……」

腹の内側を執拗に擦られて、淫蜜が溢れていく。

アレクの指はますます奥に忍び込み、ちゅくちゅくと粘着質な音を立ててルリーシェの蜜路を押し開く。

「ルリの中、温かくて大好き。身体中敏感で全部可愛い」

頭の後ろでアレクの声が聞こえた。

腰のあたりに硬くて熱いものが当たっているのが分かる。

ルリーシェは開いた脚を揺らしながら、抜き差しされる指からの快感に耐えた。

「い……っ……挿れたいなら、挿れていいわよ」

指でされただけで、口の端に涎が滲んでいた。

溢れた蜜が、アレクの手や、和毛や、腿のあたりを濡らしているのが分かる。ルリーシェの身体は今すぐアレクを貪りたいと言っているのだ。

焦れったい、早くアレクと繋がりたい、と。

「そう？　じゃあそうする」

アレクの声が弾む。同時に淫窟をもてあそんでいた指がずるりと抜け、その手がルリーシェの左脚に伸びる。

膝裏に手を掛けると、一気に脚を持ち上げ、大きく開かせた。

「ほ……ほんとに……こんな姿勢で……」

鏡に映し出された和毛にはいくつもの雫が散っている。

「ルリが手で押さえて入れて」

アレクの肉杭が脚の間に差し入れられた。ルリーシェは無我夢中で昂ぶり揺れる雄杭を指先で小さな孔に導く。

生々しく血管の浮いた陽根がルリーシェの蜜口に突き立てられた。

「あっ、あぁ……っ！」

雄の欲に身体を暴かれ、甘い快感が下腹部を走り抜けた。

鏡にははっきりと、屹立《きつりつ》したアレク自身を咥え込んだ自分が映っている。

下腹部は波打ち、繋がり合った場所からは幾筋も白い滴りが伝い落ちていた。

「僕が入ってるところ、ちゃんと見える？」

羞恥の涙に濡れた目でルリーシェは答えた。

「ん、んっ、み、見える……っ……」

「いつも、挿れるだけでぴくぴく震えて可愛いんだ」

アレクの言葉通り、柔らかな股肉も下腹部も小刻みに震えていた。

どす黒い肉杭を咥え込み、歓喜しているのがわかる。

ただ貫かれているだけの身体は、もっと激しく愛してほしいとねだるように、ますます熱を帯びた。

「ルリも興奮してきたでしょ？」

「そんなこと、ない」

「じゃあどうしてこんなに締め付けてくるの？」

言いながらアレクがゆっくりと肉槍を前後させた。

脚を強引に持ち上げ、開かせたまま、性交のさまをつぶさに見せつけるように、悠然と行き来を繰り返す。

「ア……アレク……っ、あぁぁんっ」

ルリーシェは左手でシーツを摑み、歯を食いしばって腰を揺すった。

――気持ち良すぎる……私、どうして、すぐイッちゃうの……？

あっという間に蕩けるような絶頂感が押し寄せてきた。

鏡の中の下腹部がますます激しく波打つのが見える。

ぐちゅっ、ぐちゅっという小刻みな音が、ますます官能をかき立てた。

「やだぁ……やぁ……んぁっ、あぁっ」

狭い場所を太く力強い肉塊で暴かれるのは、たまらない快感だった。

「もっと腰振ってみて、そうしたら今よりずっと良くなるよ」

「無理……無理なの……」

多量の蜜がアレクを歓迎するようにあふれ出す。

「じゃあ達していい。何回でも気持ち良くしてあげるから」

「う……うぁ……っ……」

アレクの許しに、大きな肉杭を吞み込んだ襞が強く収縮する。抑えようのない高まりに負けて、ルリーシェはただ下肢をむなしく震わせた。

「ほら見て、ルリ。今の君は、びしょびしょですごく気持ち良さそう」

「だって……だって……っ……」

自分が達する姿を鏡で見せつけられながら、ルリーシェは淫らな喜びに身を任せる。

『君は雌だ』と教え込まれているかのようだ。

軽い性技であしらわれただけだと分かるのに、ルリーシェはもう身体中の力が抜けて、端から溶け出しそうになっている。

激しく息を乱すルリーシェに、アレクが言った。

「抜くね」

「い、いや、やだぁ！」

絶頂のさなかに、未だにはじけんばかりに昂ぶっているアレクの杭が抜かれた。恥ずかしい格好で脚を開かせていた手が離される。

もどかしさに身もだえしながら、ルリーシェはそっと脚を閉じた。

――ここで……終わり……？　どうして……？

「僕、ルリの顔見ながら出したいんだ」

「え……？　あ……！」

アレクはルリーシェを仰向けに寝かせ直すと、大きく両脚を開かせて覆い被さってきた。ぐずぐずに濡れそぼつ蜜口に、勢いをたもったままの杭が押し込まれる。

「ああっ、ああ！」

突然与えられた強烈な快感に、目の前に光の粒が散る。

ルリーシェは無我夢中でアレクの身体に手を回した。

「は……可愛い声、最高」

視界の端に笑っているアレクの顔が見える。形のいい顎には汗の雫が光っていた。

「んは……っ……はぁ……っ……」

激しく奥を突き上げられながらルリーシェは必死に身体を揺らす。

「ルリのいきそうな顔、大好き、すっごい可愛い、好き」

「あ、駄目、奥、っ、あぁん！」

再びの絶頂感から逃れようと、ルリーシェはアレクの腰に脚を絡めた。

「やだ、こんなの、だ……っ……だめ……」

「いいんでしょ？　だってルリ、またイキそうだもんね？」

腰がたたきつけられるたびに、恥ずかしくなるほどの蜜が溢れて飛び散る。がくがくと脚が震えだした。

「だ……だって……アレクが……あ……」

「僕にやられて身もだえするところ、最後まで見せてね」

「いやぁ、恥ずかしいっ……んん……っ！」

ルリーシェは汗まみれのアレクにすがりつく。

「恥ずかしいんだ？　君はいつまで経っても可愛いな、僕の奥さん」

頭に口づけし、アレクが中を穿つ勢いを強める。

「ほんとに……やだ……っ！」

息を弾ませ訴えると、頭に口づけされた。

「僕、偉くない？　一ヶ月ぶりに奥さんを抱いて、こんなに長く我慢できたんだよ？」

「ひぅ……う……」

ぐりぐりと接合部を擦り合わされて、情けない声が漏れた。アレクをしゃぶる場所全体がぎゅうぎゅうと窄《すぼ》まり、彼自身を強く締め上げる。

「あう……んっ……」

ルリーシェは力なく首を反らせて、二度目の絶頂に身を任せた。

「可愛い、可愛いな、ルリ、大好き」

額に何度も口づけされると同時に、ルリーシェの中にアレクの熱がドクドクと解き放たれた。ルリーシェの身体は歓喜してその白い熱を貪り尽くす。

「ルリ、大好きだよ」

繋がり合ったまま何度も繰り返される愛の言葉に、ルリーシェは頷き返す。

「ルリも僕のこと愛してるよね？」

「……ええ」

気を抜いて素直に返事をしてしまった。我に返って閉じかけていた目を開けると、最高に機嫌のいい笑顔のアレクと目が合う。

「嬉しい！　僕もめちゃくちゃ愛してるよ」

ルリーシェはぎゅっと眉を寄せ、アレクの素晴らしく美しい頬をぷにっとつねった。

「待って。こんなの誘導尋問《じんもん》だわ」

「ああ、もう、君の素直じゃないところが最高に可愛い……っ！」

中で果てたはずのアレクのものが、再びむくむくと力を取り戻すのが分かる。

――んっ？　あれ……ええっ？

アレクは満面の笑みのまま、子犬のような仕草で何度も頬ずりしてきた。

「ルリが可愛すぎて収まらなくなっちゃった」

「あ、あの、アレク、あ……あん……っ……あっ」

ぐちゅ、ぐちゅ、と、淫らな音と共に身体が揺さぶられる。おびただしい熱液に満たされた場所が、再び疼き始めた。

「僕、このまま朝までできそう、どうしよう？」

「待って、待ちなさ……んぁ……あっ、だめ、そこ……ひ……っ」

甘い快楽に呑み込まれながら、ルリーシェはアレクの背に爪を立てた。この夜はまだまだ終わらないのだ。

――漫然と一ヶ月もお預けするのではなかったわ……でも……いいか。

ルリーシェはえもいわれぬ幸福感に満たされつつ、アレクの口づけを受け止めた。

エピローグ

サンデオン公爵家に新たな家族が加わったのは、結婚式から十一ヶ月後のことだった。

アレクの腕に抱かれた男の子を覗き込みながら、ダクストン大公が相好《そうごう》を崩す。

「おお！　ルリーシェ殿！　嫁入りしてすぐにアレクを手懐け、即座に跡継ぎを為してくれるとは。なんと素晴らしき豪腕の持ち主だ、私は正直、孫の顔を見るのを諦……」

「閣下」

空気を読まない大公の褒め言葉を、大公妃が遮った。だが寝台に腰掛けたルリーシェは『その程度のことは気にしません』とばかりにニコニコと微笑んでいる。

子供ができたと分かってから生まれるまで、アレクはずっと彼女の身体を案じていた。

ルリーシェが無事にお産を済ませ、いつものように明るく微笑んでくれていることが、アレクにとってはなによりの幸せだ。

そう思いながら、アレクは腕の中の、自分とそっくりな赤子にそっと頬ずりする。

我が子は髪も目も、ルリーシェの色素を受け継いでいなかった。

銀髪も水色の目も遺伝しにくいと聞いていたのに、不思議なこともあるものだ。

だが元気に生まれてくれただけで、この子は一生分の喜びをアレクにくれた。

——ふふ、可愛い、可愛いね。僕とルリの赤ちゃん、僕とルリの赤ちゃん、僕とルリの赤ちゃん、僕とルリの赤ちゃん、僕とルリの赤ちゃん、僕とルリの……。

「ふんぎゃぁっ！　ふんぎゃぁっ！」

アレクが醸し出す猛烈な偏愛の気配を察知したのか、赤子が新生児とも思えぬ大声で泣き出した。誰もがぎょっと振り返るほどの泣き声だ。

「すごい声で泣いておるが、大丈夫なのか？」

大公が心配そうに赤子の小さな拳をつつく。

「その子、私に似て声が大きいみたいなんです……すみません……」

ルリーシェの言葉に、美しいスミレの花束を手にした義父が微笑む。

「そうですよ、ルリーシェも生まれたときはこんな声で泣いていました。もっとすごかったかな？　とにかく、ご近所の方が心配して見に来るくらいの大声で」

「やめて、お父様、余計なこと言わないで」

大きな声を恥じているルリーシェが、真っ赤な顔で義父の言葉を遮った。

「ははは、ルリ、君の大声は多分この国で一番だ。なにも照れることはないさ」

「だからやめてってば！　もう！　赤ちゃんの声、私に似ちゃってどうしよう……」

「ところでアレクセイ様、このスミレ、ここの花瓶に生けてよろしいですか？」

アレクは泣き続ける息子をそっと揺らしながら義父に頷いてみせた。

義父の手にあるのは、昔アレクと母が一緒に育てていたのと同じスミレだ。

ルリーシェが花作りの達人である義父に頼んで、もう一度咲かせてくれたのだという。

それを今日、お祝いにこうして持ってきてくれたのだ。

我が子を抱いて懐かしいスミレの花を見ていたら、ふと不思議な気分になった。

幸せな時間と、大切な家族と、消えたはずの古いスミレの花。

無残に途切れてしまった両親との絆が、息を吹き返したかのように感じられたからだ。

「……義父上、そのスミレ、僕も育てることができますか？」

「もちろんですとも。種は保管してございますので、あとでお分けいたします」

アレクは口元をほころばせて頷き、元気に泣き続ける我が子を見つめた。

――ねえ、あのスミレ、君が大きくなったら、父様と一緒に育てようか？

昔、母の傍らで夢中で土を弄っていたことを思い出した。

背後では父が優しい笑顔で、母と自分の拙い園芸を見守っていたものだ。

あの愛おしく懐かしい時間を、もう一度取り戻せるかもしれない。

今度はこの子とルリーシェと三人で。

アレクは幸せに満たされた気持ちで、もう一度赤子に優しく頬ずりする。

泣いていた赤子は、すん……と顔をしかめて泣き止んだ。『まあ、いいわよ』と言い放つときのルリーシェのすまし顔にそっくりで、アレクは思わず微笑む。

「ルリ、この子、君にそっくりな顔をするよ」

「そう？　どんな顔？」

アレクはルリーシェの寝台に歩み寄り、彼女の隣に腰掛けて赤子の顔を見せた。

「ほら」

ルリーシェは、優しい笑みを浮かべてアレクの腕から赤子を抱き取った。

「よく分からないわ。でも確かに、声が大きいところ以外にも、私に似ている部分があるかもしれないわね」

そう言って赤子をあやすルリーシェの目は、とても穏やかだった。

アレクはルリーシェの腕に抱かれた我が子の小さな手を握る。

「赤ちゃんを産んでくれてありがとう、ルリ」

「ほんと、大変だったわ。二人で大事に育てましょうね」

ルリーシェはあっけらかんとした口調で言うと、小さな赤子を幸せそうに抱きしめる。

アレクはしみじみと、愛しい妻と子を見つめた。

――もう僕は『哀れなアレクセイ殿下』じゃない。君の夫のアレクなんだね。

ルリーシェは血の泥沼を這い回っていたアレクの人生に差し込んだ光であり、新しく生き直す力をくれた恩人だ。

――僕はずっと、ずっと、君と生きていくんだ。ルリ、愛してる……。

アレクはそっとルリーシェを抱き寄せ、その滑らかな頬に口づけた。

あとがき

こんにちは、栢野《かやの》すばると申します。このたびは『死ぬほど結婚嫌がってた殿下が初夜で愛に目覚めたようです』をお買い上げいただき、ありがとうございました。

こちらの作品は『ソーニャっぽく、でもラブコメで』というオーダーをいただき作成いたしました。可愛い二人の初恋結婚モノになったかな？　と思います。担当様からは『ヒーローが本当にサイコパス』というお褒めのお言葉をいただきました(!?)。

楽しんでいただける作品になっていたら嬉しいです。

本作品はヒロインのシンデレラ・ストーリーであり、ヒーローの救済ストーリーでもあります。ヒーローは本気で生まれ変わらないと人間になれない可哀想な男なのですが、ヒロインに『アレク』と呼ばれた時から、生まれ変わる道を歩み始めたのだと思います。

なので地の文でも、そのポイントから名前を『アレク』と表記させていただきました。単なる作者のこだわりです。違和感を持たれた方がいらしたら申し訳ありません！

今作のイラストはな、な、なんと……らんぷみ先生がお引き受けくださいました。　表紙もモノクロものたうち回る美しさです。らんぷみ先生、本当にありがとうございます!!

それから、担当様、このたびもたくさんご助言いただきありがとうございました。

読者の皆様ともまたどこかでお会いできたら嬉しいです。ありがとうございました！

この本を読んでのご意見・ご感想をお待ちしております。

◈ あて先 ◈

〒101-0051
東京都千代田区神田神保町2-4-7 久月神田ビル
㈱イースト・プレス　ソーニャ文庫編集部
栢野すばる先生／らんぷみ先生

死《し》ぬほど結婚嫌《けっこんいや》がってた殿下《でんか》が初夜《しょや》で愛《あい》に目覚《めざ》めたようです

2022年11月7日　第1刷発行

著　　　者　栢野《かやの》すばる
イ ラ ス ト　らんぷみ
装　　　丁　imagejack.inc
発 行 人　永田和泉
発 行 所　株式会社イースト・プレス
〒101－0051
東京都千代田区神田神保町2－4－7 久月神田ビル
TEL 03－5213－4700　　FAX 03－5213－4701
印 刷 所　中央精版印刷株式会社

ISBN 978-4-7816-9736-9
定価はカバーに表示してあります。

Sonya ソーニャ文庫の本

『人は獣の恋を知らない』　栢野すばる

イラスト 鈴ノ助